思想觀念的帶動者

文化現象的觀察者

本土經驗的整理者

生命故事的關懷者

心靈工坊 PsyGarden

STORY

在奔馳的想像中尋找情感的歸屬
在迷離的經驗中仰望生命的出口
在波動的人性中釐定掙扎的路徑
在卑微的靈魂中趨近深處的起落

空橋上的少年

The Skybridge

蔡伯鑫——著

獻給長大之前的我們

第一封回信

日期：2019 年 8 月 11 日 上午 1:52

主旨：Re: Greetings from Taiwan

伯鑫：

從我們在拉達克相遇到現在已經過了七年？真讓人訝異。你回到台灣後的生活一切都好嗎？你肯定猜不到，我目前人正在法國呢，還有多傑與其他幾位你在貝圖寺可能見過的朋友，都受邀過來製作曼陀羅以及演出面具舞，這是為了當地窮人募款的慈善活動。相信好奇如你，這幾年一定也繼續去了更多地方吧。

很開心知道你把在拉達克的旅程寫成書。再怎麼說，你可是三度造訪貝圖寺，我猜我的戲份應該不少，哈哈。等你的書出版後，務必寄一本給我。我不懂中文，但那也是曼陀羅，不是嗎？

記得，曼陀羅，就是**我們**。

期待有天我也能造訪台灣。祝願你與你的親友們，永遠快樂、健康。代我向他們說聲朱雷。

達瓦

第二封回信

日期：2019 年 8 月 23 日 下午 11:18

主旨：Re: 書稿接近完成了（終於）

蔡醫師：

我先自首信回得太晚。其實你檔案寄過來沒幾天，我就幾乎讀完了，但看到畢業典禮那段，明明後面沒剩幾頁，還是放了好幾週才繼續看下去。書裡的高三那年，當時跟你的談話，還有那次畢業典禮，離我好遠啊。也不只是因爲時間，應該說，那眞的是我的故事嗎？那個主角就是我嗎？

一邊讀，我一邊常有「喂！當時不是這樣的吧」、「我沒這麼中二吧」、「這樣講好像有點害羞」等等吐槽，想說好想改掉這段啊眞是怪羞恥的。但又覺得有什麼不好呢？就是一段故事啊。就像當時你說的，**我不會是一個人了**。

所以讀完的心得，大概就是一種想發個呆，回憶過往日子的感覺。可能也是這樣，所以我看完畢業典禮那段才會好一陣子不想繼續看，「讓時間點停在那再一陣子吧」那樣。不過，「我們還是會繼續往前」，我想你會這樣回我？

張朋城

目次

唰、唰、唰、唰，他一身紅色袈裟連同兩手飛出的長袖一起旋繞，彷彿變成一個帶穗的紅色陀螺。他的腳邊揚起塵土，朝我愈轉愈過來。我漸漸看不清他的臉孔……

一旁的白牆被陽光帶上一層淡黃色，我手放上去，溫溫的，油漆的突起處有些扎手。我順著幾條凹陷的紋路摸過去，像是探出一張隱形的地圖……

| 第一卷 |

門後

1

如果說我一點後悔都沒有肯定是騙人的。

我壓住右腳想要踱步的衝動。嘎啦，嘎啦，機場裡唯一一條行李輸送帶終於開始運轉。赭紅色的皮箱鼓脹、紙箱被膠帶一圈一圈勒緊、橫條紋的不織布袋歪斜橫躺，像是排成一列送葬的隊伍，在天亮前緩緩繞行。

還沒看見我的背包。

天花板就在我頭頂上方不遠，幾支水銀燈管亮著但作用不大。燈光忽然閃了一下，輸送帶一頓的同時從機械深處發出咳痰般的聲響。

今天，從一早就不順。我差點弄丟護照。

只能說是自己不應該吧？爲了銜接班機昨晚不得不在德里過夜，因爲時差也沒睡好，早上退房時櫃檯男子要我將護照交給他影印，然後就——算了。我直到要進機場安檢時才發覺護照不在身上，立刻攔車回旅館，汗水使我的T恤黏在身上，像是拖慢我每一個動作。櫃檯男子被我問有沒有看到我的護照時，又像搖頭又像點頭地從影印機裡拿出來，向我咧起鬍鬚底下的嘴角。

有句話是「你要不愛死印度，要不就恨死它」，我實在說不上來自己偏向哪邊多一點。偏偏這次又再度來到這個國家——爲了這個她境內的小西藏。多麼奇怪的一個說法。但在我有限的時間內，這似乎是我唯一能到達的最遠的地方了。

背包出現在輸送帶前方。我稍微往前靠，彎腰，伸手用力一提，心臟猛然多跳好幾下。差點忘記這裡的海拔已經是三千五百公尺。

應該真的夠遠了。

轉過身，機場大門外的亮光像是緊急照明燈那麼顯眼。我背著背包過去，大門往左右打開，兩隻手臂立刻被曬得針扎般刺痛。我瞇眼抬起頭，天空好高，空氣稀薄得彷彿根本不存在。希望一切在結束這九天之後真的會有所不同。

「Taxi?」一名男子喚回我的注意力。他的白色長袖襯衫反射整面的日光，附近另外幾名男子也在打量我。他又喊一次taxi。

我看回那名男子身上：「有到……中央市集？」

「當然，沒問題。」他的R與L的發音像是沒有區別。

「唔，多少錢？」

「兩百盧比。」

模糊的印象中不是這個數字。「一個人？」

他瞄了我身後一眼：「一個人，兩個人，一樣價錢。你可以問任何人。」

「……好吧。」

他走到車子後方，打開行李廂：「你的背包。」我搖搖頭，雙手抓住胸前的背帶。他盯著我幾秒，將行李廂關上。

「兩百盧比到中央市集？」我再次確認。

「沒問題。沒問題。」他有些不耐煩，打開左後方車門手朝裡頭一揮。

我坐進去。砰，車門被他關上。

他坐上駕駛座，回頭：「第一次來這？」

「嗯?算是。」我正準備找出背包中的地圖。

「歡迎來到拉達克。」他咧開嘴笑，露出兩排整齊潔白的牙齒——我又想起早上櫃檯那名男子。他油門一踩，我抱著背包往後撞上椅背。好燙。一股曝曬後的塑膠味撲過來。

2

「走吧，去下一站——」楊醫師一推開門，蟬鳴夾帶熱氣與濕氣衝進來，「青少年日間病房。」陽光帶有一些重量地照下來，七月的台北才十點太陽就這麼高了。眼前的小徑筆直延伸進後山，兩旁樹木的枝葉如同一隻隻向天空張開的手。我像是又看見山頂上的那片五色旗海。好快，那已經是兩三週前的事了……

「學弟?」

我回過神，發現楊醫師已經在我前方好幾公尺外。「啊，抱歉，」我小跑步過去，「學姊剛問我什麼?」

「我是說，你這樣來我們醫院，真的不怕後悔?」

「嗄?」我笑了一下，「就都來了咩。」

「也是。就算後悔，也不能說了?」

「不是這個意思啦。」我繼續笑出來。

楊醫師也笑了，重新邁開腳步。我在空氣中的木頭香底層聞到一股泥土氣味，想了想，覺得自己簡直像是糊裡糊塗就來到這裡的。

我說：「不過，這裡眞的很——」

「很不像醫院？」楊醫師看向我。我有些愣住，想說她是會讀心術嗎。「我第一次從精神樓走出來的時候，也是像你這樣想的。」她稍仰起頭，像在欣賞這片對她而言應該早就熟悉不過的風景。

「但今天，是學姊在這邊的最後一天了？」

她停頓一下，點點頭，向我又露出微笑。

一早楊醫師已經帶我參觀過精神樓的幾個病房、辦公室等空間，交代我未來上下半年分別的工作，我將重點摘要進筆記本，並收到醫師服口袋。不像她那件醫師服是西裝外套的款式，我身上這件，短袖，布料偏薄，更像是理髮師在穿的。學姊說她今天稍晚就要去分院報到了，正式結束在這裡四年住院醫師加一年 fellow 的訓練，晉升爲主治醫師[1]。

小徑開始爬坡，泥土味變得更加明顯而濕潤。楊醫師維持穩定的步伐，雙手插在長褲口袋，身上的樹葉影子像是一片片被她甩落在後頭。我也同樣跟上。

「所以你眞的不怕啊？」她問。

「嗯？」

楊醫師朝我轉頭：「像你這樣在這個時間點過來我們醫院，眞的，史無前例吧？這裡對你來說，就

---

1 專科醫師的養成過程，大略可分爲住院醫師（R，第一年爲 R1 依此類推）、研修醫師（fellow）、主治醫師（VS）、教授級主治醫師（P）這幾個階段。其中 fellow 通常爲選修的次專科訓練，非必經階段。

像一個完全陌生的世界不是嗎？」

「是啊。所以，其實也滿怕的。」我笑了笑。

「你剛不才說——」

「不是啦。我剛的意思是，我不怕後悔，不是不怕。呃，學姊懂我意思嗎？」

楊醫師側著頭，半紮的頭髮擱在俐落的肩線上。「嗯，嗯。果然是旅遊達人。那就這樣吧。」她點個頭自己笑了，伸手往右前方比，「這邊右轉。」

「OK。」我繼續跟上。轉彎後小徑變得窄一些，左右的枝葉跟著在頭頂交握。我忽然想到她剛叫我什麼……旅遊達人？

「對了蔡醫師，你來我們家，應該也是袁P面試的吧？」

「嗯。怎麼了嗎？」

「他啊，上週在日間病房開會時說了一句話——啊，還沒跟你說，我們日間病房，每個月都會在最後一週的週四開 team meeting。最近，就六月底那次，他突然說了，**太勇敢的人，或者太害怕的人，是不會來到這裡的**。」

「太勇敢，或者太害怕的人，是不會來到這？」兩旁的蟬鳴圍起厚實的音牆，像是將外界完全隔絕開來，「這句話是……」

「他本來是在 comment 日間病房的病人，但我總覺得，他好像也是在講你臨時要過來的事。剛聽你說了那些，終於比較懂了一點。滿好的。嗯，真的，滿好的。」她又點起頭。

「呃……」

「以後有機會你再和袁P問吧，」她笑笑地說，「當然，他一定不會直接回答你的。」

「噢，好吧。」我也皺著眉笑了。等一下乾脆也把這句話寫進筆記本裡。我想在這裡一年的時間應該足夠我找出解答——又多一個要找的東西了。我不經意看向楊醫師那件醫師服的下襬，感覺往下繼續延伸變成長袍也是那麼合理。

「怎麼啦，學弟？」楊醫師轉頭看我。

我笑著搖搖頭。

「真的？」

「嗯。」但就先讓那些不知道的東西繼續不知道吧。

她笑一笑，看回前方。

我辨認出這條綠色隧道的盡頭是列木造的階梯，隨著愈走愈近，開始能看見懸空的木板像是飄浮在山坡上一樣，一階、一階往上。我有些又想起幾週前的那趟旅程。我和楊醫師並肩開始爬，抬頭看，樹林在階梯頂端露出缺口，光線遠遠透進來。我真的來到這裡了。我感到有點興奮也有點緊張。炙熱的陽光重新灑回我整個人身上。

「就那邊，」楊醫師指向左前方，「未來一年，你會最常來的地方。」

路口對側出現一棟平房，側邊由好幾面大片落地窗組成，像是鏡子般倒影出周圍的綠樹與藍天。我往前看，往右看，幾條沒有繪製標線的柏油路往更深山裡去。我想我們不只來到這家醫院的邊界，很可能也靠近台北盆地的邊緣了。

我們在大門前方不遠處停下來。

門旁，一張綠底白字的壓克力板寫著「青少年日間病房」，與剛才精神樓裡的急性病房招牌是同樣規格。它的邊緣貼上許多花朵造型的彩色剪紙，讓我想起學生時代總會在佈告欄一角看到的裝飾。

「其實，病人們私下給這裡取了另一個名字。」

我轉頭看向楊醫師。

「俱樂部。」她簡潔地說。

「什麼的……俱樂部？」

她的表情像是料到我一定會這樣問。「就俱樂部這三個字而已。那個俱，是恐懼的懼。」

「……恐懼的懼？」

楊醫師微笑點點頭。

一個男孩忽然從後方出現，快速繞過我們往大門走。

「朋城？」楊醫師輕聲說。

男孩駝著背停在大門前，背包歪斜地只掛了一肩。我注意到他後腦勺的髮根像是兩道往下延伸的疤痕——

他推門進去。

3

不要再想那些台北醫院裡的事了。

車子繞進圓環，中央矗立一尊巨大的像是轉經筒的東西——「先生，」司機說，「市集快到了。」

我頭轉回來，擋風玻璃前方的屋宅亮得每棟看來都差不多樣子。

他從後照鏡裡瞄我一眼：「需要旅館嗎？我可以——」

「不用，謝謝。」我把地圖抓在手上。

「我知道有間旅館很——」

「眞的不用，謝謝。」

他又瞄我一眼，晃了晃頭。

很快車停下來。揹好背包，我從皮夾拿出昨天在德里機場換來的新鈔。他搓了一下，塞進胸前的口袋。

我看著車子開遠。

我到了。終於。

身邊鬧哄哄的。三名紅衣喇嘛迎面走過來，一名老婦人坐在牆邊拿起一根蘿蔔，另名婦人舉高一把蔬菜，他們邊笑邊聊。一台白色廂型車掠過我身旁，疾轉的輪胎沿路漫起沙塵，覆蓋到攤位上一排排的佛像與飾品。有名男子藏在攤位後方的陰影裡。兩名穿著細肩帶的白人女性走過去，她們的肩膀被曬得滿是斑點，像是過熟的水果。男子拿著擅子站起來：「我的朋友，來看看吧。」銅製品反射出光線。叮鈴鈴——叮鈴鈴——一台腳踏車逼過來。我往側邊退一步。「對不起。」我說。那幾名喇嘛向我示意不要緊。我的背包好像撞到他們了。他們著火一般的紅色袈裟離我愈來愈遠。

我在做什麼。

我抓緊手中的地圖。對，先找旅館。我感覺額頭又乾又燙，還有些暈。大概也是因爲沒睡好。我低下頭，地圖上從中央市集往外發散的道路，像是變成皸裂的掌紋……

◇

我的額頭滴下汗來。

剛才秘書電話中應該是要我在側門這裡等沒錯吧？

我擦一下汗。好熱。頭頂的天棚是半透明的，對進入六月的烈日基本上只有裝飾性的效果。要人命的台北的夏天。撐住，等會兒必須讓主任留下好印象才行。

我抓了抓領口。

「蔡醫師嗎？快進來吧。」

我轉過身，那個人已經折回門後，要通過內側第二道自動門。那是主任吧？我看向那件白色長袍的背影，像是一堵移動的牆。

外側的玻璃門緩緩關上。那個人轉頭向我招手，門上的醫院院徽恰好擋住他的臉。他好像說什麼我沒聽見。應該是主任沒錯。我趕緊跟上。

他繼續往裡頭走，我通過內側門時頭頂吹下強烈的風。

「你沒來過這裡吧？」他稍微側頭。

「沒有，是……第一次來。」

他點個頭。空氣中飄著一股像是油漆還什麼有機溶劑的味道，米黃色的塑膠地面一路往前倒影出天花板上的燈光。「不好意思剛在開會。上去再說好嗎？」

「好的。謝謝主任。」

他走好快，我感覺腳底有些打滑。午休時間這裡幾乎都沒人，兩旁一間間診室的門都關上了，遠處民眾的說話聲帶有回音地傳過來。有一面液晶螢幕看板亮著，整面刺眼的白。空蕩蕩的白色塑膠椅整齊排列。

「這邊電梯。」主任說。

他沒有減速地轉彎，往牆面伸出手。我注意到他戴了一支金色腕錶。

電梯門叮一聲打開。

「你請假過來的吧？」他走進去，靠向門邊角落，「是很勇敢哪。」

「嗯？」我轉頭要看他，一名外籍看護推著輪椅進來，我往更裡頭走，退到主任身後，頭頂又吹下冷風。

他持續按住開門鈕：「決定離開。」

「呃，主任的意思是……」

他似乎笑了。

主任的手移動一下，電梯門緩緩闔上。

沒有。什麼都沒有。

我往後靠在牆上，隔著背包，T恤像是砂紙在我背上摩擦。地圖上標示的那幾間旅館要不是沒有空房就是消失了。出發前應該做更多準備的。我再次打開地圖，其他旅館都在中央市集的另一個方向。我幾乎是用揉的把它塞回口袋。

牆後傳出金屬碰撞聲。

我轉頭往大門的方向看。記得剛才經過時那裡用鐵柵門擋住了？背後又傳出一點聲響。我繼續看，忽然發現門旁有一塊木板，上頭寫著……旅館？

我走過去，有些畏懼地輕推柵門。沒鎖。穿過陰暗的前廊，眼前出現一片綠意，楊樹高聳，還有一棟三層樓高的白色建築。我呆住幾秒——右前方花圃傳來一陣更清晰的金屬聲。

「朱雷。」一名老婦人站起來，有些駝背地向我微笑。

「……朱、雷？」我困惑地模仿著說。

婦人從毛帽底下露出兩條又長又粗的馬尾，胸前掛著一大串五彩玉項鍊。她繼續微笑。

「呃，請問這裡是旅館嗎？我想找一間單人房。」沒反應。「一間，房間，睡覺。」我配合手勢。

她的笑容像是以前就見過我的模樣。

我更加疑惑地看回去。

她雙手朝地面比一下，提起青色長裙，蹲下來將鏟子、叉子、剪刀撿起來，抖一抖再放進鐵桶。她把水壺也放進去。「跟我來。」她拎著鐵桶一步一步往那棟三層樓建築走。

忽然她停下，回過頭：「你，學生？」

我猶豫半秒，點頭。

「旅行，一個人？」

我說對。

「一個人、一個人、一個人……」她邊說邊轉回去，像是吟唱著三拍子的歌謠。我發現她兩條馬尾在腰際被繫在了一起。好怪異的裝扮。

婦人走進櫃檯後方，把桶子擱在地上，停止歌唱。我站到櫃檯前，她皺眉看向我：「坐。坐。」並指著一旁的木桌藤椅。我搖頭說不用，她眉頭皺得更緊，從櫃檯後方繞出來托住我的手臂——我感覺很不自在——拉我到椅子邊要我坐下。她的手掌好粗糙。

她走回櫃檯，從抽屜拿出一大本陳舊的冊子，手指沾沾口水，一頁、一頁地翻。

只能等待。我看見一本 Lonely Planet 放在桌上，像是字典那麼厚，被幾疊報紙蓋住一角。

「孩子，」她突然叫我，「背包。你的背包。」

我看向她。

她雙手往後比在肩上，發出低沉的「嘿、嘿」聲。

我搖搖頭。她在做什麼。

她頓頓一下，笑了，向我搖搖手。她低下頭繼續翻頁，紙張發出的聲音像是隨時有可能撕破一般。

她停下來，露出滿意的笑容：「孩子，來。」我立刻起身。她拿了一把與她手掌差不多大小的鑰匙，繞出櫃檯往樓梯口走。

我跟在她身後，每踏一階腳下的木板都發出拖長而擠壓的聲響。我心跳又有些加快，開始喘了起來。「孩子，」她邊爬邊說，「這個房間，好，非常、非常好。」我抬頭看著她晃動的馬尾像變成她背後的另一條項鍊，但喘得不想接話。應該等會兒就適應了。不會有問題的。我調整背包的位置讓它更貼向身體一些。

婦人在三樓走廊的盡頭停下，將鑰匙插進鎖頭，轉了轉。沒有動靜。她回頭向我使個眼色，對鑰匙吹口氣後再試一次。咔啦，婦人發出啊哈兩聲，鎖開了。

她推開門——

好大。房間的兩面牆幾乎全是窗，大把的陽光塞進房內。

婦人又看著我微笑。

我連忙搖手：「這個，太大了。便宜的就好。」那甚至是一張雙人床。

「別擔心，便宜。學生，更便宜。」光線將她臉上每條皺紋照得一清二楚，她愈笑，我卻愈感到不自在。「我的孩子，來，」她往窗邊走，「好視野。」

我杵在門口。

「看。」她比向窗外。

外頭灰灰白的，就像剛才找旅館途中我對這座城鎮的印象，只有幾叢楊樹塞在屋牆的縫隙，斑駁得像是褪色的病理切片——怎麼又想到這些，說好就這九天的。我將視線移往更遠，下意識往房內踏前幾步，遠處像是從光禿禿的山壁上憑空冒出幾棟建築物。

「那是……」我指過去。

她轉頭看了一眼：「列城宮殿。舊的，宮殿。」

「我從這裡走得到嗎？」

「可以，可以，你很年輕。但孩子……」

我看向她。

「你的背包？」

4

我望向教室前方，落地窗上的彩帶閃出霓虹般的反光，一堆人圍在講台前踮腳、探頭——忽然人群中爆出呼喊聲。「再一次」、「再一次」，他們喊著。剛才在門口遇見的那名男孩把背包一丟，低頭往右後方走。

「學弟進來啊？」楊醫師從身後叫我。

一列長長的室內窗將辦公室與教室隔開，我踏進去，注意到門旁的櫃子上放了個打卡鐘。

「幫你介紹一下，雅慧護理師。」

坐在斜對角的一名護理師眼神掃過來。她看起來應該還不到三十歲，頭髮往後紮緊，露出乾淨完整的額頭。

「妳好，」我說，「我是新來的 fellow，今天剛報到，未來一年還請——」

「你從T醫院過來的？」她說話速度好快。

「呃，對？」

她上下打量我一會兒。「明天早上八點半，隔壁小教室，」她往後比向另一面較小的室內窗，窗簾被從對側拉上了，「這週輪到雙數組。」

「好。是……向日葵團體，對嗎？」我不確定地看向楊醫師。那是稍早她交班這裡的工作事項之一。

她在距離門口最近的座位旁向我笑著點頭，像是要我不要在意的意思。「來，這是每年 fellow 固定的座位。最新的病人清單我放這兒，檔案在那台電腦裡。」她比向桌面，再比向牆邊兩台電腦靠左的那一台，我跟著東張西望。「然後這裡雙數組的病人呢，都是由雅慧負責。」

雅慧在座位上邊寫紀錄邊點個頭。

我點點頭，走向桌邊，看見清單上是個巨大的表格，其中幾列用黃色的螢光筆標記起來了。「所以另外一半是……」

楊醫師指向最裡頭唯一面朝大教室的桌面：「芳美姊。她是單數組的護理師。」

「ＯＫ。」我看過去，她不在位子上。我忍不住注意到與雅慧相對的另外那張桌面，數學參考書、英文參考書、還有一堆寫滿字的紙張與書本一路滿過來，像被轟炸過一樣。一個巨大的卡其色粗呢包打開了放在中間的椅子上。

「芳美姊在和病人會談？」

楊醫師向雅慧問，雅慧應了一聲。

「好吧。那……學弟，」她面向我，「有個病人，我想，特別再和你交班一下。」

「好啊，學姊請說。」我正要拿出筆記本卻被她阻止。

「我不會說太多。」

「……嗯哼？」我有些納悶。

「唔，是這樣的。」她比向那張病人清單，「剛好這個月底開會也輪到他，第五床。」

我把清單拿起來。是螢光筆標記的第一列，張朋城——就是那個男孩。十七歲，診斷是 major depressive disorder（鬱症）與 social anxiety disorder（社交焦慮症）。「他最近，是有什麼狀況嗎？」

「也不算。事實上，他可能是現在這裡最 stable 的一個病人。」

「那不是很好嗎？」我更加疑惑了。

楊醫師笑了一下：「一般，是這樣沒錯。不過這裡是日間病房，太穩定，不一定是好事。」

我點點頭，看回那張清單。他的入院日期是……二〇〇八年十一月。快四年了。好久。

「簡單來說，他是懼學，算是這裡一個，唔，經典的病人。」

我抬起頭。

「所以我接下來要說的，也不是建議或命令什麼的，比較算是我個人的期待吧，你就……聽聽就好。就是，如果你還忙得過來，等這個月底 team meeting 結束後，你再看要不要繼續找他會談，每週、或者隔週都可以。你可以再想一想，或者先談談看再說，都好，不用特別有壓力。眞的。我剛說了，他目前算還滿 stable，應該不至於有什麼太大的變化。只是我也在想……怎麼說呢，剛好在這個時間點，你能過來，或許對他也會是個新的機會吧？」

我遲疑幾秒，點個頭。從一早到現在，我第一次感覺楊醫師的語氣有那麼一些拖沓。那個叫張朋城的男孩正好從窗外右側走出來，光線照得他的雙臂與他臉色同樣蒼白，下頷的線條分明，顯得喉結特別突出。

懼學。

經典的病人。

目前很穩定……

「——以璐醫師！」門口傳來一個雀躍的女生聲音，「妳還眞的來了？」

「我不是有說我今天會過來交班？」楊醫師笑笑地說。

她們兩人互相擁抱。那個女生看起來也約莫三十歲，身高、及肩的髮型和楊醫師差不多，乍看像是雙胞胎一樣。

「嗯？是伯鑫醫師吧？」她們分開時她留意到站在一旁的我，「我是這裡的老師謝如盈，你好。」

我點個頭，也說了你好。

「啊對不起，」她忽然露出慌張的表情，「我是不是打斷你們交班了？」

我以眼神向楊醫師確認。

「還好，我們也差不多說完了。」楊醫師說。

外頭開始有些窸窸窣窣的聲音傳進來，突然像是什麼開關被按下，一下子變成整片的喧鬧。有人在座位上揉捏氣球，有人在落地窗邊聊天，也有人在桌椅間嬉笑追打起來。

「伯鑫醫師，」那名女老師也開口了，「晚點你有空，我再帶你去認識一下單數組的孩子吧？」

「……喔，好啊。」我遲疑地說。轉頭看向雅慧，她已經低頭繼續在寫紀錄。

「啊，我們和護理師一樣啦。」她好像發覺我困惑的表情，「除了帶課，我們老師也分成兩組。我是單數的導師，丁大負責帶雙數。」

「喔，喔。」我點著頭，笑出來，「這裡……真的好不像醫院，我想我可能需要花點時間才能適應。就，盡量向楊醫師看齊囉。」

她抿嘴笑一下，然後像是想到什麼，閃過有些失落的神情。

雅慧啪一聲闔上病歷，拿著朝我走過來。我往旁邊退兩步。

「蔡醫師沒錯嘛？」那名男老師走進門口，「拜託幫我簽個名，厚。」他從那個粗呢包中一把抓出個東西交給我。

「欸？」是我好幾年前出的那本書，「這個……」

他紮實地拍了我的背一下：「找時間簽就好啦。再聊。」他擺個頭立刻往外走，差點撞到也要出去的雅慧。

那名女老師起身追上去：「丁大，筱雯期末考的數學考卷你有沒有……」

當她的聲音也消失，我忽然意識到辦公室裡瞬間只剩我一個人了。

門外的嘈雜聲持續傳進來。那兩名老師似乎在外頭討論什麼，男老師招個手，那個胖女孩小跑步過去——然後我還呆呆地拿著丁大塞到我手裡的這本書，《沒有摩托車的南美日記》。肯定是這樣楊醫師才會說我是旅遊達人吧？我笑著搖頭，他們簡直像是都對我做完身家調查了。我坐下的同時把那本書隨意放上桌面。空調將濕氣排除了，即使坐著還是能感覺到空氣在流動。我靠上椅背往左轉，芳美姊、雅慧護理師、如盈老師，以及與我同一排佔了兩個座位的丁大。我複習他們的名字與位置，直到最後看回被我那本書壓住一角的病人清單，幾列螢光筆直地劃過去……

「報告。」

我往右後方轉，是朋城。他站在門口，眼神像落在牆邊的電腦主機。

「有什麼事嗎？」我試著問。等了幾秒鐘。「你是……朋城嘛？」

他皺一下眉。

我站起來：「你好，我是新來的醫師，我姓——」

「朋城你要幹嘛？準備上課了。」雅慧從他旁邊走進來。

「我想去自習。」他咬字黏在一起地說。

「先上課。等芳美護理師出來再問。」

「她和吳宇睿會談很久欸。」

「我再說一遍，」雅慧加重語氣，「回去上課。」

朋城嘴角抽動一下，閉緊。他的視線往我這晃過來，但更像是看向我的座位。他轉身往大教室走回去。

「受不了，」雅慧搖著頭，「跟他媽一個模樣。」

「嗯？是怎麼，會這樣說？」我問。

雅慧從病歷櫃抽出一本病歷，繼續往她的座位回去。「以後你就知道了。反正，再忍一年。」

「……一年？」

雅慧坐下來，幾頁幾頁地用力翻著病歷。她抬頭看過來：「蔡醫師，這裡是青少年日間病房。他跟吳宇睿——就剛最吵的那個男生，他們今年都升高三，明年七月要不轉成人日間要不就 discharge[2]，你懂嗎？」

「喔，瞭解。」我笑得有些尷尬，稍微低下頭。以後還是小心點不要得罪她的好。我感覺她持續盯過來。「怎麼了嗎？」

「記得 order renew[3]。楊醫師有跟你說今天要完成吧？」

「有，有。我馬上來處理。」我趕緊站起來，目光短暫停留在桌上我那本南美日記的封面。

5

列城宮殿。建立於十七世紀的南嘉王朝，以西藏布達拉宮爲範本，有九層樓之高。這裡曾是皇室的居所，直到十九世紀被統治喀什米爾的道格拉人攻陷後，便廢棄至今，今日的皇宮也南移至斯托克宮……

我把景點介紹的單張胡亂塞進口袋。那是剛才離開前旅館婦人拿給我的，然後她又說了朱雷。不懂，但重要的是行程可以展開了。

不可能迷路的。立在半山腰上，只要抬頭列城宮殿就在那。四方形的輪廓一棟棟相接，牆面是平整的黃土，沒有任何裝飾。只要不斷朝它接近就不會有任何問題了。那會是我最理想的第一站，爬上高處，往下眺望，什麼都將能看見。我感到有些興奮——

直到它的臉孔變得清楚。

一排排的窗口像是用手術刀切割出來的那麼銳利，我想望進窗裡，但什麼都沒有。十七世紀那可是幾百年前的事了。從那時候起，它就像隻巨獸對著山下的這裡張著數十雙漆黑的眼睛，眨也不眨地看過來。就像那一天……

主任坐在辦公桌對面，整個人彷彿融進那張碩大的黑色皮椅，背後的落地窗外好亮。那是十三樓的視野。

「我就開門見山地說了。」

後方秘書闔上門。「是。」我應一聲。

「我想呢，是這樣的。」他左右稍微旋轉椅子，「如果你眞的決定來我們醫院，作爲科主任，我個人是很樂見。我會幫你送人事聘用的簽呈出去。快的話，一兩週就會有結果。」

我心裡鬆一口氣。還好今天是穿長袖襯衫，主任辦公室裡冷得讓人快要起雞皮疙瘩。

---

2 Discharge，在此意指出院。這個單字也有排出、卸貨、釋放等意思。

3 Order renew，醫囑更新，凡是住院中的病人，醫師需定期每週或數週檢視醫囑現況，確認有無需要調整。在現行電腦系統中，若沒有在時限內進行此一步驟，原先開立的藥品將會自動清空。

他舉起手，鏡面閃出反光：「但我得先聲明，這事，不是我一個人說了算。你也知道這家醫院新開沒多久，院方對於這個時間點擴大人力，可能會有別的考量。」

「我瞭解。」我保持挺直的坐姿。

「當然，簽呈過的機會很高，一般也很快就能知道結果。我只是想讓你知道，有些現實，不一定是我們個人能掌控的。你懂嗎？」他上半身微向前傾離開椅背。

「……是。」

他維持幾秒沒動作，然後晃了一下頭，把桌上我的履歷表朝他自己拉近一些。他在第一頁停留許久，接著第二頁，第三頁，第四頁。他翻回首頁，抬起頭。「蔡醫師，你很喜歡旅行？」

我點個頭。當初整理資料時，有些猶豫要不要把幾年前出的那本南美日記也寫進去。

他持續點著頭。「那麼，最近呢？還有要出國嗎？」

「呃，有。」

「什麼時候？」

「……這週六。」

「OK，OK。」他聽起來有些不置可否，「打算趁離職前把休假放完？」

我有些心虛地笑了一下：「是。」

他手往半空比劃一下，反光再度閃過我眼前。

「就……住院醫師四年的訓練，剛好在這個月底期滿，所以我才——」

「沒關係，我瞭解。」

我有些遲疑地點頭。他似乎有什麼想說。我決定還是被動一些好了。

主任把我的履歷表放上一旁的文件匣頂端，往後靠，椅背後仰的同時發出嘎的一聲長音。「我想你也猜得到，你要來之前，我和你T醫院的老師們有稍微做了些瞭解。」

「是。」

「所以，」他輕嘆口氣，「是這樣的，今天約你過來，主要也不是想和你面試什麼的。」

「那是要……」我納悶地望向對側。

我再度抬起頭。

那個一直矗立在那的列城宮殿……去哪了？

我往前走到下個路口。沒有。依循日照重新定位，再繞過下一個轉角，還是沒有。那麼一個龐然大物怎麼可能這樣憑空消失？是不是被什麼擋住了？我一直走，一直抬頭，終於路旁出現指標——一個鐵桶上漆著紅色字樣：「Way 2 Palace」（通往宮殿的路）。

就是嘛。本來就不會有錯的，我剛在擔心什麼。

我稍微放慢腳步，才發現附近的街景變了。兩旁看起來沒人居住，道路變得狹窄，凹凹凸凸的房屋陰影疊上來，牆面、地面像是都覆蓋上一層厚厚的黃沙，皮膚再感覺不到任何一點風或水氣。我忽然領悟，這裡已經是它的領土了。

小心一點。我開始爬起階梯。

他嘎一聲坐直回來。

「你怎麼會想離開？」

果然問了。鎮定。「沒什麼。就是，結束住院醫師的階段，想說到一個新環境，新的開始，重新試試看。」

「是嗎？」他的語氣有些保留，「成爲……主治醫師？」

「是。」

他手肘抵在桌上，交握的手規律地一按、一按。

別急著說話。

他的手停下來。「我聽說，其實你是可以留在T醫院的？」

「……嗯。」

「果然是這樣嗎？」他深吸一口氣，然後很快嘆氣。

我嘗試更篤定地點頭。

沉默太久了。空調似乎變得更冷起來。

他的手放回桌面，往後靠進椅背。「我剛有說，我問了好幾個你T醫院的老師。你知道嗎？他們對你評價都很不錯，好幾個人還不約而同說了類似的話，說你……從沒讓他們失望過。」

「哪裡。」正因爲這樣——

「所以你的心情我不是不能懂。」

「嗯？」

「你或許聽說過，我自己也是T醫院訓練出來的，雖然是十多年前的事了，不過你現在所經歷的，我多少也經歷過。」

我反射性地皺眉。

「怎麼了？」他問。

「沒事。」我低下頭。

「確定？」

「嗯。」我擠出微笑，更不敢看向主任。

我眼角餘光感覺他在點頭。「沒關係。我知道我這樣說，你一定覺得很奇怪。但撇開主任的身份，我真心鼓勵你再想一想。你要知道很多人想進去T醫院還進不去，從沒有人像你這樣，明明有機會留下來，反而選擇離開。就算不為了自己，至少，也沒必要讓你T醫院的老師們失望，不是嗎？」

他的語氣是那麼溫和，臉上似乎持續向我微笑……

旅館婦人的面孔在我眼前浮現——還有一早德里那名櫃檯男子。

回來。把步伐穩住。階梯繼續往上，那一排排窗戶終於再度出現，在遠方盯著我。我開始愈來愈喘，還有些心悸。是高山症嗎？對，降落後我連午餐都沒吃，但怎麼一點都不餓。肯定是高山反應。眞的要穩住。只要爬慢一點就不會有問題了，無論如何都會到的。但為什麼這條階梯前後一個人都沒有？明明有看到指標，應該不至於走錯路吧。不至於吧……

「今天你能來面談我也很開心。這不是場面話。如果你能來我們醫院任職，也是我們科的福氣。但我眞的要以過來人的經驗跟你說，等之後哪天你想離開T醫院，你隨時都還是有機會離開。包含我們家現在這個職缺明年也一樣有機會，說不定機會還更大——」

「主任，我——」

「我先把我想說的說完。你現在可能不認同我說的，也不要緊，但我希望你多多少少把我的話聽進去。你很優秀，也很勇敢，但你要知道，有時候那不一定是優點。要是你最後決定還是在T醫院留下來，那也很好，隨時告訴我，我不會介意。我是眞的爲你著想。不要放棄大家都認爲很好的機會好嗎？說離開很容易啊，但你要想清楚，這樣冒險値得嗎？眞的値得嗎？」

「我瞭解這不是一般人會做的選擇，但只要這邊有機會，我還是想努力看看——」

「學弟，我叫你學弟不介意吧？」他伸出手。錶面又在反光。「聽我一句，年輕人不要太天眞，話不用說死沒關係。我說這些都是爲你好。院方那邊我還是會照你的期待往上送簽呈，但如果之後你那邊有什麼新的決定，責任我來扛，眞的、眞的別擔心，不用覺得那有什麼大不了的你懂嗎？重點是，我不希望你因爲一時衝動的決定，以後後悔。」

我的視線從主任的手錶移向他的領結，雙手掐住膝蓋兩側。「我不認爲自己是衝動的決定。」

他輕輕笑了一聲。

我的視線繼續往上移向主任的下巴。

「所以你敢說以後一定不會後悔？」他問。

我的心跳劇烈加速。快抓不住了，每跳一下都像戰鼓打在我的胸廓上。呼氣。吸氣。呼氣。吸氣。一排排的窗戶終於就在我眼前了，但爲什麼裡面還是黑得我什麼都看不見。宮殿門外的那個又是什麼？金屬圓錐疊在一層層白色水泥基座上，好奇怪的東西。不管了。又一個指標指往右上方，那是通往山頂的路。我不能在這裡停下，那裡的視野會更好的。左腳。右腳。左腳。右腳。稜線上再沒有任何遮蔽，太陽曬得我全身發疼，整個人像是快要崩解開來。一定要抓住……

「更多話我就不說了，只問你最後一個問題，但你不用現在回答。」

◇

我緊盯向他的嘴。「……主任請說。」

「你是——**真的想要來我們醫院，還是只是想離開？**」

風馬旗啪噠一聲把我打回現實。

我喘著氣，乾燥的空氣沿著鼻腔、咽喉、氣管一路往下，像是直到支氣管末端的每一個肺泡。我明明已經到了不是嗎？山下一棟棟房屋露出土黃色的屋頂，雜亂地擠在一起。一小撮樹林毗鄰在城鎮邊緣，更往外全是貧瘠的沙地。遙遠的車流聲、狗吠聲與機械施工聲是那麼清晰，彷彿就在我耳邊發出一樣，幾乎接近刺耳。

我繼續調節呼吸，直到心跳漸漸轉慢。

我向遠方水平地望出去。對面那列山脈不確定是叫什麼名字，我想起更北、更南的外圍還有喜馬拉雅山與喀喇崑崙山，一層、一層像是將海洋的氣息完全阻隔在外了。啪噠啪噠又颳起一陣強風，四面八方的風馬旗繫在繩子上不停拍打。那張單張不小心從我口袋掉出來，我追過去伸手一抓——

拉達克的「拉」，在藏文中意指埡口。所以拉達克的原意，便是「埡口之國」。

風吹得我快站不穩，我轉身背對風向，把單張用力塞回口袋，摸到裡頭那張幾乎沒派上用場的地圖。

我怎麼會以為拉達克已經夠遠了。

這裡，不過是海拔三千五百公尺上的另一座盆地。

我躲進山頂後方的樓房，裡頭端坐一尊兩層樓高的佛像。祂雙手結印，陽光從窗口照射進來，恰好照亮半邊。祂的右眼目光如炬，而左眼隱藏在陰影中，一齊瞪視著我。

6

我從精神樓走出來。好亮，我像是又看見楊醫師。她看著我笑：「這邊就交給你了，學弟。」她的聲音很快被蟬鳴覆蓋。

我竟然就這樣來到這一個多禮拜了。我嚼著剛在便利商店買來當作午餐的飯糰，還是覺得不太真實。昨天下午在袁P門診見習直到晚上快九點才結束，今天早上八點一到，我的公務手機就連響三聲，是三床病房會診——我上半年除了日間病房外最主要的工作。這幾天忙碌的程度像是令我不立刻上手也不行了。還好剛才最後一位會診的十六歲漂亮女孩只是來住院追蹤腎功能，會談在她母親陪伴下進行得非常順利。「輕微焦慮，預約袁P門診追蹤即可」，我在會診單上這樣回覆。終於，我可以準備今天第一次進日間病房。

我吃完最後一口飯糰，開始爬階梯。

大教室裡沒開燈，病人們都不在。丁大在電腦教室裡，窗戶對側的辦公室裡雅慧正在講電話，芳美姊在位子上注意到我，遠遠向我微笑。

「爸爸你聽我說。」雅慧一手拿話筒一手撐住額頭。我看了一眼門邊編號05的打卡紀錄紙，朋城今天遲到的時間算是還好。「我瞭解，我瞭解。所以請你先帶他去看小兒科不是嗎？」雅慧似乎快要失去耐心。我從病歷櫃裡抽出這幾天已經被我從頭完整翻閱的朋城的病歷。

「芳美姊，」我說，「等一下我要跟——」雅慧抬頭以手勢要我講話小聲一點。我放低音量：「我要跟朋城會談。」

「嗯。」

芳美姊的聲音好像總是這麼輕。前天早上與她一起帶單數組的向日葵團體，即使吳宇睿嗆起遲到的張朋城，她也是這樣輕輕柔柔地開口，神奇的是，在場的人也總會安安靜靜地聽。

芳美姊看著我像在等待我多說什麼，我向她微笑搖頭。

雅慧電話在說的似乎是之前住過這裡的病人，名字我沒聽過。我看見我那本南美日記被夾在丁大桌上幾份數學試卷之間。上週我簽好名拿給他時，他興奮地說等明年八月調回特教學校也打算去南美，說是要追隨我的腳步——他很誇張地說我是他偶像。

我帶著病歷往外走。一切都等談了之後再說吧，就像楊醫師說的那樣。

「蔡醫師，」芳美姊叫住我，「鑰匙？」

「啊，對厚。」我繞到芳美姊後方從牆壁取下鑰匙，「謝謝芳美姊。」

她向我微笑，眼尾的紋路也像是好幾條微笑的弧線。

我走出辦公室門口，有兩、三個病人回來了，將大教室的燈一區一區點亮。我回想前天一早團體結束的時候……

◇

「朋城，」我起身走過去，「和你約個時間會談好嗎？」

他停在小教室門口旁，面無表情地回頭。其他病人經過他身邊一個個離開，只剩兩個人持續搬動桌椅回原位。

「後天，週四下午一點半，你方便嗎？」我注意到他大概只矮我一、兩公分。

他看向芳美姊，再看回來，視線的焦距像是落在我身後。「爲什麼又要找我？」他有些含糊地說。

「沒什麼，一方面月底要開會，一方面，本來這裡每個人我都會找時間談一談，稍微認識大家這樣。」我決定先簡單地說就好。

「……隨便。」

芳美姊走來我身旁：「朋城，蔡醫師是接替楊——」

「我知道他誰。」他忽然放大音量。

芳美姊保持微笑，向他點個頭。

朋城眼神左右閃動幾下，低下頭。「還有別的事嗎？」他聲音含回嘴裡。

「沒有了。」我說，「我們就後天再聊吧。在晤談室？」

他草草點個頭，轉身出去。

我轉開鑰匙，開燈，在面朝室內窗的那張單人沙發椅坐下。這間晤談室我已經進來過幾次了，如同先前與其他病人會談時的第一個動作，我伸出右手撥開轉角立燈的開關，黃光傾斜地照出壁紙的菱形立體織紋，那張嵌在朋城病歷封殼上的病人資料卡也顯得更加泛黃。

他應該會記得過來吧。如盈前天聽到我說和朋城約了會談時，一開始有些驚訝，後來知道我只是先和他約這一次，反而變得比較安心的樣子，不知道是為什麼。如盈說她會再幫我向他提醒的——她幾乎是有些過於積極地總在注意有什麼可以幫上我的地方。

我抬起頭，發覺窗簾忘了拉上，走到窗邊剛好看見更多病人從大門回來。上次楊醫師離開時哭得唏哩嘩啦的胖女孩名叫筱雯，她和那個高瘦的白樺樹男孩哲崴在講話，笑得很開心。壯碩的宇睿似乎是往電腦教室衝過去，差點又撞倒椅子。我的視線往左前方穿過那一列長長的窗戶，辦公室裡雅慧終於掛斷電話，往芳美姊的方向比劃雙手像在抱怨什麼。

如盈推開大門進來，還有朋城。他們似乎是最後的兩個人。朋城與我稍微對上眼神，我揮個手，示意我在這裡等他，然後拉上窗簾。

我坐回沙發椅，翻開病歷，在楊醫師最後一筆紀錄底下空兩行，寫下「On Service Note[4] 2012.7.12」幾個字。

「嗨，朋城。」

他唰一聲把窗簾打開。

我看過去：「怎麼了嗎？」

他在與我呈九十度角的三人沙發中間坐下。「不然丁老師又說我曠課。」

4 On Service Note，接班紀錄。住院病人的主要照顧醫師更換時，前一位醫師須將病人的過去病史、現況評估與治療計畫等，摘要做成 Off Service Note（交班紀錄）；接手的醫師則在交班後完成 On Service Note。

「到……兩點二十？」

我第一時間沒很聽清楚他的咬字。「噢，也可以。我沒有特別預設我們今天一定要講多久。」

他看回我這邊，但視線的焦距一樣像落到我身後。「你沒有？」

我猜不出他反問我的情緒或想法是什麼，簡單嗯一聲。

「所以……楊醫師沒跟你說什麼？」

「楊醫師？」我回想學姊當時拖沓的語氣。「她是有說……希望我可以找你談一談。」

「談一談？」

「嗯。」先說這樣就好。

他左腳原地緩慢踏了幾拍，整個人往後靠上沙發椅背。幾秒過去，肩頸像是垮了一樣又往前低下頭。「你想知道什麼？」他有氣無力地說。

很好，我們的談話終於比較上軌道了。「你希望……我知道什麼？」

他吸一口氣，然後快速呼出來。「不知道。」

「不知道？」

「……對。」

他隱約又有些不耐煩了。「沒關係，如果你是不知道，就說不知道，OK的。如果是你不想說，或者不會說，也可以直接告訴我你不想說，或者不會說，好嗎？這樣我會更能瞭解你的意思。」

他似乎咬住嘴唇。

「唔，所以？」我向他聳肩攤手。

「……不都在裡面了。」

「嗯？」

「病歷。你不都看過了？」

「喔。」我低頭，看見一個字都還沒開始寫的空白頁面。「我是看過你的病歷，但如果可能，我還是希望能直接聽你說。」

「然後呢？」

「然後，也許那樣，我能對你有一些新的瞭解。」

「然後呢？」

「呃，然後？」怎麼還有。

「瞭解了然後呢？」他語速加快。

「也許，有了一些新的瞭解，看會不會有些什麼不一樣……能繼續發生？」

他又轉向窗戶那側，搖搖頭。

「還好嗎？你似乎不是很……」

他再次吸氣後快速呼氣。

「也許試著說說看，你現在——」

「你想問什麼就問。」他看回我這邊。

我腿抖一下差點弄掉病歷。他眞的不耐煩了。「唔……」我晃著右手。

「**我為什麼回不了學校**。你想問這個嗎？」

「嗯？沒有。」我反射性地否認，「我並沒有預設我是要——」

「那你想問什麼？」

「也許，像是……」
「你想問什麼？」他更加重語氣。
怎麼變成他在主導了。我努力喚起有關他病史的記憶。「那個，我知道過去，你有過一些比較明顯的焦慮、恐慌，現在——」
「還好。」
「那，你的心——」
「心情還好，睡眠也還好。」
「所以和之前——」
「之前怎樣？」
「之前，呃，我是指，像是一開始，你去不了學校的……」
他轉頭往窗戶那側又在搖頭。
我怎麼還是講回學校。「沒有，我只是、只是想瞭解一下，你的感受——」
他明顯冷笑一聲。
辦公室的亮白光線穿過兩層室內窗照進來，我像是凍住了，在這裡恆溫的空調之中。雅慧她們在看著嗎。如果楊醫師還在這裡她會怎麼回應。她在這裡待了一整年，甚至還看過朋城剛開始轉來日間病房時的樣子，她應該知道的。偏偏她什麼都沒說。懼學。經典的病人。很穩定。病歷上的大面空白開始變得更加刺眼。如果我能知道就好了，多少告訴我一點就好了。這邊就交給你了。楊醫師的聲音像是從我口袋裡那本筆記本傳出來。
「——蔡醫師，你去過急性病房了嗎？」他持續面向窗戶那側，語調裡沒有任何情緒。

「呃，算是有。」他想說什麼。

他又沉默幾秒。「我第一次住進去是四年多前，二〇〇八元旦隔天。」

對，楊醫師在病歷最前面的日間病房入院紀錄有寫，他來這裡之前有先住過四次急性病房。

「那天晚上，不知道被搞到幾點，好不容易終於又出電梯，有人刷什麼卡吧，嗶兩聲，頭頂玻璃門嘩一下往兩邊打開，然後又關上。接著就聽到鑰匙開鎖的聲音，裡面第二扇門打開繼續進去。裡面好暖，而且亮得像變回大白天一樣。他們說什麼 new 胚來了、new 胚來了。後來才知道胚是 patient 的意思，是在說我。我又聽到另一邊一個門開關的聲音，一個男生說要關保護室嗎，有人回他說應該不用了，我就被送進另外一間房間。他們終於把我鬆開——」

「鬆開？」

朋城停頓一下，還是沒看向我。「原來那是個男護士。我第一次知道也有男生當護士。他問我要不要自己下來，我坐起來頭有點暈，就直接躺上旁邊那張大床。那張床很軟很舒服，而且有枕頭了。我看著剛才我那張鐵床被推出去，好像火箭發射一樣，然後才看到我媽進來。她摸著我的手腕、臉頰，我不知道她想幹嘛，她好像在笑，很奇怪的笑。我隨口說我要吃麥當勞，她好像更開心的樣子，說那她現在去買回來。但我其實根本不餓，後來也沒吃完。我媽幫我把床頭抬高，我坐在床上只覺得薯條冷了真的有夠噁心，油膩膩的。我在病房那台電視上看到自己的倒影，但模模糊糊的看不清楚。我跟我媽就什麼話都沒再說。

沒多久房間燈就全關了，我媽還是坐在旁邊。我躺著也沒什麼感覺，就很累吧，可是又睡不著。我轉頭看向門縫底下，走廊的光線從那邊穿進來像是要被陰影吃掉一樣。隔壁床的人都睡了，病房裡很安靜，我滿腦子卻轟隆轟隆吵個沒停，我就躺在那邊想神啊、命運啊、未來啊，愈來愈滿，腦袋都要爆炸了。我媽還是坐在旁邊動也不動，不知道是醒著還是睡著了，像個死人一樣。那時候我就一個念頭，我有資格瘋掉啊，我有理由瘋掉啊，爲什麼我沒有？」

他停在一個怪異的笑容，病歷裡我依然一個字都沒寫。到底發生什麼事。他那個疏離的語調，與表情……

「隔天早上，我媽就走了。她當然還活著。離開前她跟隔壁床的一個中年人，應該是那個病人的爸爸說請他幫忙稍微照顧我，我就這樣住下來。然後當天，就簽了住院同意書。」

我等待大概有一分鐘那麼久。他似乎，眞的說完了。

我做了幾次深呼吸，確認病歷還穩妥地躺在我大腿上。

「你說，你同意了？」我試探性地問。

他聳個肩。

「嗯？」

「其實有沒有同意好像也沒差，反正我還沒成年。」

「……謝謝你，和我說這些。」我低頭想了一下，「我能感覺到，那段經歷是很——」

「很怎樣？你還眞的以爲你能瞭解，以爲你能聽到？我就是這裡永遠的班長你懂不懂。我就在這裡了。楊醫師和我都談了快四年——」

「你說，楊醫師和你談了，」我的喉嚨好像哽住，「快四年？」

「對。每週一次每次五十分鐘。然後呢？她就這樣揮揮手走啦。說得再多……」他胸口的起伏變得急促，「你以爲你是誰？你以爲你可以——」

他扭頭往另一邊過去。我又看見他那兩道像是疤痕的髮根。他抖起右腿。

「朋城……」我嘗試將聲調放軟。

他站起來拉開門就走。

我手往沙發撐，但所有力氣都陷了下去。他往大教室走進去，門半開著，我隱約看見遠處落地窗頂端的彩帶，像在半空中不停顫抖。

7

頭頂又是風馬旗，一串串懸跨廣場上空，往寺院的金色屋頂匯集。從山頂下來，我一路下坡、轉彎、繼續下坡、繼續轉彎。我拿出單張想看上頭有沒有記載眼前這間寺院的名字，但是沒有。太陽傾斜地照射過來，風馬旗變成半透明的，上頭全是我看不懂的藏文與圖樣。

「朱雷。」一名老婦人向我微笑。是旅館那名婦人嗎？玉石項鍊、長馬尾與大黑裙，好像，但我實在想不太起來旅館婦人的相貌。我向她點個頭。婦人左手握了一大串佛珠，垂下的長度超過膝蓋。她也向我點頭後便走了，右腳有些跛行。我想我應該是認錯了。

婦人走向大殿外牆那排轉經筒，開始一一撥轉。她發現我還在看她向我又點一次頭。我跟上前，看見只要她經過的地方轉經筒便開始旋轉，側面望過去像是波浪一樣。我嘗試模仿她的動作，就這樣走過第一面牆，第二面牆，第三面牆……

忽然一聲宏亮的吟唱自幾個街區外響起。是穆斯林的喚拜廣播。

下山途中好像有見到一間清眞寺，是從那裡廣播的嗎？高聳的拱門，八角尖塔，亮白地立在街道底端。我回過神，發現眼前這排轉經筒全停了。我趕緊走往第四面牆，但沒看見婦人的身影，一整排轉經筒也是靜止的。喚拜廣播繼續一句句傳了過來：

「快來禮拜呀，快來禮拜呀！快來成功呀，快來成功呀！眞主至大，眞主至大！萬物非主，唯有眞主。」

這裡是拉達克沒錯吧？喚拜聲彷彿直接穿進我的頭顱。就像那一年的夏天。我在旅館，四樓，窄小的單人床，嗡嗡作響的電風扇勉強吹出熱風，每天清晨都是那一聲吟唱將我從睡夢中吵醒。往窗外探頭，牛糞的臭味飄了上來，左右幾處冉冉升起火葬的灰煙。那是恆河邊的聖城瓦拉納西，也是六月，讓人昏沉沉的夏天，就算醒了也好像沒醒一樣。我每天都在想爲什麼要來這裡。我又爲什麼來這裡。不該是這樣的。我杵在空橋上，再一會兒就要下雨了吧。偏偏還沒。一個多小時前我站在醫院側門外不是還大晴天嗎？烏雲壓在整個台北盆地上，空氣變得好重。底下的馬路滿滿都是車，喇叭聲、引擎聲、警察的口哨聲，一層層疊上來把我推向半空，但鞋底被黏住了。一輛救護車鳴笛衝過來。我剛最後怎麼會那樣回話，我以爲自己在吵架嗎？他是主任欸，我怎麼吵都只有輸的份。我在想什麼。我說得太多了。想得太多了。我會來這裡當然是因爲我想來，不會錯的。「你再想一想。」離開前主任說，「我們保持聯絡」。但如果我錯了呢。「快來禮拜呀！快來成功呀！」喚拜聲從我腦袋裡響了出來。頭好痛。沒睡好眞的不行，偏偏昨晚愈是努力想睡著愈是睡不著——和記憶一樣不可靠啊，愈想努力忘掉的反而愈記住了。眼前的光線逐漸消失，我像被那一聲又一聲的吟唱帶進某條長長的隧道……

三秒。

五秒。

十秒。

沒有了。廣播停下來了。

我靜靜站在大殿前的廣場，頭上的風馬旗失去日光照射，像是隨意被綑綁在一起的尋常麻紗。

只有九天。

我終究得回去的。

天空垂下暮色，沒有一點雲彩。店家點亮一盞盞白熾燈，與車燈合力將街道映出一圈圈光暈。兩旁的行人多了起來，藏人面孔，印度人，歐美遊客，四處遊走。「Taxi! Taxi!」計程車司機還在招攬客人。藝品店裡的人也變多了。一個烤肉攤被六、七名年輕人圍繞，老闆拿著扇子站在煙霧後方，炭火飛濺而出。我抬頭看見一家旅行社的招牌，「旅行者天堂」，手寫的字跡斑駁。此刻沒有什麼比天堂是我更需要的了。

木桌後方是一位中年印度男性，桌墊下壓滿地圖與風景照。他抬起頭。

「晚安，我的朋友。有什麼我能為您效勞的？」我從他的眼鏡鏡片看見電腦螢幕的倒影。

我問他們有提供什麼行程。什麼都好。

「班公錯[5]。如果您沒有特別期待，首選當然是班公錯。您看過《三個傻瓜》嗎？」他把 three 發成了「特立」的音。我點頭。寶萊塢的電影只看過這一齣，劇情忘得差不多了，只記得十分冗長。「這

5 班公錯（Pangong Tso），位於西藏與拉達克邊境的高原湖泊，橫跨中印兩國。在藏語及拉達克語中，錯（Tso）為湖泊的意思。

幾年每個人都在問片尾那座湖在哪。漂亮啊，眞的漂亮。我告訴您，印度這一側的班公錯比較漂亮，比中國那一側漂亮。我不會說謊的，雖然我是印度人，但您問任何人都會告訴您印度這一側比較漂亮。沒有騙人。您從哪裡來？」我說台灣。他向我確認，我又點頭，重複一次台灣，不是泰國。他抓起滑鼠在電腦打開新視窗，上下瀏覽。「很遺憾，我的朋友。台灣，不能辦許可。那兒靠近中國邊界，規定很嚴哪。您沒辦法去。」

他停下來，看我表情沒有變化，繼續說：「我親愛的朋友，您別不滿意。眞的不行的。不是我爲難您，我知道有人偷偷搭車過去，那很危險，眞的危險，被抓了不只是罰錢。我也想賺錢，但危險的事，違法的事，我不做，也不建議您做。」我告訴他沒關係，別的行程也行，我沒有特別想去哪。他笑了開來，兩手在半空揮舞：「您是眞正的旅行者啊。好的也好，壞的也好，您永遠不知道下一個是什麼，不是嗎？但都沒關係，您來對地方了。我們可是『旅行者天堂』。誠心向您推薦，來拉達克一定要健行。健行才好。喜馬拉雅山脈，風景美的不能更美，除了尼泊爾以外最好的選擇。我們有各種行程，各種難度的選擇。您有多少時間？」我說不多，幾天而已。「那麼最基本的，至少走個三天健行。我的朋友，坦誠向您說，那只能算遠足還稱不上健行，您什麼裝備都不用。重點是眞的美，您一定會覺得值得。我們可以幫您安排交通與住宿，您省得煩惱，交給我們就好，小事情。您如果想雇個嚮導也行，當然要花比較多錢。我建議您不用的，您看來就很有經驗，而且那路線很受歡迎，不會迷路的。我不會爲了多賺錢故意多賣您東西的。相信我，我們很誠實的。」

我看著他的嘴巴動個沒停。我說我回去再考慮一下。他說：「沒問題，我的朋友，需要任何幫忙儘管告訴我。」他伸手拿了張DM在我面前打開，與旅館婦人給的單張不同，是彩色銅板紙。他用原子筆在地圖上標記幾處地點，向我說明健行的接送地點與當中兩晚的住宿處。全是些難以發音的地名。他摺成三摺後遞給我：「記得我們是『旅行者天堂』，您最好的朋友。歡迎隨時再過來。」

我收進口袋。又多一張。「對了，這附近有網咖嗎？」

「您出門後，左轉到底就是了。」

「謝謝。」

網咖裡，電腦沿牆面排成一個圈，都是白人，全盯向螢幕。我分不出是傳統螢幕還是日光燈在閃爍。沒有人講話，只聽見滑鼠與鍵盤不斷被敲打。我問了價錢後坐進角落剩餘的一個空位，登入網路，開啓郵件信箱。都是廣告信。我反覆點了幾次收件匣，想確認不是網路太慢，而是，眞的沒了。我忽然意識到今天才週日，我來到拉達克的第一天，再怎麼樣主任也不可能今天回信給我的。我握著滑鼠。問題是，我期待得到什麼回覆？

我眞的……要離職嗎？

將視窗關閉。登出網路。結帳。

我走進旅館。這回我沒認錯，那名老婦人正在收拾桌上那幾疊報紙。她發現我回來，露出微笑：「孩子，宮殿，你去了？」我點點頭。桌上沒看到那本 Lonely Planet。「你看來累壞了。晚餐，吃了嗎？」我看向她，搖頭。她笑起的嘴角與額上的皺紋有著類似的弧線。我那時怎麼會認錯人。她說：「在這吃吧。我們有麵，特製的麵，好吃。」

我愣了幾秒，點頭。

婦人托住我的手臂——我還是感覺有些粗糙。「孩子，來。」她領著我穿過門廊，「你會喜歡的。」餐廳裡有五六張桌子，桌上都點著蠟燭，沒有其他燈光。她要我在窗邊坐下，彎身幫我拉椅子時玉石項鍊輕撞出聲響，然後她就離開了。窗外的天色已經接近全黑，我勉強看見室內懸掛幾幅捲軸畫，畫裡有橫亙的雪山，還有一條河，燭光忽明忽暗，照得它彷彿正在流動。遠方又響起喚拜廣播。可能是清眞寺太遠，聲音來源的方位變得模糊，句與句之間都黏在了一起，像是氣息綿延不絕地唱著。

「祈禱的廣播，給穆斯林的。」婦人端著麵進來，「我，佛教徒。我們，生活在一起。我們相信的，我們不相信的，都一起。那很好。那就是佛。」

我困惑地望著她。

她只是把麵放到我面前：「吃吧，孩子。你一定餓了。」

碗裡鋪滿蛋絲，我用湯匙攪了一攪，底下還有番茄、紅蘿蔔、青豆、蘑菇、高麗菜與木耳。我捧起碗喝湯，有些燙口，吹兩下，再喝。入喉的先是蔬菜的清甜，然後漸漸透出底味的不知名辛香。

8

我嘴裡殘留便當的餘味，感到輕微作嘔。

「這樣不行啦蔡醫師。」雅慧在座位坐下，「Team meeting 你坐在那，袁 P 問你你一句話都不說？之前楊醫師從來不會像你這樣。」

「嗯。」我低下頭，桌面上還躺著上午開會討論的五本病歷。剛不該硬把整個便當吃完的。

丁大說：「也還好吧？誰規定每個人都要一樣。」

「丁、大、維，」雅慧的聲音轉過去，「你以為這裡還是學校嗎？病人可以這樣一直丟在外面沒人

——」

「那個，」如盈打斷他們，「這件事是我不對，我也有責任。」

我困惑地抬起頭。芳美姊也同樣看向如盈，然後看向我。

「呃，沒事啦。」我感覺我好像必須說些話，「下次我會再努力一點。我……先去找筱雯會談好了。」我讓語氣保持聽起來正向。

丁大側頭向我笑了一下，芳美姊好像也持續看向我。

我從病歷櫃抽出筱雯的病歷，一踏出辦公室門口，眼前便暗下來。病人們大多還在午睡，綿長而低沉的呼吸聲與鼾聲從各個角落傳出來。有人翻個身繼續睡，也有兩、三個孩子醒來了，向我開心地大力揮手。

你覺得你可以做什麼？袁P會議中的問話在我耳裡響起。那時我彷彿從袁P診間裡觀察的位置瞬間被拉到他面前，成爲那個被問診的病人——然後我腦袋一片空白。自從兩週前與朋城的那次會談後，他的遲到情形變得更加嚴重，今天甚至到現在都還沒出現。他像在刻意避開任何被我找去談話的可能，我只能仰賴如盈告訴我她其他時間的觀察，如同她對其他單數組病人做的那樣。還好、不用太擔心，她總是這樣結論，實際上她所提供的也確實是很一般的資訊。所以，你要成爲楊醫師嗎？袁P繼續問。他爲什麼要這樣問……

「謝謝醫生，那我回教室囉。」筱雯從沙發上起身，打開門，「醫生要幫你關門嗎？」

「好啊，謝謝。」我說。

她胖胖的臉頰上又笑出酒窩。

隔著窗我看見病人們陸續環山回來了——他們都這樣稱呼這個活動。每天下午第一節課前出去沿柏油路走一圈，十五分鐘。筱雯還提到這應該會是她以後最懷念這裡的時間。她已經下定決心，九月開學後就要出院。

她說她打算把那個一直被別人——包括宇睿——言語霸凌的不好的自己留在這裡，然後，用全新的自己回到學校，面對九年級的生活。我想都應該是這樣的。舊的不去，新的不來。那是一件多麼值得開心的事。

我在筱雯的病歷蓋上我的醫師章。

我也會更適應的，用這個旅行回來後的新的自己。

叩、叩。

芳美姊站在窗外。我過去打開門，芳美姊示意我們坐下來說話。

她一貫輕柔地開口：「筱雯都還好吧？」

「還不錯。」我嘗試也給出微笑。

「她應該……也向你提到決定回學校的事了？」

我點點頭。

她抿著嘴笑了一下。「她啊，是個很棒的孩子，和去年剛進來這裡的時候相比，進步了很多。」

「……我相信是。」

她點點頭，停頓一會兒，視線低下來又點點頭。

我也低下頭，看到病歷紙透出前一面楊醫師的字跡。

「那，你呢？」芳美姊問。

「我？」

「你來到這，也快一個月了。都還好嗎？」

「算……還可以。」

芳美姊再度向我點頭。

我覺得自己的話有些太少，但可能是輩份還怎樣，這段時間以來其實我沒眞正和她聊過太多——特別是和丁大相比的話。

「你會覺得……自己做得不好？」

「嗯？」我愣了兩秒，「這個，也不完全是，就……怎麼說，今天上午開會眞的對大家很不好意思，然後，剛才還害辦公室裡那樣……」我有些難爲情地笑了笑。

芳美姊繼續點著頭，像是另外在想些什麼。「唔，楊醫師後來，是不是沒和你說，她其實已經幫朋城做了好幾年的心理治療？」

「呃……是。」

「其實，」芳美姊淡淡笑了一下，「她有和我討論過這件事。」

我訝異地看向她。

「六月最後那個禮拜，楊醫師主動來問我，要不要、或者說要怎樣和你交班關於朋城的一些事。她想了很久都拿不定主意，甚至該說，這可能是她對這裡唯一放心不下的事吧。畢竟三、四年來，這裡的每一個人，都花了很多、很多心力在朋城身上，我們這裡……」她露出像是疼惜的表情，「永遠的班長。」

上次和朋城會談最後他好像也有說到這幾個字。

「楊醫師那時候跟我說，她很希望有人能接手她與朋城的治療，因爲再怎麼說，這都是朋城還能待在這的最後一年了。可是她又不希望讓新接手的人，讓你，承受太大壓力。但說到底，楊醫師是相信你的。她覺得你一定能幫到朋城，而朋城，也會需要你的幫忙。」

我苦笑搖頭：「學姊她根本不認識我啊。」

「是啊，所以這正是她在思考的事吧。」

「嗯？芳美姊的意思是？」

「這些年，這裡發生過太多事，朋城自然也是。從最一開始楊醫師和如盈老師也都只是新人，一路來到現在，這些過程我們都知道得太多，也太清楚。」

「如盈老師也……」

芳美姊點個頭。

「但我不懂，那不是很好嗎？我的意思是，朋城是一個已經經歷這麼多年治療的個案，他和楊醫師建立的關係，楊醫師對他的瞭解，我是指，我怎麼有辦法，」我又想起上次和朋城會談的最後，「我只是一個新來到這裡的人而已，爲什麼不讓我知道？我也不是眞的新手了，就告訴我啊，我還是可以、可以……」我想不到說什麼，皺著眉低下頭。

「我不是楊醫師，我沒辦法代替她回答你。但我相信，她最後決定不告訴你任何細節，也許是因爲在你身上看到一些你有、而她沒有的東西。」

我重新迎向芳美姊的目光，搖搖頭。我感覺自己更不認識學姊到底是什麼樣的人了。

「蔡醫師，眞的，你可以覺得自己做得不夠，但不用覺得自己做得不好。袁P上午那樣問你的時候，並沒有任何責備的意思。我與袁P認識很多年了，這一點，我可以向你保證。」

「我可以理解，我只是，呃，懊惱嗎？我覺得我好像搞砸了。如果上次和朋城的會談，我換個方式、換個問句，或許結果會完全不一樣。要是朋城還是繼續像這樣不出現、不出聲，那我……」

「他一直在說啊。沉默，也是一種表達。」

「沉默……也是一種表達？」

芳美姊的眼神極其和藹。「還有一件事，或許你不知道，但整個七月以來，你是第一個，也是唯一一個，讓朋城談起楊醫師的人。」

「啊？」我感到驚訝，同時注意到窗外有人朝這裡接近——是朋城。他面無表情地看進來。芳美姊也朝窗戶轉頭。

「就交給你了。」她向我微笑。

又是這句話。芳美姊開門出去，與朋城似乎在牆的後方說些什麼，過了一會兒才繼續往辦公室走。

砰。朋城把門關上。

我嘗試將剛才的情緒整理起來。「嗨。」

他坐上沙發，眼神或言語沒有任何回應。不知道他是不是被如盈叫進來的。我又想起她在辦公室裡那句像在致歉的奇怪的話。

「你……剛到嗎？」我連他的名字都叫不出口。

三、四秒過去，他點一下頭。

「有跟著……一起去環山？」

經過更久的停頓，他搖個頭。

我一時不曉得問什麼，發現筱雯的病歷還攤開在我腿上，趕緊把它收到身後。我根本沒帶朋城的病歷進來。

朋城似乎在注意我的動作。

「呃，怎麼了？」

他再度回應一個延遲許久的搖頭。

窗簾還是開著。這間晤談室的隔音太好，或者是外面太安靜了，我幾乎感到耳鳴。朋城駝著背，雙手交握垂在腿間，視線就像上次那樣投向窗戶那側的牆面。

「會不是開完了？」他低聲說。

「是？」

「……那還要講什麼。」

我嚥下一口口水。要講什麼。如果不是芳美姊我也不會還坐在這。我調整一下坐姿，沙發深處發出細微的擠壓聲。「我也……還在想。」

他稍微抬高視線，像是望向窗外。我跟著看過去，看見辦公室裡我的座位——那個楊醫師移交給我的座位。我低下頭。

他呼口氣，然後含糊地說了兩個字。

「嗯？」我沒聽懂。

「你剛問，環山？」他稍微大聲一點。

「是？」

「那一開始是我在班會提的。」

我不確定該怎麼回應，嗯一聲。

他左手的拇指在右手掌腹上搓揉，然後抿了一下嘴。

「唔，你想……說什麼嗎？」我輕聲問。

「就，很殘酷。」

「殘酷？」

「……當別人都往前走了，就會發現，剩你一個人。」他保持平靜的語調。

我感覺有些難受。

我得具體回應些什麼。

「我以爲，你是這裡的班長？」我說。

「你以爲，這裡眞的是學校？」

我再度勉強嚥下一口口水。我把永遠的班長想成什麼了。我眞的什麼都不知道。我像是被楊醫師帶著一直走、一直走，走進我還沒去過的後山。樹木將所有光線都遮去，沒有風，然後她消失了，像個鬼魅一樣。雅慧、丁大與如盈的聲音短暫出現，又被吞沒。然後是芳美姊，還有袁P。陰影愈來愈黑，直到最深處浮現一道緊閉的門，又疊上另一道大門，門旁掛著招牌。

「我聽說，這裡有個地下名稱，是嗎？」我不確定說。

他像是想到什麼，嘴角抽動一下。

「……**懼樂部**？」

他隔幾秒，點頭。

「唔，這個名字是……」

「在我來之前就有了。」

在他來之前就有了。所以我是想問什麼。

「懼樂，連快樂都讓人害怕。」他說。

我看向他，他面無表情地轉回面朝窗戶。「我不是很確定，你的意思是？」

「……不知道。」他的雙手又開始搓揉，「不會說。」

「OK。」我點點頭。不知道，不會說，不想說，那是上次我和他說過的指導語……

醫師服口袋忽然響出手機鈴聲。

他瞄過來：「你不接喔？」

「喔。」我有些遲鈍地抽出手機。號碼沒看過，我手指一點——「請問蔡醫師嗎？」電話另一頭好大聲，「我小兒科R2，請問現在病房會診找你嗎？」「對。」我留意朋城，他沒什麼特別的反應。「有一床是之前你們，唔，楊以璐醫師看過的會診，如果要 follow ——」「不好意思，我現在不方便講話，晚點回電給你好嗎？」「好，再麻煩學長。」

我掛斷電話，收回口袋，不小心摸到那本筆記本——

「其實你不用浪費時間。」

我抬起頭，朋城還是木然地看向牆邊。

「反正不管怎樣，一年後我都會離開這裡，你不也是。」他說。

「呃，是這樣說沒錯，可是……」

「怎樣？」

要不轉成人日間要不就 discharge。那是雅慧說的。「我會想知道，你的期待……是什麼？」

他保持沉默。

「我是指，假設……我是說假設，你沒有回學校，你會想要去哪裡嗎？」

他繼續沉默。

我猶豫是否要換個方式再問下去，譬如，那如果能回到學校——

「你就是不懂嘛。」他稍微加重語氣。

我感到胃酸一陣往上。「我……確實很多不懂，所以，怎麼說，我想我會需要你的幫忙？」

「我的幫忙？」他輕笑一聲，「你才醫生欸。」

「是，但醫生，也需要病人的合作，不是我一個人想做就能做的。」

「我都有配合吃藥啊。」

「那個，我的意思並不是——」

「上次就說過我都還好就沒事，你到底還要我講什麼？」他轉向我——今天第一次。

還要講什麼。

他又別過頭。

不管我說什麼好像都沒用。就交給我了。說得簡單，但我怎麼可能成為楊醫師。她是她，來到這裡的我也有我自己的期待。

「我聽你說……」朋城聲音全含在嘴裡。

「嗯？」

他又不說話了。

算了。「還是……我們今天先談到這邊？」我竟然說得一副還有下次會談的樣子。

他沒有要接話，但也沒有要起身的意思。

「不然這樣好了，我想，如果你想在這邊再待一段時間，也可以。或許，再十分鐘？我就……也一樣在這。」

他坐著，胸腹緩緩起伏，眼睛一眨，一眨。

我停止盯向他，視線往側邊移到門後空著的牆角，壁紙的菱形織紋今天看起來像是鐵柵欄一樣。我往後坐一些，有個堅硬的東西卡到背上。是筱雯的病歷——楊醫師留下的病例。成功的病例。

時間應該差不多了。我轉動手腕，看向錶面——

「這裡，到處都是窗。」他忽然開口，「有時看起來就像鏡子一樣。」

我瞄向窗戶，看回來。他是想要說什麼。

他又開始搓揉手掌，低著頭。「……我國小穿堂的正中央，也有面很大的鏡子。有次我一個人站在那，看著鏡子裡的校門口，然後我就一直往前靠，直到在鏡子邊緣那層斜斜的地方，在裡頭，看見自己的倒影。」

我等待了一會兒。「是？」

「然後，**他們**就在外面。」

反光不知道從哪閃進晤談室，我感覺耳裡隱約嗡嗡作響。「……**他們**？」

9

巴士的引擎一路低吼，我被座椅帶著整個人都在震動。坐我前方的男子手裡拿了一支小型銀製轉經筒，轉出的反光在車廂內四竄。一會兒照到左前方那名婦人的鮮豔頭巾上——她正大聲講著手機。照到更前一排小男孩的胸前——他站在座椅上雙手抓住椅背盯著我不放。掃過掛在擋風玻璃頂端的各色旗幟——唵嘛呢叭咪吽。反光又閃過去。

一早我在巴士站給司機看旅館婦人給的單張，他聽不懂英文，我用手勢表示上面隨便一個景點都可以，他手指在提克西寺點兩下便要我上車。車身上沒有任何標誌，其他乘客都是藏人面孔。天知道這輛車是不是真的會開到提克西寺。小男孩還在盯著我，我感覺不大舒服，於是往窗外望，天空藍得與昨天一模一樣。我好像該要祈禱巴士能順利將我送達目的地，可是想到這，又覺得也沒有太大差別了。

「願你被保佑？」我接過旅館婦人遞來的景點介紹單張。同樣一份，第二次。

婦人點點頭：「願你被保佑。朱雷。願你被保佑。」

「然後妳剛才說，朱雷的意思還有……你好、再見與謝謝？」

「是啊。好孩子，走吧。很多地方，很多好。你想去，就去。」她的手伸過來，幫我把單張摺成四分之一大小，要我好好收起來。

我在想是不是該多問一些交通資訊，低下頭——

「朱雷。」她向我微笑。

她的意思應該是再見？我不熟練地說出朱雷，然後離開旅館往巴士站走。那是出發時我唯一確知的目的地……

巴士靠邊停下來。「提克西！提克西！」司機回頭朝我大喊。我趕緊下車，差點撞到那名男子的轉經筒。小男孩繼續盯著我。車一開走，提克西寺立刻在馬路對側現身，一排排白色平房往上堆疊，直到山頂幾棟紅色、橘色的建築——那是一整座山。

我怔怔看向對側好幾秒。昨天都爬了，今天，好像也沒什麼好再說的。

山頂似乎很熱鬧。重低音一拍一拍傳來，打得兩旁屋牆跟著震動。沒爬多久，我開始聽見縈繞在其間的中高音旋律，更多打擊樂器彈跳著加入，聲響愈來愈大。

「三十盧比。」我穿過大門，一名喇嘛走來向我說。這裡是寺院的中庭，被幾面紅色與黃色高牆包圍。舞曲聲似乎是從人群聚集的那個角落發出來。

「三十？」我還是不習慣他們如何發 th 的音。他手裡拿了一疊鵝黃色的小紙張，反覆翻撥像在洗撲克牌。他臉還朝向角落那兒，點頭。我拿鈔票給他，他把門票與找回的零錢放我手上就走了。

「提克西寺，拉達克」。門票正面幾個大字，旁邊寫了編號、價錢、網址與信箱。翻到背面，最底下一行寫著「一張門票僅允許一個人進入」。當然是一個人。

我直接走上二樓陽台。

中庭裡的人潮圍成了半個圈，一個個左右探頭。圈裡有一名男子穿上紅色緞面西裝，還有一名女子身著貼身的橘色洋裝，從肩背垂下一條薄紗。攝影機緊跟著他們。男子屈膝、蹬腳，在花崗岩地磚上踩出金屬聲響。他兩手往牆邊一指，女子足踏超高的高跟鞋扭著身子前進，甩動一頭波浪捲長髮。同樣一段路，同樣一段旋律，重複又重複。終於移動到下一個鏡頭。男子從後方摟住女子的腰，她的長髮與長長的薄紗一起飄動，搔過男子的胸前。他們正後方是繪有諸佛的壁畫。

「那個更有趣，不是嗎？」

一個聲音從右後方傳來。我嚇一跳。

是名看來年約三十的喇嘛，濃眉，眉頭上方緊接垂直的凹痕，連成兩個鏡像對稱的L。我不曉得他在我後面多久了。他沒看我，只是往前靠，望向底下的中庭。他兩隻手都藏在紅色的袈裟裡。應該是在跟我說話沒錯吧？我確認旁邊沒有其他人。

「更……有趣？」我問。

他轉頭看我，神色嚴肅。他在袈裟裡還穿了件紅色的polo衫，領口的扣子全扣上了。「你叫什麼名字？」

我猶豫幾秒。「伯鑫。」

「丹增，」他頭轉回前方，「我的名字。」又盯向中庭，沒再出聲。

我覺得這個人有點怪，轉頭，也繼續往底下看。男女主角還在使勁扭腰擺臀，旁邊那個應該是導演，用他略胖的身子示範了起來。有群眾在吹口哨，工作人員過去喝叱一聲。他們貼得更近了，像是疊成一個平面，長髮又搔過去。又有人歡呼。我開始感覺循環播放的音樂有些惱人，不懂底下的群眾怎麼能那樣忍受烈日的曝曬。總算導演喊個口令，音樂聲切斷，男女主角立刻退到屋簷下。群眾稍微散開，有人趁機湊上前想看仔細，中庭裡人聲嘈雜，更顯得我和丹增這兒沉默得要命。

「丹—增？」我看他沒有要走的意思，於是先開口了。希望我沒唸錯他的名字。「這是……什麼？」

我指向底下。

「他們在拍廣告。」他冷冷地說。

「剛好今天？」

「昨天，今天，可能還有明天。」眉頭也還皺著。我猜不出他對拍片這件事有沒有任何好惡。

「所以，平常這裡，不會像現在這樣？」

「是。很不一樣。」他的視線轉回工作人員忙進忙出的中庭，「你很幸運。」

接著又是沉默。底下正在架設另一條新的攝影軌道，工作人員帶女主角往外走，好像是要去補妝或什麼的。男主角與導演在講話，男主角頻頻搖頭。看起來這個空檔還會持續一段時間，我決定與丹增說再見——

「你怎麼來的？」他忽然開口。

「呃，從列城搭巴士，然後，爬上來。」他應該不是想問我怎麼來到拉達克的吧。

「爬？」他眉間的兩個L凹陷得更深了。

「……對？」

「不是計程車？」

我搖搖頭。剛才下車處哪有見到什麼計程車的影子。

「那邊，你走過嗎？」他指往中庭對側。

我看過去，發現不遠處有條馬路接過來。我苦笑一下：「我不知道……這裡還有別條路上來。」我開始感到自己很蠢。

他像是瞪著我，好幾秒，又上下打量一下。「跟我走。」他轉身繞出去，我根本來不及回應。他甚至不像有注意我是不是跟上了。「帶你看一看。」走上階梯的他背對著我說——如果我沒聽錯的話。我們爬高一個樓層。第一間房間很大，空氣裡瀰漫木頭香氣，正中央擺放一個三層銀櫃，頂端立有一尊四面佛，窗口正對中庭。第二間小多了，沒有窗，只有幾盞酥油燈把青色的怒目金剛雕像照亮，天花板上懸掛的黑紗半透著光，上頭繪有各色法器與神魔圖案。接著又進去好幾間，每間擺設都不一樣，唯一不變的是丹增從沒陪我進入房內。每次他開了門就自己站在門外，偶爾會在我進去前講幾個單字。我懷疑有些根本不是英文，聽不懂，還是假裝點頭。

上層的樓房似乎逛完了，他帶我轉往下樓的階梯。

「你剛說，你的名字是伯……」

「伯鑫。」中庭又開始播放歡快的音樂，聽起來不太遠。

「你幾歲了？」

「唔，三十一。你呢？」

「二十。」

我有些驚訝但沒表現出來。突然兩個紅色的矮小人影從我和他中間衝過，一路飛奔下坡。是兩個小喇嘛。

「我出生一週後，就被送來這。」丹增說。

「一週？」

「對。我在這裡長大。」

「所以你的意思是，這二十年來，你都在這裡生活？」

他點了一下頭。也可能只是他下階梯時無意的晃動。

「你的……家人呢？」我問。

「在下面的白色房子。」他指往我爬上來時經過的那一區。

他八成誤以爲我問他住在哪了。

突然他停下來，我稍微撞上他。

「有手電筒嗎？」他回過頭。

「抱歉？」我往後挪半步。

「手電筒。」

「呃，我只有……手機？」

他伸出手，我感覺無法拒絕。他拿過去並向我確認要如何操作。「下一間房間，你需要光。」他說。我隨他又往前下坡一小段，眼睛不時盯向他手裡的我的手機。拐個彎後，中庭的音樂聲在我們後方變得模糊。

他在一棟不起眼的樓房前停下，打開門鎖，直接走進去。我愣了幾秒。他從漆黑的房內探出頭：「怎麼？」

「嗯？」

他又更皺緊眉頭：「進來。」

爲什麼這次他會先進去。我通過門口，他把門關上。好暗，是沒窗還是窗簾都被拉上了。丹增將光線打往地面：「跟我來。小心。」他每隔幾步回頭看我是不是都有跟緊。中庭的音樂聲完全聽不見了，愈往裡頭，空氣愈悶，有種像是燒過東西的餘味。他停止前進。

我跟著停下。

「你看。」他用我的手機往牆面一照——我不小心笑出來。

牆上畫了一具與眞人等高的骷髏，頭戴紅帽，肩披紅布，一手托頭張嘴在笑，一手叉在纖細的腰——天哪，根本與剛才拍片的女主角一模一樣嘛。我突然想到我這樣笑不至於犯了什麼戒律吧，轉頭看向丹增，他躲在刺眼的光線後方好像也在笑。我想避開光線的角度看清楚，他將亮光晃過我面前，照向來時的地面。「走吧。」丹增說。

外面感覺比我們進入時更亮了，他將手機還給我，我趁他鎖門繼續觀察他的表情。沒有笑容，眉間與進去前是同樣的兩道凹痕。我在想剛才或許是我看錯了。他帶我繼續下階梯，中庭的音樂聲持續轉弱，前方傳來小喇嘛們的唸經聲。我們左轉切入一條廊道，唸經聲在經過一扇半掩的門時達到高峰，門口周圍散亂一地的小鞋子。

他在門口停了一下。我以為這裡也能參觀，往前踏出去，他伸出左手擋住我。他搖搖頭，示意我們繼續往前走。幾步之後他說：「我在這裡得到我的名字，丹增。與達賴喇嘛尊者同名。」廊道裡照不到光，齊一的唸誦聲從背後追來。

「……那是，什麼感覺？」我問。

他保持沉默。

我們繼續往廊道的另一端走過去。

「不是感覺，而是意義。」他終於說。

「唔，你指的是？」

他走出廊道，重新打下的強光將他一身的袈裟照得豔紅。「名字，像在說我該要成為誰。那是他們對我的期待。」

「他們的……期待？」我停下腳步。主任的身影隱約又要在眼前浮現。

「你呢，」他看向我，臉上滿是陰影，「伯一鑫？你的名字，你帶了什麼而來？」

廊道剛好與另一條階梯垂直相接，背後的唸經聲與上方的音樂聲混合在一起。我帶了什麼而來？我努力去想，但不知道為什麼，只一直想到那張離開後便是廢紙一張的門票。我搖了搖頭。

「沒有嗎？」他問。

我又搖頭。

「任何意義？任何故事？你知道，任何都好。」

我停頓幾秒，還是搖頭，並擠出一個微笑給他。他的神情有些改變。我說不上來，我覺得我的答覆好像讓他失望了。可是他在期待什麼，我又給得出什麼？我連自己怎麼會來到這裡都一無所知。

「那……往上吧。」丹增說，「我帶你看強巴。」

「強巴？」

「就是未來佛。」他往上邁開腳步，「當末世來臨，祂將會解救眾生。」

「所以，對你們而言，未來佛是象徵希望嗎？」

他回頭看向我：「當末世來臨時。」又繼續走。

丹增領著我在一個路口右轉，繼續往上。恢復慣例，丹增在一扇門前停下。我走進去，看見一尊金色大佛的上半身，面容莊嚴。再往前幾步，發現祂的下半身端坐在樓下的蓮花中。祂全身應該約有四、五層樓這麼高。我走到最前方，簡單雙手合十敬拜，低頭看見佛像前堆滿信徒貢獻的紙鈔，同時外頭不斷傳進舞曲與人群的喧鬧聲。

丹增在門外盯著我的一舉一動。我往外走時他問：「要再上樓嗎？」我本來以爲這尊未來佛已經是最高處，向他點了頭。

我們站上樓頂，恰好能將底下的中庭一眼望盡。群眾跟著劇組全圍到另一個角落去了，女主角站在階梯頂端，下方一群吹笛人簇擁著她。廣場清出大片空地，正方形的地磚精巧拼貼，直接反射正午的烈日。

「以前，這裡沒有花崗岩地板，只有泥土與石頭。」丹增說。

我轉頭看他，發現他沒在看中庭，反而往更遠的山下望了出去。他的嘴巴動了一下，似乎想說什麼但沒有出聲，雙手又藏回袈裟裡。我跟隨他望向外面的世界，忽然感到一絲恐懼。

10

我走進辦公室：「丁大前天你問我那個秘魯的機票——」

丁大向我扭過頭，皺眉快速搖兩下。

「怎樣啦？」我注意到他今天桌面是一個多月以來最整齊的一次，只有幾張紙歪斜地從書本間露出來。雅慧拿著病歷站起來往小教室一指。

有人在那，是個成人女性。她背窗坐在木椅上，短髮削薄，深灰色的西裝外套看起來身形偏瘦。

我拉出椅子坐下——

「朋城他媽來了。」

我抬頭看向雅慧，她站在我桌旁。丁大批改簿子的翻頁聲從旁邊傳來。

「她來找你的，大概一點快二十到。我叫她先隔壁等。」

「……喔。」找我。窗戶對面那個背影像是一堵灰牆，沒有分毫移動。

「不要拖太久，等一下還有病人的事要找你。」

「啊對，」我連忙也站起來，「郁璇後來狀況還ＯＫ嗎？」

「還好。她也剛到，我正要去會議室找她談。」

「……OK。」我隱約感到一些敵意，但不是針對我的。「那我去跟他——」

朋城指向我後方的窗戶。我回過頭，發現斜斜穿過兩面窗戶便能直接看見丁大。他站在電腦教室門外很快注意到我，我用無聲的嘴型和動作表示朋城在這，丁大向我比個手勢。

我轉身回來，在剛才朋城母親的位置坐下。

朋城還是沒看向我。「她要你跟我說什麼？」

「她？你是指，你媽媽嗎？」

他很快皺了一下眉，點頭。

「唔，」我不是很想回想剛才的對話，「沒什麼特別的。」

「沒有？」他似乎不太相信。

外頭幾乎沒有聲音了。他的母親到底說了些什麼。我有種又快窒息的感覺。以後……怎麼辦哪。她顫抖著說。我不自覺也看向禮盒，搖搖頭。

「所以她什麼時候說要來這的？」

我看回朋城淡漠的臉上。「好像，是直接過來的。」

他像是在想些什麼，眼神左右移動兩三回。

「你知道……」我小心翼翼地開口，「你媽會過來？」

「……每年都這樣啊。」

「每年？」

「今年還更誇張，在家三天兩頭就一直問，煩都煩死了。」

「呃，問？」

「就——」他轉頭看向我，兩三秒，又低下頭。

我猜了一下他可能想要說什麼，但隨即停止再想。

朋城嘴角抽搐一下：「早知道就不說了。」

背後傳來一些聲響，有人回到辦公室了。希望不是雅慧。我克制住回頭的念頭，腦中卻閃過楊醫師穿著一身俐落白袍走進辦公室的畫面。

「你最好不要太相信我媽說的話。」

「嗯？」

「她今天是不是又講得一副她很委屈的樣子？」

「唔，算是吧。」

他搖搖頭。「我最受不了就她常掛在嘴邊的一句話，『你要知道只有媽媽會關心你』。說得好聽，還不就是在那邊說我應該怎樣、應該怎樣，用那些話來壓人。自以為什麼都懂。」

「是嗎？」我感覺思緒還是有些遲緩，「但其實，你媽今天說的不多。」

他用懷疑的眼神看向我。

以後……怎麼辦哪。那句顫抖的聲音又出現在我腦中。「怎麼說，感覺她……有很多擔心吧？」

他冷笑著視線轉回禮盒上，再度搖頭。

我猶豫一下。「怎麼了？」

「……怕我受傷。」

「怕你……受傷？」我是不是聽錯了。

「那是我最後一次住急性病房的原因。至少我媽是這樣說的。」他語氣裡帶有一些不屑，「還那麼

「要是眞的瘋了，就什麼都不怕了吧。」朋城輕聲說。

我感覺像是終於能好好呼吸，同時感到一股莫名的失落。「但你，現在坐在這裡？」

他遲疑一會兒，點頭。

而我也是——至少還是。「我記得一個月前，我第一次和你在晤談室裡面時，你提到你第一次住院的那個晚上，你躺在病床上，你說，那時候的你有資格、有理由瘋掉，可是，爲什麼你沒有。」

朋城稍微抬起頭，目光似乎停留在我醫師服胸口的姓名繡線旁。

「如果，你還願意多說一點，就像也是那次最一開始，我和你說過的——我聽你說。」

朋城的目光繼續往上移，看向我。我看不出他是什麼情緒。他直直看向我。忽然他的視線往旁邊移動過去，皺起眉。

「怎麼了？」我問。

「雅慧護理師。」

「嗯？」

朋城往窗戶的方向指。我回過身，發現雅慧站在對側窗邊看我。她板著臉在手腕的錶面敲兩下。我有些吃力地點頭，她走回座位坐下。

「你還是先去忙吧。」朋城說。

「嗯？沒關係，我們剛才講到一半吧。」

「……你去忙吧。」

「不要緊，應該——」

「還有其他人，你要負責的。」

我一時不知道怎麼接話，腦中跳出那張病人清單。

他往小教室較遠的另一張空桌看過去。「反正我不會像郁璇那樣傷害自己的。」他說。

「呃……好吧。那，今天先這樣？」

他點個頭。

我猶豫要不要開口與朋城約下次會談的時間。背後的辦公室裡傳來模糊的電話鈴聲。我決定站起來，往門口走。

「禮盒，你沒拿。」朋城說。

「喔。」我繞過去雙手一提，好重，朋城母親是怎麼一路提來的。我轉開門把，回頭看向朋城坐著的背影，他交叉的雙手像是銬住T恤兩側的袖口。我想起上次他說到環山的事——當別人都往前走了，就會發現，剩他一個人。「要走了嗎，朋城？」

他點點頭，起身跟在我後方。我走出門口，他咔一聲關燈，小教室裡暗下來。

11

「你回來了，孩子。」婦人站在旅館中庭，懷裡的白色床單像是疊成一座發亮的雪山。她問我上午去了哪，我說提克西。「喜歡嗎？」

「我……」我覺得自己應該多回應些什麼，但說不出來。「我先回房間放個東西。」我手裡還提著剛才下巴士後順路買的生活物資。

我把書丟回茶几上，卻同時感覺好像有誰還在盯著我——是窗外遠處的列城宮殿。我拉上一半的窗簾，感覺安心一些。

婦人站在櫃檯後方，看著我從樓梯一階一階走下來。

「來！我的孩子。」她眼裡閃著玻璃彈珠般的光。

「嗯。」

她將一張A4大小的白紙攤平在櫃檯桌面：「地圖，給你的。」

上頭畫了好多蜿蜒的線條，像是河道一般。左下方畫了一棟小房子，應該是這間旅館，旁邊還有一個背著背包的火柴人。「這個人……是我嗎？」我不確定地問。

婦人咯咯笑了起來：「那個背包，是你。」

「妳不需要畫這個小人的。」

「我需要。你需要。這是開始的地方。」

我有些無奈地笑了一下。「所以，我從這裡……」

「看。」她的手指沿圖上的線條一路轉彎，經過一段來回蛇行的曲線，停在一個同心圓。她手指輕快地跳一下，降落到同心圓外頭——又一個同樣造型的火柴人。「你，這裡，夕陽。」

「OK，我確認一下。從旅館出去，」我模仿她手指的動線，「右轉，左轉，一直走到這裡，再左轉？」

「嗯。嗯。然後，」她伏下身子，在那一大段曲線旁寫下斗大的「500」。

「那是……」

「五、百、階梯。」

「五百個階梯？」我倒抽一口氣，上午才又爬了提克西寺，「我需要爬……五百個階梯，才能到達香……」

「香提窣堵坡。」她把紙轉個角度，在同心圓旁寫下「SHANTI STUPA」。

我看向那個對我沒有任何意義的字串。

「孩子，任何問題？」

「嗯？……沒有。」我開始覺得這趟旅程恐怕還會爬很多次的山。

「別擔心。昨天，你爬列城宮殿，看列城，好。今天，香提窣堵坡，更好。」

我擠出微笑。更好。如果她說的是真的就好。我低頭再次複習紙上的路線，發現婦人在轉進那一大段曲線前的路口畫了個拱門，門上有個圓錐狀的尖塔。我覺得那個輪廓有些眼熟，好像在列城宮殿門口看過。「抱歉，我可以知道這個東西是什麼嗎？」

「哎呀，這個很重要。」她重新伏下身，想了一下，把紙翻到空白的背面，一筆一畫畫出放大版的拱門，往上疊出幾層長方形的基座，「這是土。」接著是一個扇形，裡頭有供養佛像的龕，「這是水。」再往上是螺旋狀的圓錐，尖部連接一把小傘，「這是火，這是風。」小傘繼續放上一個新月狀的彎，彎裡盛裝一個圓，圓的上方再黏上葉狀造型，「這是月亮，太陽，還有空。」婦人把完成圖轉過來正對我，「這個，就是窣堵坡。」

「窣堵坡？」我終於比較有把握地唸出發音，「所以，香堤窣堵坡也是長這樣？」

「是，也不是。因爲窣堵坡，它是整個世界，它是你，它是我。」

我才以爲自己好不容易搞懂一些。

婦人把地圖摺成四分之一大小——那應該眞的是她的習慣。「看到門上的窣堵坡，穿過去，往前走。香堤窣堵坡就在那兒。」她把那張紙交到我手中，看著我笑，「上路吧。太晚，沒有夕陽。」

我看著她滿是皺紋的笑臉，就像今天一早我出發時那樣，也像我昨天第一次見到她時那樣。「……朱雷。」我說。

「朱雷。」

我忽然回憶起昨晚那碗特製湯麵，笑了一下。

婦人盯著我。

我搖搖頭。

她更壓低頭盯向我。

我忍不住又笑了，剛好瞥見那本冊子躺在櫃檯邊。「那個，如果妳想，妳可以叫我……伯鑫。」

「伯—鑫？」她的咬字和聲調意外精準。

「對。」我指向那本冊子，「我想妳知道怎麼拼。」

「我知道。現在，我更知道。」她笑了笑，比向她自己，右手輕輕按在五彩玉項鍊上，「卓—瑪。」

「卓—瑪？」

「對，對。卓—瑪。」

◇

我在心中反覆唸著「卓瑪」這兩個音節，像在背誦一個新的單字。我依照她的指示一路前行，比對圖上的位置確認自己都沒走錯。我忽然想到自己忘了把 **Lonely Planet** 帶出來，要不然還可以先查查看香堤窣堵坡到底是什麼東西，但也來不及了。終於拱門出現在我眼前，我將卓瑪的地圖翻到另一面，畫裡的一切都成眞了——包括她寫的「500」這個數字。

我呼出一口長氣。

她說得未免太簡單。看到門上的窣堵坡，穿過去，往前走。拱門後方的山壁上幾乎沒有任何植被，呈之字形往上爬升的階梯完整地暴露出來，上頭有五、六個人正在走，黃色、紅色、藍色與白色的衣著，像是一面面攀高的風馬旗。我看見遙遠的山頂上露出平台一角。很美的夕陽？我不太確定，但清楚知道自己就是要把這五百階走完了。

一、二、三、四……接近傍晚的日照不再使我那麼感到疼痛。十二、十三、十四、十五……我好像也比較適應海拔不那麼喘了。前方轉角旁豎立三座約莫與人等高的窣堵坡，三三、三四、三五、三六，我走進陰影，抬頭看見山頂還遠得很。我該帶多少期待上山？很可能會失望的，就像昨天爬列城宮殿那樣。步道前方只剩三個人還在爬，我看見下一個轉角旁又有三座窣堵坡，那裡被照得發亮。

窣堵坡。那到底是什麼？如果那是整個世界，會是怎樣的世界？我忘記自己數到多少了，繞過轉角又走回陽光底下，兩隻黑色的山羊在再次出現的窣堵坡旁低頭吃草。我發覺前方只剩穿著白色T恤的那一個人了，而我的後邊一個人都沒有。或許主任說的沒錯，我是眞的想要去他們醫院，還是只是想離開？我竟然一度以爲自己眞的下定決心就要離職了。步道持續往上，又快要抵達下一個轉角。現在的我甚至不知道要去的是什麼樣的地方，只是像這樣一直爬、一直爬。距離五百不知道還剩下多少。陰影再度籠罩上來。

「你從沒讓他們失望過，也沒必要讓他們失望，不是嗎？」主任在前方轉角現身向我說話——為什麼這次轉角沒有窣堵坡了。左轉，繼續爬。「名字，像在說我該要成為誰。那是他們對我的期待。」一身豔紅袈裟的丹增站在下一個轉角。罩在我身上的山影變得更加厚重，壓得我雙腿開始發酸。前方只剩最後一段筆直的階梯，我看見好多人站在山頂好像往我這裡看過來。那裡的夕陽真的會比昨天更好嗎？我在期待什麼。我在害怕什麼。我的心臟愈跳愈大力，亮光就快要翻過稜線……

太陽照亮整座山頂，一座巨大的白色建築物出現在平台中央。那就是香堤窣堵坡了。

它的外牆像是牛奶慕斯那麼光滑潔白，兩層圓形的平面相疊是象徵土的基座，往上的半球象徵水，接著火、風、月、日、空連成一個尖塔指往藍天。難怪卓瑪會將它畫成同心圓的形狀，她透露的所有訊息都是有道理的。我走得更近，看見上頭有座金色的佛像高舉右手，像在向我招手。我從基座入口一圈一圈往內、往上爬到祂的腳下，然後往西側望——太陽根本很快就會被前方一列荒蕪的山嶺擋住了。這裡哪有什麼夕陽。

是我太晚抵達這裡嗎？還是卓瑪她……我有些沮喪，但又告訴自己不用那麼沮喪，本來就有心理準備的。平台上遊客們四處遊走，有人拿手機在自拍，有人在那裡說「笑一個」。我重新拿出卓瑪畫給我的那張地圖。你，這裡，夕陽。那時候她說，而我是那個在同心圓外頭背著背包的火柴人——外頭。

我突然領悟什麼，快步反方向繞出去。我怎麼會忽略這個最重要的線索。上山的時候就有看到的，遊客們都靠在那兒。我背光筆直往平台盡頭走，直到找到一個空位——

我幾乎不敢相信。底下的山谷被光線染成橘紅色，白色的屋牆在林木間反射出亮光，像是溪流濺起水花。這與我昨天眺望的真的是同一座城鎮嗎？列城。拉達克。這究竟是怎樣的一個世界？

山影如同一張簾幕往前鋪開，這裡仍然有那麼多事是我無法理解。就在眼前一切都暗下來的同時，忽然更遠處的整列山頂被打亮，像是將連綿的積雪燒成一條金色的長橋，連接往我還看不見的更遠的遠方。

我喘口氣。山頂的火光熄滅。

該繼續走了，我還得趁天黑之前下山，回到旅館，那個我在旅程中暫時的家。

12

我闔起筱雯的病歷，最後一本會議紀錄也補完了。伸展一下肩背，辦公室裡難得明顯感到濕氣，彷彿能擰出水來一般。

一點十五分。今天的環山因雨取消了。

芳美姊、雅慧與如盈都趴在桌上午休，丁大邊看我那本南美日記邊嚼著口香糖——不久前他才剛分享幾顆給我。整個辦公室裡大概就屬他與我最快變得熟絡。他好像快看完了，翻過一頁，我看見頁面上方出現天空之城馬丘比丘的照片。

外頭整片白茫茫的，懸掛在落地窗頂端的彩帶像被雨水澆熄，褪成差不多的黯淡顏色。我想起上午剛開完的第二次團隊會議……

「還有沒有要討論的？」袁P看向我，接著跨到U字形會議桌的另一側，視線依序從丁大、如盈、落到我正對面的雅慧身上。

「郁璇。」雅慧果然提出來了。

袁P側低下頭，坐他右手邊的芳美姊把病人清單朝他推近，指在郁璇那一列。大教室裡正播放電影，隱約傳進對白的聲音。

「她上上週在病房裡 self harm（自傷），主要是因爲與母親衝突。」雅慧說。

袁P點個頭，把清單推回去：「目前呢？」

雅慧看我一眼。「她現在有穩一點，蔡醫師有處理。提一下而已。」

「她的 Abilify[6] 我上調到十五了，目前沒有明顯副作用。」我說，「評估起來比較偏 nonsuicidal self-injury（非自殺性自傷）。」

「嗯哼。」袁P緊閉的嘴唇像是一條直線，過幾秒，又看回去我的對側。

「我這邊都還好。」丁大比一下手，「上課表現OK，下課也會主動來找我聊。還不錯。」

雅慧轉頭看丁大的眼神有些嚴厲。如盈坐在他們中間，椅子往牆邊又後退一些。

「唔，本來是……十月才討論嗎？」芳美姊說，「如果有需要，也許可以提前到下個月？」

「都行。」雅慧回頭說。

芳美姊看向我，我點個頭。

袁P雙手交握，思考幾秒。「那就先這樣。」

芳美姊向我微笑。我看向我面前那張病人清單，將郁璇圈起來。這樣九月份可能要討論六個個案，有點壓力，但至少暑假結束兒科病房的會診量會減少。應該應付得來——

「朋城呢？」袁P忽然開口，「蔡醫師。」

我抬起頭。

「有什麼進展？」

什麼進展？……他的母親有來，不對，這個我在門診時向袁P報告過了，連同禮盒一起。比較規則出席，或者說在向日葵團體裡開始會對我的發問點頭搖頭。這算什麼進展，在我來之前他早就表現得更好……

「沒關係。」袁P朝我揚手，「我再問一次。所以，你要成爲楊醫師嗎？」

冷靜。今天的我應該可以回應些什麼，都來到這快兩個月了。「……我不覺得我能做到。」

袁P注視著我。「但是，你想？」

大教室裡的音響傳出斷斷續續的碰撞聲。我感覺會議室裡其他人的目光也集中在我身上。

「不要停止去想。」袁P的聲音像是與整間會議室共鳴。

「呃，我不是很確定教授的意思。教授是希望我……繼續努力去成爲楊醫師嗎？能不能請教授再多說一——」

他再度揚手。「並非所有問題，都需要答案。」

「……是？」

袁P站起來，我跟著抬高頭。他像是變成會議室裡另一面寬大的投影幕。「今天會議到這。」他說。

芳美姊起身繞過去打開門，大教室裡的電影聲音更清晰地傳了進來。她在袁P經過門口時稍微屈身

---

6 Abilify（安立復），一種精神科藥物的商品名，可用於治療思覺失調症、躁鬱症、自閉症的激躁情緒等。

致意。「上工了、上工了。」丁大抓著一疊散亂的紙張往外走。雅慧跟在後頭：「下週開學凱恩就回來，學校那邊你……」

「……蔡醫師？」

我看回來。是芳美姊在叫我。她還站在門邊。

「我和筱雯媽媽確認一下她對出院的想法，再告訴你，好嗎？」

「嗯，好的。謝謝芳美姊。」我心不在焉地說。

芳美姊笑了笑，也走出去。

所以……我眞的要成爲楊醫師嗎？我低下頭，門口傳來幾句英文對白。那些早該過去的像是幽魂一樣徘徊在這，該怎麼做才能眞的往前。而那個我來到這裡的期待……

「不好意思，」如盈來到我右後方，「伯鑫醫師，我可以……坐這邊嗎？」她異常膽怯地問。

我坐著愣了一會兒，點點頭。

她拉出椅子：「唔，是這樣的。我知道，那不太是以璐醫師本來的意思，但你願意再認眞考慮看看，繼續幫朋城，更固定地做……會談嗎？」

又是要我成爲楊醫師。

「主要是他最近，呃，可能也是快開學了，我感覺他情緒有點……」她忽然笑一下，我定定看向她，有些想起朋城母親，「當然說不定是我想太多啦，只是我在這也看過他幾次開學前的樣子，不知道，這次，感覺不太一樣，好像眞的……更掉下來。噢，當然重點還是你們醫生的判斷——」

「妳們，以前也是這樣嗎？」我打斷她。

「嗯？」

我壓抑心中的一些感受。「妳和——以璐醫師，妳會這樣，告訴她妳對朋城的擔心？」

「算……算是吧？」

所以她之前果然是在向我隱瞞什麼吧。還好、不用擔心，從七月最一開始她就反覆這樣說。她們肯定在我來之前就討論過的——卻不讓我知道。

「但一開始，真的，我們兩個都超無助的。」

我看回如盈臉上，她臉上意外出現一點笑容。

「以璐醫師剛來這裡的時候，還是R2。大概第二個月吧，朋城就從急性病房轉來了，然後隔幾天換宇睿也住進來，那陣子真的是……」她搖搖頭。

「宇睿？」我瞄向清單上，他的住院日期明明比朋城晚了兩年。

「是啊，他們從見面第一天開始就大大小小的衝突從沒斷過。當時的fellow不曉得是太忙還怎樣，很少出現，幾乎都是以璐醫師第一時間處理。那時候我也剛來，什麼都不懂，就算想幫也幫不上忙。以璐醫師辦公室裡坐我隔壁——啊，就是你現在對面那個空位，每次一有狀況她就轉頭看我，一副讓她死了吧的樣子，在那邊哀嚎說還要再撐多久，四個月好漫長啊什麼的。」

「妳說，學姊她會……」

「加上還有朋城媽媽，她三不五時就打電話過來，都要講很久，有時甚至人直接出現在這邊，要我們去跟朋城叮嚀這個叮嚀那個，很像把我們當傳聲筒一樣。我們都超怕她出現的，拼命閃，能推就推給芳美姊。所以以璐醫師要輪調到下一個病房的時候還開心的咧，說什麼成人單純多了。就很過份。」

她笑著又搖頭。

「是嗎……」我感覺她口中的以璐醫師與我認識的楊醫師，像是截然不同的兩個人。

「也是後來因爲發生一些事，袁P下令要她繼續幫朋城做心理治療，一週，就固定回來那麼一次。一直到去年她過來當fellow，我們才又愈談愈多，就這樣……」她的眼神緩慢垂下，「三、四年過去了。」

我轉頭看回桌面。「妳們……似乎是很好的伙伴。」

「……嗯。」

就像楊醫師與朋城那樣。

——外頭傳出孩子們的驚呼聲。「總之，」她再度開口，「朋城，眞的還是需要有你們醫生的幫忙。我看上次他媽媽來那天朋城也和你聊滿久的不是嗎？朋城也有跟我說。所以，你也別太擔心，我還是會代替以璐醫師的份一起努力的。」她像是恢復平時說話的語氣。

「代替？」

「喔，沒有啦，就多多少少吧。只要這樣能更幫到你，也幫到朋城，那總比我自己一個人——」

「其實……妳就做妳自己就可以了。」我再度避開她變得稍嫌熱切的眼神，「我想那樣，就會有幫助了。」

「啊？」她似乎有些驚訝，好一會兒之後才輕輕發出喔一聲。

我盯向桌上那五本今天討論的病歷，以及那張已經由我接手負責編輯、列印的病人清單。

我嘆口氣。

「今天下午，我會再找朋城談談看的。」我說。

「眞的？你願意……」

「嗯。」還是再試一次吧。

她像是終於鬆口氣。我看回她臉上，她欣喜的表情沒有持續太久，眼神顯露出一些哀傷。

「……怎麼了？」我問。

「但你……也不會成為楊醫師的，是吧？」

我猶豫了一下，搖搖頭。

大教室裡朋城緩緩坐起來，如盈與丁大邊開燈邊叫大家起床了。我從芳美姊後方的牆上取下晤談室的鑰匙。

「朋城。」我走到他的座位旁。

他像是還沒完全清醒，兩三秒後才抬起眼神。

他桌面上有一只鉛筆盒，沒關，我看見裡頭有枝似乎全新的鋼筆。外頭淅瀝淅瀝的雨聲沒有任何間斷。「想談一談嗎？現在。」

附近有其他同學陸續起身了，沒什麼人說話，像是都被雨聲蓋住。他轉頭眼神接近水平地看向我手裡的鑰匙：「晤談室？」

我嗯一聲。

他看回去，拉上鉛筆盒的拉鍊，站起來。

他跟在我身後走進晤談室。

關上門，還是能聽見雨聲。上次和他在這裡會談是一個月前的事了。我撥亮轉角的立燈，今天的黃光隱約有些晃動。

我翻開筆記本後看向他。他身體稍向前傾，面朝空白的對牆。

「你——」「你們——」我與朋城幾乎同時開口。

我以手勢示意他先說。他瞥了我一眼，轉回去面朝前方。

我又等了幾秒。

「筱雯，快出院了吧？」他淡淡地說。

「嗯。」

「今天開會決定的？」

「算是。雖然，細節還沒定。」

朋城點點頭，好像在想什麼但沒開口。我沒什麼原因地往窗外看一眼，再看回他。他往後靠上椅背。

「……我還以為不會在意了。」他說。

「嗯哼？」

他有些無神地瞄向我。

我忽然察覺自己的反應是那麼理所當然地像是一名精神科醫師——儘管今天會議裡的多數時間我確實扮演得還算稱職。

朋城看回去，頭稍微垂下。然後，陷入沉默。

今天午後的這場雨像是永遠也下不完一樣。我拿著筆，手指輕輕摩擦，感覺這張沙發椅像是也被雨水浸軟，更貼覆到身體上。

他緩慢地呼吸，用一種彷彿還在熟睡的頻率。

我持續看著他。

他往前坐回來的同時，呼口氣。「都這麼多次開學了，但每次還是會想，這會是一個……新的開始嗎。」

「新的……開始？」我有些想起楊醫師交班時說的，新的機會。

「嗯。」

我在筆記本上草寫。「你指的是？」

他聳個肩。

「你自己也……說不清楚？」

他眼神定焦在一段距離之外，彷彿有什麼東西在牆角深處。「像是，回學校吧。」

「回學校。」我只是重複。

他的眼神沒有明顯移動，但稍微皺起眉。「我常想，反正就這樣了，也沒什麼不好。但有時候又覺得，再這樣下去怎麼辦。然後如盈老師還總是跟我說，只要我想，有天我一定能回到學校，她總是總是講得那麼深信不疑的樣子。問題是……我真的想嗎？」他那個疑問的語氣像是霧氣在空中飄散開來。

「你不確定？」

「……我不知道。」

我拿著筆，猶豫了一下，嗯一聲。

「你們說那叫憂鬱症，叫焦慮症，我真的……不知道。」他鬆開視線，嘴角像是要笑那樣抽動一下，「我只知道，自己在怕。」

「怕？」

他更垂下頭：「就是……只要一到學校門口，那個不舒服的感覺就會整個湧上來，壓得我胸口喘不過氣，身體像是動也動不了。也不是不想進去，心裡明明覺得可以，就在前面了，就一步的距離而已，但就是……做不到，就是在害怕。可是你說我在害怕什麼？人際關係，課業，老師，都還好啊。我就是沒辦法說出來自己在怕什麼。也許我怕的，根本不是學校，而是我心裡的**什麼**？就好像……好像有一個黑盒子在那裡，讓人很害怕，甚至讓人覺得它本身就是害怕，可是一旦打開來，裡面很可能什麼都沒有。好像我就是害怕，害怕，就是我……」

他說的同時，外頭的雨水像是一點一滴滲進來，空氣變得愈來愈沉，筆記本上我的字跡彷彿暈開了一樣。

「這是我第一次，聽你說這些……關於害怕的事。」

一陣悶雷隔著屋牆打進來。

朋城低著頭，沒出聲。

我再度低下頭。

我自己難道不也是在害怕嗎？因爲知道自己永遠不可能眞的接替楊醫師，遑論要成爲她。與我交班時的她、雅慧口中可靠的她、芳美姊與如盈描述那些不同時候的她，就算想盡辦法從回憶中拼湊更多片段，那也不再會是眞實的她了……

朋城發出吸鼻子的聲音。我看向他，發現他竟然在哭。

「朋城……」

他繼續靜靜地哭。

我該要同理他的情緒，澄清想法，或者進一步做出詮釋？有太多、太多選擇，各種不可逆的選擇。我決定保持沉默，看著他。

他似乎沒有要伸手擦眼淚的意思。

又一陣悶雷在更遠的地方響起，拖著長長的殘響——

「那是我國一上學期的事，」他停頓一下，「我第一次，沒去學校。」

「嗯。」我說得太輕，連自己都不太確定到底有沒有發出聲音。

外面淅瀝淅瀝的雨聲依然像是將晤談室包圍起來。「那時候，有一段時間我媽工作在忙，早上沒載我去學校，我生活作息就有點亂掉，開始偶爾會遲到。有次我又太晚起來，知道八成又要遲到了，亂七八糟穿好制服，偏偏那天老師規定要帶的一個本子我怎麼找就是找不到。我媽那時候還沒出門，她說，我找不到就不載我去。我拼命找啊，翻箱倒櫃，書包裡的東西全倒出來一樣一樣檢查再裝回去，前後好幾次，連一些本來以為搞丟的東西都跑出來了，但還是沒有那一本。我記得那時候已經換季了，但那天莫名很熱，我房間裡超悶。我又急，全身都是汗。但就是找不到啊。找到後來我終於受不了了，管他的，我躺回床上，書包就隨便放桌上。我整個背濕答答的，襯衫跟床單好像黏在一起一樣。也不是真的想睡，只是不知道要做什麼。我心裡就覺得，好啊，就這樣吧，找不到就算了，我寧可不要遲到，今天就不要去學校了。

後來，也不知道自己躺了多久，中間有沒有睡著什麼的，我媽突然闖進來我房間。我搞不清楚她為什麼還在家，不是應該早就去上班了嗎？她對著我大喊你怎麼還沒去學校，都幾點了你還躺著做什麼，然後硬拖著把我載出門。等我到班上，才發覺已經中午了，但我一點也不餓。然後不知道是上午著涼還怎樣，我開始渾身不舒服，就……真的很不舒服。我跟老師說我想回家休息，就自己請假，回家了。」

「……然後？」

朋城閉眼好幾秒，再睜開。「我就斷斷續續沒去學校了。」

| 第二卷 |

在這一條長長的路上

13

我赤腳站在頂樓佛殿前的廣場，迎面的涼風帶有一絲焚香氣味，腳底板持續傳來熱度。今天的第一個行程差不多結束了——貝圖寺。

一早離開房間時我猶豫一下是否要帶上Lonely Planet，後來還是交還給卓瑪。與昨天前往提克西寺時相同，我憑著單張，隨意搭上在巴士站見到的第一台車。巴士沿機場跑道的側邊行駛，一越過盡頭司機便讓我下車。貝圖寺的寥寥幾棟白色樓房出現在馬路對面的半山腰上，背後的褐色山脊像是一面滿佈縐褶的巨大布幔。然後我隨意走，隨意逛，甚至一個人也沒遇見地來到頂樓這裡。

溫度宜人，四周只有間歇的幾聲鳥叫。

這是一個全新的早晨。

我準備穿回鞋子下山離開，腳下的地磚引起了我的注意。它們每片都刻有好幾條弧線，每四片組成一個同心圓，像是繞著太陽的層層星軌。它們在我的想像中轉了起來。唰、唰、唰……下一站要去哪，或許，先回列城再說好了。唰、唰、唰……我抬起頭，發現對面與我同樣高度的屋頂上出現一名喇嘛——那是他掃地的聲響。

他從牆邊拿起一瓶水，眼神移到我身上，向我躬身。我遠遠向他回禮。他伸手往我右邊一指，那裡出現一扇剛才我沒注意到的半開木門。我轉回頭，他已經半蹲著在盆栽上方澆灑出一片透明的簾幕，同時輕輕哼起歌。我不好意思出聲再打擾他。

門的後方是條往上的階梯，不到兩米寬，像是被兩側樓牆的陰影掩蓋。背後依然傳來歌聲。穿過去，往前走。我隱約又聽到卓瑪向我說著。我走進去，空氣瞬間停止流動，轉個彎，安靜得再沒有一點聲音。我有些擔心會不會是條死巷，還好沒爬多久，眼前出現另一片更大的廣場。它被日光照得一半明一半暗，旗杆高聳在正中央，彩色的旗旛被束了起來，只有頂端的旗穗像是花蕊般隨風飄動。我再度聞到一股淡淡的焚香氣味。

這裡眞的還是貝圖寺嗎？從山下看過來時，完全無法想像它會有這麼大的一個平面。我在廣場一角的陰影裡發現地上畫了個巨大的輪狀圖騰，而圖騰正對一面寬闊的階梯。我感覺那像是個指引，於是爬上去，穿過頂端的木門，斜對角又是一排木門。

模糊的嗡嗡聲從那排緊閉的門後傳來。

……就再一次吧。脫下鞋，我小心地將門推開。

有人在那。

四名喇嘛盤坐在大殿深處的一座高台上，圍成一圈，四周拉上了白色布巾。他們的姿勢一模一樣，上半身伏下，四隻左手肘高高翹起，像是紅鶴屈著白色的細長頸子。沒有人在交談，似乎也沒人注意到剛進來的我。他們後邊立有一尊金色的釋迦牟尼佛像，某種中高頻的摩擦聲充盈在殿內，使我跟著耳鳴起來。

我躡手躡腳過去，在高台上再度發現一個圖騰。那是面直徑大約兩米的紅色圓形木板，外圍的區域像是建築藍圖，繪上密密麻麻的白色線條。裡頭不曉得是用什麼東西做成的立體圖樣，最中心是繪有佛像的藍色方塊，往外斜角劃分出紅綠白黃四區，也各有一佛面向中心。他們還是沒理我。沒看錯的話，他們手裡的工具應該就是摩擦聲的來源。我毫無頭緒他們在做什麼，也不敢打斷他們，於是在白色布巾外圍緩慢地來回繞圈。

可能有十幾、二十分鐘那麼久，背對門口那名壯碩的中年喇嘛終於抬起身。他向後伸展雙臂，左右扭了扭上半身。原來他左手拿的是一根細長的銀管，右手是短而帶柄的銼刀。他將銼刀一甩，往右手邊瘦喇嘛斜靠過去，專注地看向檯面。我繞到他們兩人背後。瘦喇嘛側頭瞪了壯碩喇嘛兩秒，坐起來也斜著身子看向壯碩喇嘛那邊的檯面。他們雙手在檯面上比劃，壯碩喇嘛頻頻順著手勢點頭，瘦喇嘛皺眉搖了兩次頭。壯碩喇嘛兩手一攤，把銼刀擱在腿邊，從懷裡掏出一支智慧型手機開始滑，伸手要給瘦喇嘛看。我忍不住向前傾，上半身越過拉起的白色布巾——

壯碩喇嘛轉頭看我一眼。

他朝門口大喊，我被嚇得後退一步。地板發出嘎一聲。

糟糕，其他三名喇嘛跟著看過來了。我向他們點個頭，又往門口倒退兩三步。我轉身想出去，一名年輕喇嘛左右手各拎一只熱水壺進來，看起來很費力的樣子。他放上長几，發出擊鼓般的低沉聲響。我不敢再動。

「奶茶？」壯碩喇嘛開口了。他的聲音渾厚，盯著我，右手甩弄手機的方式就像剛才他轉動銼刀一般。

「呃……是？」我說。他應該是要招待我喝奶茶的意思？兩只熱水壺旁邊有好幾個空杯，更遠一點的桌面還有一本經書與兩只金剛鈴。

壯碩喇嘛看向剛進來的那名年輕喇嘛，用手機朝我、瘦喇嘛與他自己各點一下。年輕喇嘛倒出三杯奶茶，雙手一杯杯送來。杯裡還在冒煙，我怕燙到，掐住杯耳搖晃。佛門之地應該不會有什麼騙局吧。我發覺茶杯的輪廓與桌上的金剛鈴有些相像。壯碩喇嘛也拿到一杯，他左手握住整個杯身，湊到口鼻前聞。

「喝吧。」他盯著我，像是發出命令。

「喔。」我謹慎地喝一小口，一股甜味衝來，茶香再從奶香中慢慢滲出。

他還在盯著我。「很溫暖？」

我點個頭。

他朝我舉高杯子，再小口小口啜飲。「我是達瓦。你介意告訴我你是誰嗎？你從哪來？這麼一個好奇的旅人。」他右手又開始甩弄手機。瘦喇嘛輕敲他的右手腕。「怎麼了多傑？你又覺得我太直接？」

瘦喇嘛伸出手，達瓦看起來不太情願地把手機交給他。瘦喇嘛將手機擱在離達瓦更遠的那一側，也開始喝起他的那一杯。

「好啦，他叫多傑，現在你也認識他了。」達瓦將茶杯換到空出的右手，又喝一口。「我還在等你啊，好奇的旅人。」

我不曉得他怎麼會這樣形容我。那個瘦喇嘛抿著嘴好像在笑。「伯鑫，我的名字。我是從……台灣來的。」

「你來拉達克多久了？」

「今天，第三天。」我有點緊張。

「習慣這裡的海拔嗎？」

「唔，可能……還可以。」

「這裡的氧氣不大夠啊，你得好好呼吸才行。」他笑了起來，笑聲比他說話更加渾厚。另外兩名喇嘛像是被他的笑聲影響，也坐起來扭扭身子，再彎下腰。多傑眞的是在微笑沒錯。他發現我在注意他，低下頭整理腿邊的工具。那邊有好多透明小缽，裡頭五顏六色的。

「喂！伯鑫，你有在聽嗎？」達瓦說。

「有。有。你剛說，呼吸？」

達瓦把杯子放下，又笑兩聲。「你太好奇了。有趣，有趣。」

我更緊張了。「抱歉？」

「沒什麼。你──特別來看曼陀羅的？」

「你是指，」我比向布巾對側的檯面，「那個嗎？」

「對，曼陀羅。砂畫曼陀羅。美麗的曼陀羅。」

我搖搖頭：「我只是……剛好來到這而已。」

「剛好？沒有什麼比剛好更好的了。」達瓦揚起空杯，晃個頭，請那名年輕喇嘛再幫他斟滿。「所以你對曼陀羅知道些什麼？」

「嗄？」

達瓦被多傑用手肘推了一下。「噢！疼啊。好，好。別擔心，這不是考試。畢竟從昨天到現在，你是看得最久、也最耐得住沉默的一位。」

「沉默？沒、沒有。我只是不知道要說什麼。曼陀羅，我聽過，但我不確定那是什麼。」

「不重要。重要的是，你想知道嗎？」

我遲疑兩三秒，點點頭。

「給你一個最簡單的說法，」達瓦收起笑容，「**曼陀羅，就是最好的地方。**」

「最好的地方？」

「沒錯。這個砂畫曼陀羅，這間寺院，這整個拉達克，都是一樣的。它們都是最好的，也是……」達瓦閉起眼睛，胸口起伏好幾回，突然又笑了，「氧氣不大夠的地方。所以千萬記得，好好呼吸，還有，多喝點茶。」他高舉杯子像是向我敬酒，「你還沒喝完第一杯？」

「沒有，那太燙了。」我隨便找了個藉口。剛才太困惑於他說的話根本忘了喝。

「呼吸。」他誇大吐氣的動作，假裝把茶吹涼，「好嗎？」

「好。謝謝。」我趕緊再喝一小口。

「還是說，你想試另一種？」

「呃，還有……另一種？」

達瓦向年輕喇嘛不知道說什麼，年輕喇嘛走向我，要拿我手中杯子。我連忙把剩下的一點喝完。他拿起另一只熱水壺為我重新斟滿。我捧在手裡，顏色看起來與前一杯差不多，但飄來更濃郁的香味。達瓦又盯著我瞧。這次連多傑也盯著我了。我吹兩口氣，學達瓦剛才的動作小口小口連續啜飲，鹹味瞬間從舌尖與兩側開展，接著口中滿是油脂滑順的質理，直到嚥下後才漸漸回甘出茶香。這是什麼，我再喝一口想弄清楚。

達瓦像是等我都嚥下了。「你喜歡哪一種？上一杯，還是這杯？」

「……這一杯。」我還是有些困惑，又喝了兩口。

「哈哈哈，我看得出來。很好。很好。」

我發現多傑也笑開了。「這杯，也是奶茶嗎？」我問。

「這是酥油茶，只有在拉達克才喝得到。」達瓦不知何時又喝完一杯，隔著布巾請年輕喇嘛也幫他斟上酥油茶。「呼吸，與酥油茶，都是最好的，也是你最需要的。你同意嗎，多傑？」

飪課還是外聘的兼任老師，現在有他在就搞定一切了。

「蔡醫師，」雅慧叫我，「凱恩的——」

「啊，」我放下蘋果派，「他小兒科藥帶來了是嗎？」

雅慧點個頭，闔上病歷從斜對角遞給我。我趕緊伸出手。她翻開桌上另一本病歷繼續寫。我和丁大相視又笑了一下。他向我比比嘴邊，然後從他同樣混亂的桌面上抽出一張面紙。我接手的同時笑著道謝。

我擦擦嘴，帶著凱恩的病歷走到電腦旁，熟練地輸入帳號密碼，門外忽然傳來像什麼東西快速刮過地板的聲音。我轉頭只看到電腦教室的門被關上。

「又來了。」雅慧語帶不耐地往外走，「學姊不好意思，等下宇睿麻煩妳。」

「不會。妳先去吧。」芳美姊說。

我問：「嗯？是怎樣嗎？」

雅慧繼續往電腦教室過去，芳美姊也從座位上起身。「沒什麼，我們來就好。」芳美姊輕鬆地說。

我還在困惑，外頭又傳來重捶般的腳步聲。是宇睿。他停在大教室右側，來回轉頭，眼神像在追捕獵物一般。芳美姊朝他接近。「芳美護理師，凱恩、凱恩他——」

芳美姊似乎向他說什麼。

「剛才他又故意——」

芳美姊點點頭，帶著宇睿往會議室的方向走。

外頭恢復安靜，我在電腦前轉身皺眉看向丁大。

丁大笑出來：「厚唷，你別這個臉。宇睿和凱恩都這樣的，他們根本就麻吉好嗎？」

「眞的還假的？」

「我這個人這麼誠懇。」

「最好是咧。」我笑著搖頭轉回來，在電腦上把凱恩的醫囑處理完畢。他是這裡回鍋的新病人，剛升國三，暑假前已經在這裡住過好幾個月了。

更多病人推開病房大門進來。白樺樹男孩哲崴一手搭在啓閎肩上，戴著招牌蝴蝶結黑框眼鏡的姵琪，厚重的瀏海底下依然板著張臭臉。郁璇也回來了，運動外套的底下不知道有沒有新的割痕，希望沒有。最近我和雅慧分頭繼續積極從個人與家庭兩個方向處理。我把凱恩的病歷放到雅慧桌上——

「等一下你要找朋城會談吧？」丁大問。

「對啊。怎麼？」我繞回座位，拿起蘋果派又咬一口。

啓閎在辦公室門口喊「報告」，跑到如盈桌前把簿子一丟又往外跑，「謝謝老師。」他在門邊喊。

「那等你們談完，再跟你問一下那個印加古道健行的事。」丁大說。

「你打算明年去喔？」

「應該吧。很久沒放長假，腳癢了，哈哈。」

「ㄘㄟ，你不去年八月才調過來？」

「那還不夠久嗎？欸？」丁大指向外邊，「說人人到。」

我放下空盤。朋城和如盈推開病房大門，肩並肩正在交談——他身上那件是……制服？淺藍色的襯衫沒紮進去，長褲是深藍色的。朋城注意到我，眼神與我對視兩秒，如盈倒是一點也沒察覺地繼續說話。是說這兩週她和我的互動感覺比較自然一些了。

「別看啦，吃完就走了。」丁大說。

的課本。」

「是嗎？」記得在如盈逐漸增加的分享中，她有提到朋城現在學籍所屬的高中校方非常支持，總是給予各種彈性。

「她覺得我最近有比較進步，應該，可以再試試看。」他說得不是太順暢。

我點著頭，感覺今天的會談終於開始往前進一些。「所以上午，你……」

朋城雙手拇指插進褲子口袋，搖搖頭。

「怎麼？」

「停在校門口……算回去嗎？」他癟嘴露出苦笑。

「唔，也算吧。」

他想了一下，聳個肩。

我向他也聳個肩，笑了笑。

「反正，早上我換好制服，我媽就載我出門。結果……就還是一樣，下不了車，只能坐在車裡，隔著車窗，看向學校的圍牆，還有大門。」

「嗯哼。」我點著頭，「是因爲……那個害怕的感覺？」

他低下頭，然後點頭。

我想起上次像是被大雨包圍的這裡。「後來呢？」我決定還是再慢一點。

「就，車子繞了兩圈，我媽看我還是沒有要下車，就打電話給輔導老師，要老師直接幫我把課本拿出來到校門口。大概，就這樣吧。」他勉強地又笑一下。

「就這樣？所以，那個輔導老師有出來……」

「就差不多，一樣是鼓勵我回學校之類的。」
「ＯＫ。那，你媽呢？她有什麼反應嗎？」
朋城搖搖頭。
「嗯？」
「她現在知道拗不過我，看我下不了車，也不太會真的說什麼了。不然以前看她一個吸氣，就知道她又要開始唸了。」他語氣有些無奈，「也都是說那些，什麼不回學校，以後怎麼辦之類的。」
「以後……怎麼辦？」
「對啊。」
我隱約感到一點壓迫感，像是又直接聽見朋城母親的聲音。
朋城呼了一口長氣。「我不是說過，以前我媽常會一大早，來叫我起床去上學？有段時間，真的，每天都不知道是怎麼醒來的。」
「哦？」
「就，真的不知道會怎樣被叫醒啊。最一開始，她都自己一個人過來叫我，後來發現叫不動，就跑去找大樓警衛來家裡幫忙了。」
「警衛？」
「我也不知道怎麼會有大樓警衛願意做這種事。起初那個阿伯來我床邊還會用勸的，他口音很重，其實我根本都聽不太懂，到後來，他好像也懶得說了，就直接跟我媽一起拉我被子，我當然也死命抓住搞得兩邊很像在拔河一樣。」他好像覺得有點好笑就自己笑出來。「就這樣好幾次死拖活拉，被弄進電梯，塞上計程車，再送到校門口。」

「然後，就進去學校了？」

「這麼簡單就好了。」他再度苦笑一下，「我不自己走，他們也不可能眞的有辦法，所以到後來，常又原車把我載回家。但就開始搞得我每天都睡得不是很好，常常天色還沒全亮就醒來，躺在床上想說，今天她又要使出什麼手段，我要怎麼度過這一天。可是想了又能怎樣？所以想到後來就麻木了，就，死氣沉沉那樣。也不知道怎麼講。還是會怕，但又不完全是情緒上那種怕，而是好像……被壓到我腦袋裡某一塊去了，開始變得對所有的一切，都會怕。」

我邊在筆記本裡寫著，邊感覺他開始能說得更多了。「就像……你上次說的那個，黑盒子？」

他遲疑兩三秒，點點頭，眼神沉下來。「反正那時候，除了跟我家那隻狗玩，我唯一能抒發、唯一還能感覺到一點點情緒的管道，就是玩電腦。可是我媽連電腦都不讓我玩。那時國中輔導老師也來過我家幾次，說了老半天，最後和我媽一起跟我『約定』，說要我每天去學校多久才能用電腦幾分鐘。就很賭爛啊，每次在那邊爭那五分鐘、十分鐘，光那一點時間能幹嘛。就……每天都在吵這個。有兩、三次我乾脆跑去網咖了，結果我媽竟然報警到網咖抓我。」

「報警？」我有些驚訝。

「你也覺得很扯對不對？」他語調稍微上揚，「說是什麼中輟違法之類的，我也不懂。但當下警察都來了，我當然也只能跟著到警察局。我是不知道我媽到底跟他們講了什麼，反正不管他們問我什麼，我都不講話。我想說行使緘默權總行吧，連他們請漂亮女警來問我發生什麼事我也一個字都沒說。然後，他們就把我拎去樓上，罰我半蹲。我心想，」他小聲罵了髒字，「就算我犯法，你們憑什麼這樣對我？」

我點點頭。「那時候……你國一？」

「對啊。」還是義務教育。「後來我蹲累了，我不想鳥他們，就站起來，其中一個警察又把我壓下去。我一時興起，想說你想壓嘛，那我就整個人坐下去。那個警察傻傻的，一急想把我拉起來，我又整個人站直。接著他又壓，我又坐。就這樣，來來回回好幾遍。」他露出有點得意的笑容。「一直到最後我媽來了，警察大概拿我無可奈何，我也玩累了。他要我和我媽說對不起就好，我就隨便敷衍一兩句，表面上很受教的樣子。那個警察還要我答應說之後我一定會去上學。我看我媽好像還滿開心的，帶我回家的時候，一路上還一直講她是爲我以後著想、希望我聽話之類的。其實不就只是想要我去學校嗎？講那麼多。於是那天回到家，我就做了一個決定。」

「決定？」

「我就聽話啊。既然妳不想讓我用電腦，也不讓我出門，好啊，那我就什麼都不要爭了。就從那天開始，一整個月的時間我每天都待在家，窩在房裡一個字都沒說。想說這樣妳滿意了吧，我夠乖夠聽話了吧，就連跨年那天也是。我還記得，一月一號那天我睡到自然醒，醒過來的時候我躺在床上覺得好安心，好像是……幾個月以來第一次那麼安心。是假日欸，不會有人來吵我，警衛、輔導老師、警察，都不會出現的。新的一年來了，是全新的一天，多棒。」

他又笑了一下，忽然，眼神整個空洞下來。

發生什麼事。「……還好嗎，朋城？」

他保持沉默——就在我才以爲今天我盡可能聽到他說了更多的同時。他的臉頰抽動一下。

「嗯？」

「隔天，我媽就找我爸來了。」

「你說，你爸？」我感覺剛才那個壓迫感再度出現。

朋城開始搓揉雙手，被壓著的西裝褲跟著一陣、一陣擠出縐褶。

「那個……」我輕聲說，「如果你想說，就說。不想說，也沒關係的。眞的，都好。」不用急，這才是我和他眞正第一次在這裡以心理治療爲名進行會談。

他停止搓揉。

我稍微調整坐姿，動了一下手中的筆。

他看我一眼，抿嘴，然後低下頭。「……我就是那天，第一次被帶來醫院。」

那天。元旦的……隔天？我忽然意識到他說過那是他第一次住進急性病房的日期。

「那個場面眞的……」他搖著頭，「很難看。」

「是？」

「那時我剛在門診給袁醫師看完，我媽要帶我立刻去辦住院，雖然我也不是很清楚住院是怎麼一回事，但想也知道那不會是什麼好地方。半路，走到醫院大廳，我終於忍不住，就停下來說我不要住院。我媽說不行，一定要住。我說不要，她還是說不行。我們就在那邊對峙起來。她吵不過我，說，那就叫警衛過來。她每次都這樣。我就說妳叫啊。沒多久我聽到窸窸窣窣的聲音包圍過來，有人在旁邊說他怎麼了、出了什麼事，接著是什麼東西匡啷匡啷推過來的聲音，愈來愈近，愈來愈近——突然我被壓到地上。有幾個人我也搞不清楚，他們就把我架到一個鐵床上，很硬，然後開始綁我。是眞的綁欸。我嚇呆了，醫院竟然會比警察還狠，我手腳都被人壓著，很重，又痛，他們用繩索還什麼的勒起來，我手腳一直用力，邊哭邊喊說你們要幹嘛、要幹嘛，可是沒人理我。我愈喊愈大聲，從他們的縫隙看到天花板，燈光好刺眼，整個大廳都是我在叫的回音，還有一些路人繼續窸窸窣窣的。反而我媽不見了。我想辦法轉頭到處看，但他們眞的綁得有夠緊。忽然間又沒人壓我了，所有人都退得遠遠的，沒人再出聲。我往後仰，看到床頭有個警衛，我跟著不敢出聲。然後床突然開始動了。我躺在那邊，看著大廳的天花板很高，很遠，一直往後邊過去。我乾脆不掙扎了，掙扎也沒用啊，都被綁成這樣了還能怎樣。我也不知道爲什麼眼淚就一直流出來，又不能擦，流到耳朵裡的時候快癢死了，但眼淚還是一直流。後來，天花板變矮了，就像在我眼前一樣，匡啷匡啷，我繼續看著天花板一直過去、一直過去。進電梯，出電梯，天花板繼續過去，又進一次電梯，再出電梯。接著嗶兩聲，玻璃門嘩一下打開，然後……」朋城終於停下來，「接下來的事我跟你說過了。」

「……嗯。」

我的耳朵裡像是還在匡啷匡啷、匡啷匡啷。

他剛才說的一切都是眞實的嗎？而我，這個醫師，眞的能只要坐在這裡聽就可以了？我望向拉上了的窗簾，心裡卻像是有什麼被掀起。

「你說，」我讓自己盡可能鎭定下來，「那是你第一次住院，對嗎？」

他點點頭，又停頓了幾秒。「誰知道後來，我又住了三次院。而且那幾次，是我自己也想住了。」

「……是嗎？」

他雙手抓住襯衫下襬，仰起頭：「因爲，我很喜歡穿那件病人服，在病房裡把袖子揮來揮去，想像自己就像穿上了超人披風，想去哪，就去哪。」

15

「您想去什麼樣的地方？」男子抬眼看向我，一雙眼睛被鏡框切成兩半。

「唔，寺院吧，提克西寺、貝圖寺以外的。」我回到列城用完午餐，再次來到「旅行者天堂」。

「那就，嘿密寺吧。」他低頭繼續寫。那是我明天出發的健行行程收據。「每天上午我們都有發團，最好的團。我可以給您折扣。」

「不用沒關係，我想……自己過去。」

他在收據底端簽名，最後一畫拉出一條長長的直線。「也行，也行。您堅持的話，直接包計程車來回吧，有公定價，不麻煩，眞的不麻煩，是您第二好的選擇，那些背包客們都這樣做的。」

「呃，沒有巴士嗎？」

「我的朋友，」他放下筆，「您要知道嘿密寺可遠了，開往那兒的巴士一天只有兩三班，去得了，也回不來呀。眞心不鼓勵您那樣做。」

「這樣嗎……」卓瑪給我的單張還收在口袋。嘿密寺列在上頭最顯眼的位置，但這兩天在巴士站確實沒有司機指過它。

「我親愛的朋友，您還在考慮什麼？計程車不會有問題的，相信我。而且嘿密寺您一定要去的，它可是拉達克所有寺院的總部，是這一帶最華麗、最富有的寺院。我們有句話，『沒去過嘿密寺不能說你來過拉達克』。別誤會，我不是佛教徒，不是在向您傳教。啊，忘了先問您是嗎？」

「嗯？」

「您信佛嗎？」

我還在思考交通的事，搖搖頭。

他咧開嘴笑：「那就好說了。反正最、最重要的是，那兒的慶典可真了不起。那個面具舞，那個人潮，可是拉達克一年一度最大的盛事，遊客與信徒從世界各地蜂擁而至啊。只要親臨現場一次，整趟旅程就值了。您上次說會在拉達克待幾天是嗎？可以的話，兩週後再過去。我是說真的。」他翻開桌墊，彎腰似乎要找什麼資料。

「恐怕沒有辦法。」我說。

「啊？」他的身體挺直回來，「您哪一天離開拉達克？」

「……下週一。」

他幾乎是過於誇張地噢一聲。「那真的沒機會了，可惜，真的可惜。嗳，但您運氣不差，遇到我們。」

「嗯哼？」我不知道他在打什麼主意。

「這個週末剛好有另一場慶典在喇嘛玉如寺，不過那兒比嘿密寺更遠嘍。您是搭飛機來列城的吧？」我向他點頭。「那您應該還沒經過那兒，它從列城這兒要往西一百二十……七公里。坦白向您說，我們本來也有發團，但名額滿了。如果您有興趣，我們也能幫您安排交通接送，在喇嘛玉如鎮上住一晚正好。當然這樣比較貴，不過嘛，時間就是金錢，您一定瞭解，就像您直接搭飛機來列城一樣，省下的時間是更多的金錢哪。不敬地說，這些佛教寺院沒一個容易抵達，就算巴士到得了也夠人爬的，折磨啊。所以我親愛的朋友，相信您一定會做出聰明的選擇，沒有更好的安排了。」

「ＯＫ，我再……考慮看看。」

「沒問題。總之，」他將收據撕給我，「明天一早麻煩您再過來一趟，專車送您到健行的出發點。

上次給您的DM有留著嗎?來，再給您一份。起點在林嗄，終點在提密斯岡。三天後我一樣在這裡等待您。我們就是給像您這樣的旅行者的天堂。」

我確認他那張收據都有把重點寫上去——除了他的簽名實在看不懂。

「還有任何我能幫上忙的地方嗎?」

「我想沒有了。」

「完美!」

司機專注地開車，儀表板上方有一尊迷你的電動轉經筒，像是旋轉木馬持續在繞圈。我特別在中央市集附近找了這位看起來不愛說話、藏人面孔的計程車司機。我想我還是沒有那麼真心喜歡印度或天堂什麼的。我將車窗往下搖，讓更多風灌進車裡，提克西寺的山腳從窗外一晃而過，但確實我正往更遠的地方不斷前進了吧，像是就飛馳在昨天那條被夕陽打亮的金色大橋上。

我想起波德萊爾的詩:「眞正的旅行是那些爲出門而出門的人，他們輕鬆愉快如同漂浮的氣球。」當年我還將這句話引用在我那本南美日記的扉頁。那是多麼愉快的回憶啊。剛從醫學院畢業，漫長的假期像是沒有盡頭，新奇的世界裡一切都叫我興奮。我往後仰躺在椅背上，空氣被沖刷得一點氣味也沒有了。我感到無比心安。

「先生，再五分鐘就到嘿密寺。」司機說。

我往前看出去，左右是兩面連綿的山，裸露的岩盤一層層順向傾斜，愈往前愈包夾起來。我沒看到任何寺院。車道漸漸變得窄而蜿蜒，近逼的山壁彷彿隨時都會崩落。轉個彎，兩側山勢在前方匯聚在一起，道路在不遠處出現終點。嘿密寺就在那兒。我有些訝異，瑟縮在山谷懷抱深處的它像個樸素的隱士，外觀不只比不上提克西寺，恐怕連貝圖寺都不如。

我們在停車場停下。司機說他在這兒等我，依照他的建議，約定好兩個半小時的參觀時間。

我很快抵達中庭，那裡大約有三、四組遊客，緩慢的腳步聲在四周幾扇漆黑的門口與階梯間來來回回。我幾乎覺得我見過一模一樣的景色。聳立在中央的旗杆，迴廊與壁畫，整排靜止的轉經筒，就像提克西寺，也像貝圖寺。好幾個地方的地磚被刨起了，到處一個坑、一個坑。旅行社男子說這是整區最富有的寺院，慶典也在不久之後，我以爲會有機會見到一些特別的，像是提克西寺的歌舞秀，像是貝圖寺的曼陀羅，什麼都好，會有一些什麼不一樣的。但沒有。我確認這次眞的已經逛完整間寺院，走進中庭角落的紀念品店，架上放了一本全彩的精裝書，書名是《隱藏的珍寶：嘿密寺》——如果書名有什麼道理，那應該就是都被隱藏得太好了。

距離約定的時間還早，我走回中庭，抬起頭，看向那個還是藍得要命的天空。是因爲沒爬到山才讓這裡顯得平淡無奇嗎？這什麼荒謬的念頭。或者更可能是因爲我已經適應了這裡，就像習慣某種氣味後不再能感受得到？如果這樣，那是件好事嗎？

健行三天，接著週末兩天前往喇嘛玉如寺的慶典並順路去貝圖寺看完成的曼陀羅，最後，週一一早搭飛機離開。一切像是都確定下來了。我經過大殿，發現裡頭與剛才不同，明顯亮了起來。日光穿過天井像是聚光燈投射在盡頭的法座上，我走過去，那裡放了一張人物半身像，照片裡紙花紛飛，那個人頭戴藍帽，身披我沒見過的黃色袈裟，一臉燦笑。可能是這一帶的宗教領袖吧。他沒有正對鏡頭，視線盯向幾公尺外的某處。我開始胡思亂想他如果本人在這會向我說什麼，譬如像是：「別後悔，別後悔。你是個好奇的旅人。眞的，無論何時何地，你都不能忘記，要讓自己永遠保持好奇。」

咚—咚—咚—咚—。我聽見規律的鼓聲。

袁P停下來，我們已經走到那道玻璃門前。袁P轉頭看我，我意識到門沒有自動打開，趕緊取出識別證往門邊感應。我們重新回到有空調的區域，我按下電梯上樓的按鍵，轟轟、轟轟的聲音隔著牆從上方逼近。

「如果，你眞的是一無所知，你又如何能問？」

「如果我……」

叮咚，電梯來了。我抬起頭，發現袁P已經走進去。他轉過身，面朝我：「繼續走，繼續去想。」

「是。」看來今晚不適合再問下去，「教授辛苦了。」我鞠躬的同時電梯門關起來。電梯的轟轟聲往上方遠離。2、3、4，數字依序亮起。空一聲，然後安靜下來。銀色的電梯門在我面前像是變成一面亮晃晃的鏡子……

四周恢復明亮，我爬上階梯頂端，日間病房出現在左前方熟悉的角度。病人們正三三兩兩在環山回來的路上，我自然而然加入他們拉得長長的行列。「蔡醫師好！」「醫生好！」他們在我前後喊著，啓閎與哲崴這對哥倆好持續聊著線上遊戲如何破關的話題。就像當時楊醫師和我預告的，袁P那句謎一般的話，果然也成爲更大的一個謎團了。

我在大門前停下。今天的風是涼的，我回頭看見隊伍末端出現在轉角過來不遠處。丁大從那裡朝我揮手，在他身後幾步的朋城也注意到我，稍微向我點頭。

兩週很快過去，我其實還沒想好今天要和他談些什麼，或者說要用什麼樣子的自己來和他談。但這一切，恐怕也只有繼續去談才會知道了吧。姵琪板著臉經過我身旁，我笑了笑，跟著在大門完全關上前輕推通過它。

◇

朋城坐上沙發中央。

「嗨，朋城。」

他穿著便服，向我點個頭，再抿嘴笑一下。

窗簾已經先被我拉上。「最近，還好嗎？」我一樣將筆與筆記本拿在手裡。

「唔，稍微忙一點吧。」

「哦？」

「就，學校有些功課，這邊也有一些。」

自從上次他卡在校門口之後，這兩週都沒有再嘗試回學校了，如盈說她有些失望。「我聽說，你媽和學校老師，上週五有過來這裡開會？」

「喔，那個……是還好，就每學期固定有一次ＩＥＰ[7]。」

「嗯。」他像是隨口說出那個英文簡稱——個別化教育計畫，來這裡之前我從不知道有這種東西。

「所以好像，會也開得還滿快的？」

「好像是吧。」

我點點頭：「嗯，嗯。」

7 ＩＥＰ（Individualized Education Program），個別化教育計畫。學校會爲每位特教生在每學期開學前或開學後一個月內，召集相關專業人員，針對學生個別特質開會討論其教學相關事項。

出現一個短暫的空檔。

聽說大家都還是很希望你能再試試看回學校——我猶豫了一下，沒問出口。

「你們呢？」換他開口，「應該……也很忙？」

「嗯？」

「就好幾個新同學住進來，或者過來見習，不是嗎？」

「喔，對啊。」我不是太習慣被他主動問這些，「但也還好啦，還忙得過來。」

他也點點頭，像是在想些什麼。「然後……下個月會有新醫師？」

新的醫師？「我目前沒特別聽說欸。怎麼了嗎？」

「喔，也沒有。就每年都差不多十月，會有住院醫師過來一段時間。」

「ＯＫ。我晚點再和芳美姊確認一下好了。」

「所以你們……」

我疑惑地看向他。

他快速搖幾下頭：「沒事。」

「沒事？」

「……嗯。」

我遲疑一下，還是點了頭。氣氛有些微的尷尬。「所以，今天有想要聊些什麼嗎？」

他想了大概有七、八秒。「都可以吧。」

我低頭瞄過筆記本，又看回他身上。「那也許，說說這裡？」

「這裡？」

「這個……日間病房。」我輕輕笑了笑，「某種程度上你比我還熟悉這裡呢。」

他晃晃頭，表情有些無奈。

「我記得你說，會過來，是最後那次在急性病房，雅慧護理師堅持的？那時候你是……」

「國中二年級，二上。」

「嗯哼。」二〇〇八年十一月，如果我沒記錯他日間病房的入院日期。

「其實本來，說什麼都不想來的。」

「哦？」

「不知道，就一種……很奇怪的感覺吧。來醫院上學？而且，還要每天來回，我家又不是多近。」

我笑了一下：「然後，又沒有病人服可以穿？」

他看向我，也笑一下。「對。」

我又等待了好一段時間。「後來呢？」

「喔，就被被雅慧護理師說到一個點。她說，來日間病房這，至少可以離我媽遠一點，急性病房也不可能讓我住一輩子。她講話眞的滿機車的，但對上我媽，也算剛好吧。」

「你媽……是也怎樣嗎？」

「她就控制狂啊。」他無奈地說，「控制我不夠，每次我住進去，還一天到晚交代那邊醫生護士一堆事。剛好那次換成雅慧護理師，她就有點踢到鐵板。不然她本來也不願意讓我過來這裡，好像是覺得我來這邊……會更不想回學校吧。後來也不知道是怎樣就被雅慧護理師說服了。」

我想起朋城母親過來那天雅慧的反應。「但總之，你就來了？」

朋城點點頭。「剛來這的時候，覺得這裡很……自由？至少芳美護理師比雅慧護理師人要好太多，她接著問了衣服、盥洗用具、可以在路上充飢的乾糧。可能是怕我又聽不清楚，她配合各種手勢。我一一答有。

「孩子，三天健行，不長，不短。一切，都好了？」

「嗯，好了。」

「那麼，鑰匙？」

我拍拍背包頂端，開始感覺她有些嘮叨。

「不行。不行。鑰匙，我來。你，往前走，愈遠愈好。」她向我微笑，額上的皺紋漸漸鬆開。

「愈遠……愈好？」

小喇嘛們整齊朗誦的聲音跨過操場傳過來，像是把我腦袋裡卓瑪的叨唸趕跑。現在的我貨眞價實是個離家出走的孩子了。我轉過身，今天的行程沒有回程，可以愛怎麼走就怎麼走，只要在天黑前抵達陽旦村就好。路的兩旁全是青稞田，一條條灌溉水道往四處開展。遠處的高山再沒有山嶺阻擋，一整列的白雪橫躺在頂端，像是只要我伸出手就能直接抓到大把的雪花。

剛才旅行社專車的司機靠在車身說，那是林嗄村的喇嘛學校，「你逛完，沿著路走就可以了。」「就這樣？」「不然呢？」他的語氣像是我問了個奇蠢無比的問題，然後要我拿出那張DM，指著地圖的左側，說他後天下午會在提密斯岡的電力廠房外等我。

我本來想向他要地址或路線圖，他說不需要，我不可能會錯過它。他說得很輕鬆，而現在我腳下的這條路，也走得非常輕鬆。腳步順著一段下坡加速，好像不小心穿過誰家後院，沒人在，不要緊。沿著長滿灌木的河谷繼續走，緊接是爬坡，一點也不喘。我想高山症的危險因子對我不再危險了，它們已經回到教科書上，被留在醫院裡。我逐漸有些熱起來，可能是太陽爬得更高也更烈，但乾燥的空氣與陣風很快帶走原本會冒出的汗，我的每一個毛細孔像是都被烘得徹底張開了。我有點小跑步起來，直到在將要翻過小丘的最高點時，停下。

我回過頭。

綠色的青稞田已經都在身後，林嗄的村中心在更遠處，湊在一起的民宅看過去像被電線桿圈養起來，一早來時的列城不知道是不是也在那個方向。我往上再走幾步，前方的視野一下子整面打開，連綿起伏的黃土丘陵上光芒閃爍，散落四處的石礫像是一片黃金大海。我用力伸展雙臂，彷彿能伸得比平常更長，同時吸進一大口新鮮空氣。我正背對地圖上那個名爲林嗄的標記，往下一個我除了名字一無所知的村莊前進。我將會用我的雙腳繼續往前走，只需要沿著——路？

我雙手圍在眼周，盡可能遮去強光，自左而右掃過去，又掃回來。

沒路了。怎麼一回事？

司機說只要沿著路走就好，我應該沒聽錯。我試圖回想一路的景色，會不會不小心在哪錯過岔路。想不出來，腦中每個場景都缺了好幾角。重新拿出DM，我盯著地圖上的林嗄村、陽旦村，兩個黑點懸浮在空白中，中間什麼都沒有。太陽不知不覺已經爬到頭頂，我連東西南北都無法辨認，何況是現在的位置。

我可能在地圖上的任何地方。

我地毯式再搜索一次。給我一點點徵兆都好。

還是沒有。

我他媽的迷路了。想到這我竟然笑出來。

愈高。大概是要爬坡的意思。

我望過去，起伏的丘陵仍是片汪洋，看不出有什麼可以右轉的路徑。「嗄—」我模仿她的手勢，「嗄嗄嗄嗄——？」連爬高的音調也模仿了。

阿嬤向我從頭再比一次，同時也再唱一次。

我緊跟她的手勢與聲調變化來回轉頭，想聽出、看出一些端倪。但我徹徹底底失敗了。我眉頭的皺紋恐怕比她的還要深。

阿嬤又抬起手，「啊——」她突然笑出來。我發現她後排還有好幾顆牙齒。她搖搖手：「啊啊啊。」這次是下墜的音階。她指了我一下，再拍拍她自己的胸口，戒指敲到外套的鈕釦發出叩叩兩聲。她揚起長棍就走，身旁的羊群有幾隻跟著開始挪動腳步。牠們什麼時候全都停下來了？頭上的角彎翹得像是用麥芽糖拉出來的，一扭，伸頸，抬腳，一隻喚醒一隻。大家都動身了。不對，現在不是注意這些羊群的時候，快跟上。

下坡的地面好陡，我一步拆成兩步，努力找尋適合踩踏的地方，他們已經一個個全下到谷底。我趁平坦的時候趕緊跟上。上坡，他們很快又與我拉遠了，我大腿使勁蹬上去，腳底的砂石拼命滑落。阿嬤沒有再回頭看我，也沒有揚起長棍，羊群便一隻隻跟著她移動，而我也是。我望向她的背影，想起抵達列城那天卓瑪從花圃走進樓房，及腰的長馬尾，青色蓬裙，在水桶裡叮叮咚咚的園藝工具，還有她自創的歌謠。一個人、一個人、一個人。但卓瑪走路可沒這麼快呀。

阿嬤停下來。她站在一座小丘的高點，回頭，等我跟隨羊群一個個聚攏到她身邊。她確認我站定了。又有幾隻羊開始低頭吃草。

她比向前方：「啊。」這一聲極為短促。再指往右邊，「啊啊啊啊啊——。」

「嗄?嗄嗄嗄嗄嗄——?」我還是沒看到任何小徑。

「啊。啊啊啊啊啊——。」

她似乎覺得我們這樣對唱很有趣,又笑開一口缺牙。我也向她傻笑。我還是沒搞懂該怎麼走,不過我想往前就知道了。我向她說朱雷,她點點頭。風將她的頭巾吹開一些,她一手捂著,左右看顧羊群一會兒,更多羊低下頭嘴裡嚼個不停。他們似乎暫時沒有要移動的意思。我揮手向阿嬤道別。

阿嬤將頭巾圍回去,蓋住口鼻,從她的眼睛看起來仍在向我微笑。我在心裡用中文默默說了謝謝。

前行幾十公尺,我在某個看來還算能走的地方右轉。

「奈!奈!」是阿嬤的聲音。

我回頭看。阿嬤與羊群還在剛才那兒,她似乎又把頭巾拆開,向我搖手,再指揮交通般往前揮動手臂。我太早右轉了。

我點點頭,折返再繼續往前。四周仍是那片黃金海洋,林嗄村早就看不見了,太陽照得雪山山頂像是被冰河覆蓋。右手邊似乎出現一條小徑。右轉。

「奈!奈!」又是阿嬤。她的聲音更遠了。

我再次回頭。阿嬤帶著羊群出現在另一座小山頭,我已經看不大清楚她的臉孔。阿嬤更大幅度往前揮動手臂。我還是太早右轉是吧。

我朝她舉手示意。這次我學乖了,我想真的要右轉的地方應該會有更明顯的路徑。我筆直往前走。繼續走。

「奈!奈!」這次的聲調變得更高,像是海鷗叫般迴盪在山野之間。

回頭。阿嬤兩隻手臂往右甩,一共三次。我看過去,不遠的山邊似乎浮現一條小徑,應該是那裡沒錯。「朱—雷—！」我朝阿嬤大喊。她沒有回。

終於，我走上那條小徑，歷經一個多小時的航行後成功登陸。路面變好走了，我連自己的腳步聲都聽不到，也沒有任何別的聲音。可是我總感覺像是隨時身後又會傳來「奈！奈！」的叫聲。我告訴自己只要繼續往前走就會到陽旦村了，但就是沒辦法安心。小徑轉彎，即將繞過某個山頭，我決定停下來一會兒，喝口水也好。回頭。

阿嬤眞的出現了。她攀上遠方的山頭，羊群隨後出現，在她周圍散開。她沒有再大喊，就站在那兒。我朝她揮手。等到她土黃色的頭部稍微晃動，我再繼續往前。到了下一個轉彎，我又停下來，回頭。一次又一次，總不會超過五秒鐘，阿嬤會從某個山頭上冒出來——甚至是從我沒預期到的山頭，然後是三三兩兩的羊群。她所在的山頭離我愈來愈遠，我愈來愈無法確定她是不是有點頭，但我還是揮揮手臂，等待她若有似無的回應。最後，來到那一個彎。

我站在轉角的制高點，回頭張望。我等了應該有三、五分鐘，什麼也沒出現。

我的視線掃過一座座山丘，沒看見阿嬤，沒看見羊群，又恢復一整片無人的汪洋，沒有盡頭。時間已過正午，太陽稍微偏斜，石礫的浪花打往不同的方向，反光靜止在半空。我的心跳、每一束肌肉都放鬆了，卻感覺像是少了什麼

我往那兒再一次，也是最後一次，用我全身力氣揮手。

很快小徑接上一條柏油路，迎面走來一對白人情侶，他們穿著防水外套、登山杖、登山鞋，大背包的下方掛著睡袋。

「哈囉，」我說，「請問這條路是通往陽旦村嗎？」

「是。」男人有點遲疑，看我一眼，再看向我剛走出來的小徑，「你是從哪走過來的？」
「唔，我也不知道。」
「你不知道？」男人說話的同時，女人稍微張大眼。
「其實我剛才迷路了。」
「噢，聽起來不太妙。幸好你找對路了。」他們兩人一起微笑。
我點點頭。這確實是一件好事。應該吧。
「不管怎樣，祝福你接下來的旅程都順利。」男人說。
「謝謝，你們也是。」
接續幾個小時的路程漫長但是輕鬆，日光繼續曬得我整個人暖烘烘，我用我想要的速度踏步前進，再沒遇見其他旅人。我的影子在路上愈拉愈長，漸漸細瘦得不成比例。我不時補充水分，直到前方山谷再次出現一大片綠色田野，田邊一間屋宅貼著一間屋宅。這是今天最後一段路了。沿著山腰迂迴下降，村落始終在底下的山谷裡，每當我往前一些，村落背後的雪山也拉出更寬一些，直到我轉進完全沒有視野的一個彎口，再出來。
今晚的落腳處，陽旦村，到了。

18

學弟從辦公桌對側站起來：「學、學長好。」

我招個手。他是這週剛來日間病房報到的R2葉秉雄，坐他旁邊的如盈正在講電話，更過去的雅慧像是紀錄永遠也寫不完一樣。

「欸？鑫哥今天這麼早？」丁大在椅子上轉過來。

我笑笑地說：「剛好沒會診就過來啦。」

身後傳來打卡的聲音。朋城背著背包向我點頭，放好打卡紀錄紙後走進大教室。病人們一小群、一小群聚在一起，陽光斜斜穿過落地窗，像是為大教室鑲上一層金邊。

「朋城最近早上都滿準時到的喔。」芳美姊也在位子上。

我向芳美姊微笑，走到自己的桌前，乾淨的桌上沒有任何待辦事項。如盈似乎在和學校老師確認段考的事情。我發現學弟還站著，一雙眼睛透過圓形的鏡框看著我。「怎麼了，學弟？」

他搔搔頭：「呃，學長有要看病人了嗎？」他手放下，翹起來的頭髮看起來像是快要壞掉的雞毛撢子。

「晚點吧，不急。」

「喔，好。」他坐下來，拿起筆。

我注意到他桌上放了好幾本病歷，都是雙數組的——未來這四個月，他會分擔我這裡一半的病人照顧工作，同時意味我要肩負起一半的教學督導任務。他前後翻閱他面前的那本病歷，在頁面中間一條長長的箭頭下方寫下更多小字，像在刻印章一樣。我繞到他桌邊。

「學長？」他有點驚恐地抬頭看我。

我盯著那條時間軸，升上高中、突發腎病、小兒科住院、出現懼學……「是那個new胚啊？」

「對，李、李欣瑜。」

「不錯喔，這麼用心整理。」我說。

雅慧站起來往外走，說是要去找一下郁璇。她向一度要起身的學弟示意她自己去就好。欣瑜和郁璇都是月底開會要討論的雙數組病人。

丁大從後方勾上我的肩膀：「怎樣怎樣？」我轉過頭，他一臉興致高昂地也盯向那本病歷，「靠，大雄，叫你學長多學著點。」

「喂喂，」我立刻出聲，「你只是沒看過我報case conference（個案研討會）好嗎？講得好像你就很有條理一樣。」

「不要吃醋嘛，鑫哥。」丁大揉了揉我肩膀。

「什麼鬼。」我把他手撥開，丁大哈哈笑起來。

如盈剛好掛斷電話，同樣探頭過來：「眞的欸，還眞看不出來。」學弟嗄一聲，左右快速轉頭，雙手像要遮掩什麼般按上病歷。

「等一下等一下，」我說，「看不出來的意思是什麼？」

「啊，不是啦，」如盈笑得瞇起眼睛，「我只是想說，這幾天，秉雄醫師人看起來就很像那個啊，那個……」

「葉大雄咩。」丁大接話。

「葉大雄？」我說。

「就哆啦A夢那個啊。你看，學弟連名字都像。」丁大繼續說。

「我知道，我的意思是說——」

「你們呀，一早就這麼開心？」芳美姊帶著幾本資料夾過來，臉上同樣帶著笑容，「不要這樣嚇唬新人。」

丁大雙手一貼立正站好：「芳美姊說的是。」

如盈有些不好意思地也站起來，學弟跟著再度想要起身，芳美姊以手勢叫他坐著就好。

「好啦好啦，眞是的，」芳美姊比向丁大，「讓我又想到去年面談時候你是怎麼回答袁P的。」

「噯？我覺得那天我還算滿收斂的啊。」丁大說。

芳美姊笑了一下：「說自己想過來玩玩看，叫收斂啊？」

我說：「不是吧？當著袁P的面這樣說？」如盈也露出驚訝的表情。

芳美姊點個頭。「去年因爲這裡又有老師離職，一直招不到人，袁P想說看特教學校那邊有沒有辦法短期支援一下，就和他們校長談。本來也不抱什麼期待，結果竟然有個人，」她看丁大一眼，「自願請調過來，還說願意直接做滿兩年。」

丁大笑著聳肩攤手。

「這裡，不好招人啊？」我問。

「或者說很少人能久待吧。醫院裡的孩子比學校複雜得多，又不像學校還有寒暑假可以放，大部分老師都做個一兩年就走了，有教師證的更是這樣。」芳美姊如常地露出微笑。

「是喔……」我說完，發覺如盈的神色有些變化。她發現我在看她，向我笑了一下。後來我沒去問她那個自殺女同學的事，可能也是不想刻意去碰人瘡疤吧。

「——丁大！」門口傳來童稚的聲音，凱恩雙手抓在門邊，「今天披薩可以不要做圓形的嗎？我想做愛心形狀。」

「可以，什麼形狀都可以好嗎？」丁大說，「你去叫大家準備往烹飪教室移動了。」

「謝謝老師，愛你唷。」凱恩送個飛吻過來——他是個可愛的時候很可愛，生氣的時候也生氣到讓我們很崩潰的孩子。像上週他被宇睿捉弄到受不了，一路往山下衝，丁大也只能拔腿一路狂奔追出去。

「你們也去忙吧，我上午要去開評鑑的準備會議。」芳美姊晃了晃她手中的資料夾。

我們幾個人齊聲說好——除了學弟晚了半秒。

凱恩回到教室中央，似乎喊了幾聲，孩子們逐漸往右側移動腳步。有一群人特別聚在一起，宇睿、啓閎、哲崴都在那邊，比他們都矮小許多的凱恩也鑽過去。他們都圍在剛住進來的欣瑜身旁，宇睿邊動嘴巴邊比起不大協調的手勢，欣瑜撥一撥瀏海，嘴角保持微笑的幅度。朋城走在他們更後方。丁大和如盈也出現在窗外了。

「學長，那……我們？」

我轉回頭，學弟終於成功站起來——他還眞的長得有點像大雄。「我們也去湊熱鬧一下吧。」我笑笑地說。

朋城看著我把立燈點亮、拿出筆記本與筆，然後繼續看著我。

「怎麼了？」我問。

他轉開眼神：「唔，沒什麼。」他嘴角有些揚起。

「嗯哼？」我覺得今天晤談室裡的他又變得與前幾次不大一樣，包括他今天幾乎是提早到了，就在我把窗簾拉上的下一秒鐘。「你有什麼想說的吧？」

「嗯、哼。」他像是做了個拙劣的模仿。

「嘿，我記得你之前不是這樣說話的。」

「啊就……」他抓一抓耳後，我盯著他，他咧起嘴角乾笑，「我真的，可以說厚？」

「我又不知道你要講什麼。」

「嗄？所以……」

「想說就說。我不都說很多次了，這一年，我就是聽你說，就這樣。」反正我這個人很奇怪——我忍住沒補上這句。

「那，可以保密嗎？」

「暫時？」

「暫時可以吧。」我稍微遲疑地說。

「如果不是什麼太危險的事，我想我是可以保密的。但多少，身爲醫生，還是有些責任。」

朋城歪著頭像是在想什麼。

「欸，該不會眞的有什麼危險吧？」

「沒、沒有啦。」

「嗯哼。所以？」我向朋城攤開手。

朋城看向別的地方，點了幾次頭。「就，算是交往了。」他小聲地說。

「——交往了？」

朋城看回我的表情只差沒用食指比出「噓」。

「是最近的事？」我稍微放低音量。

「……前天。」

我拖著「噢」的長音，點著頭：「前天哪。」難怪向日葵團體的時候還沒察覺他有什麼異樣。我笑了一下，然後發現他一直在注意我的反應。「怎麼？」

「沒事。」

最好是沒事。我又笑一下。「如盈老師知道了嗎？」

「呃，還沒。」

「OK。那，還有誰也知道了嗎？」

朋城想了兩三秒，搖搖頭。

所以我是第一個、也是目前唯一一個知道的。我想這應該代表這裡對他是足夠安全的空間了。「所以你想——不對，我好像應該先問一下，對方……也是這裡的病人嗎？」

朋城遲疑了更久，點頭。

我又噢一聲，腦中依序轉過幾個女孩的姓名。

「也沒那麼難猜吧，就……」

「姓李？」

「……嗯。」

果然是欣瑜。換我抓抓耳後。「你啊，有點誇張喔。她不上禮拜一才來見習？」上週欣瑜見習的表現套句雅慧說的話，好到太正常了，連過來陪讀幾天的母親也是一樣溫和有禮，默默坐在教室後方從不打擾我們。

「對啊，所以……」朋城很難為情的樣子，「其實我也不是很確定，到底算不算在交往。」

「蛤？」

「就，不知道怎麼說啊，然後又沒有別人可以說。」

我笑著搖搖頭，稍微拿高筆記本向他示意。「那就來吧。」

他對上我的眼神，也笑了一下。「怎麼講，從一開始……就很尷尬吧。她來的頭一天中午就突然來問我，我是班長嗎。我那時候有點愣住，想說沒頭沒尾是怎樣，就跟她說，這裡，不是學校欸。她好像有點被我的回答嚇到，一時沒接話，是姵琪剛好經過，撂下一句說我只是這裡永遠的班長就又飄走。欣瑜表情好像就……更尷尬那樣。我也不知道哪來的勇氣，就直接說沒有啦，是因爲我在這邊待得最久，所以有些人會開玩笑叫我班長，還跟她說有什麼事還是可以問我。大概是因爲……看到正妹吧我。」朋城露出一點害羞的笑容。

「哈哈，你倒是挺坦誠的？」

「我就……」朋城哀嚎一聲，「那時候也沒想太多，當然心裡也會好奇，好好一個正妹怎麼會也淪落來這。但你也知道，不能問。我覺得她也是很快發覺這件事吧，所以就也都沒再問我什麼。接著兩三天除了上課偶爾一些事，我和她幾乎沒講到話，一部分也是下課都會有同學在她旁邊的緣故。」

「哦？」

「她成績應該還不錯吧，讀的那間也算明星高中，她又很有耐心，好像不管別人問什麼都笑笑的這樣，所以同學都很愛找她。」

「搞了老半天，根本你也一直在注意她嘛。」我忍不住繼續吐槽。

「欸？是、是啦。不過我和她在這是眞的沒什麼互動，所以收到她ＦＢ訊息的時候我也嚇一大跳。」

「ＦＢ？」

「呃，我應該沒說過，ＦＢ上有個這裡的私密社團，也是叫懼樂部？」

我搖搖頭。

「她應該是在那邊的成員名單看到我，第一天晚上就私訊給我了，但因為那時候沒加好友我一開始還沒發現。這也滿尷尬的。」

「她主動丟訊息給你？真的還假的？」

「所以我才說嚇一跳啊。她主要是要跟我說對不起，說她不是有意要問我那些。」

我點點頭，想了一下。「就好像她在無意間，違反了這裡的某個默契？」

「對啊。後來，我們就私訊斷斷續續地聊，也不知道為什麼，但就覺得，網路上的她，跟白天在這裡的她感覺不太一樣。」

「怎麼說？」

「不知道。可能因為她跟我一樣是懼學吧？我猜的啦，我也沒太直接問。因為她是有問了我一些這裡的事，然後，也稍微帶到一點點學校，就一點點而已。不知道怎麼講，就有種，好像互相可以理解對方那種……很難說的感覺？」

「嗯。嗯。」互相理解，那似乎仍是現在的我很難在這裡完全做到的一件事。

「不過我們大部分還是在聊五四三的啦，像是，就發現她也很喜歡五月天啊，就在那邊聊最喜歡五月天哪首歌，像去年專輯那首主打歌我和她都超愛的。我還跟她說，其實一開始我會追五月天是因為他們上一張專輯，那時候剛好是我剛進來——欸？我是不是扯太遠了？」

「唔，如果以醫生的身份來說，可能是。不過聽你分享這些，」我笑了出來，「是還滿有趣的。」

「什麼啦，你當自己在看戲喔？」

我繼續笑。眼前的他難得出現一名十七歲男孩該要有的模樣，我決定也繼續擱置那些我對醫生職責的想像。「重點咧？你還沒講到吧？」

「嗯？」

「總有個……告白或什麼的吧？」

「喔。」他耳朵有些脹紅起來，「就，前天中午吧，我傳訊息問她放學要不要一起走去捷運站。」

「傳訊息？」

「對啊。」他答得理所當然——明明那個時間他們兩個人都在日間病房裡。「但她好像一直都沒看訊息，等到都放學，她都先離開教室了，我在座位上開手機才看到她已讀，也不知道該不該再追問，說不定她是……不好意思拒絕我什麼的。結果我剛好又被如盈老師叫去辦公室，講了一些升學的事，我也沒很專心聽。欸，你不要跟如盈老師說喔。」

我笑著說是。

「好不容易講完，我一看手機，還是沒回。我想說算了，自己不知道在衝什麼，明明話都沒講幾句，就自己走下山，經過路口，結果欣瑜竟然一個人站在那。」

「她在……等你嗎？」我有些驚訝。

「我那時心裡也是冒這一句啊，但不敢直接問，她也沒說，就和她兩個人一起往醫院外面走。剛開始還眞的不知道要聊什麼，邊走腦袋邊轉個沒停，但什麼有意義的話都講不出來。後來，就又開始聊五月天——」

「等等等等，」我脫口而出，「不是認眞的吧？」

「就，哎唷，反正就這樣啦，一堆廢話，大部分時候都很乾。我第一次覺得捷運站怎麼這麼遠，還好路上很多車滿吵的，不然一定更尷尬。尤其我們經過那間國中門口的時候，有學生穿制服走出來，我感覺她好像想說什麼但沒有，我也就……算了。我一度有點後悔不應該問她要不要一起去捷運站的。

一直到經過那家超市、Seven，我們過馬路終於刷卡進捷運站，我走在她前面上電扶梯。我想說我到底在幹嘛，她都留下來等我了，應該……是有機會吧？但我真的想清楚了嗎？而且我高三了這最後一年耶。沒想到一上去月台竟然碰到姵琪，欣瑜還笑笑地跟她打招呼，我臉一定超僵的。然後，也不是刻意，我們就往前走到人比較少的地方等車，我就站在那，往外面，看出去。」朋城像是被拉回那個月台上，望著對牆，呼口氣。

「你……」

「這個城市，眞的……好大。」

我繼續看著他，像是同時也看見台北高高低低的天際線。

「沒一會兒，月台上開始嗶嗶嗶嗶，接著轟隆隆的聲音跟著風一起過來。我決定，就說了吧。」他短暫停頓，「我們，可以試著交往看看嗎。」

「試、著？」

朋城轉頭向我苦笑一下：「很孬呵？更扯的是，我甚至不知道她有沒有聽到。」

「嗄？」

「因爲那時候列車剛好進站很吵，進入車廂後她也沒什麼反應。過了兩三站她才開口，結果，是問我有沒有聽過五月天現場。我心裡就——天哪，怎麼還是五月天？就這樣一直坐到北車我要換車了，本來還猶豫要不要再問一次，但旁邊人那麼多怎麼問得出口，於是就跟她說掰掰。她揮個手，然後一堆人進去車廂擋住她，車子就開走了。」他閉著嘴，像是有些遺憾的樣子。

「這樣聽起來，好像，不太能算是——」

「後來，她是有回啦。」

「哦？」原來故事還沒說完。

「雖然，是發個訊息給我那樣。就……」朋城露出尷尬的笑容，「一個笑臉。」

「不、不是吧？會不會太爛了一點——」

「你也這樣覺得厚？」朋城像是鬆一口氣。「不過至少昨天放學，我們是有又一起走去捷運站啦，是她中午傳訊息問我的。雖然後來，還有凱恩、宇睿和另一個女生黏上來，不小心變成一群人一起走。」

「要命，所以這樣到底是有在交往還是沒有？我都被你搞糊塗了。」

「你問我我問誰啦，啊——」朋城反手抓住自己的後頸狂揉。

我被他的反應逗樂了，邊笑邊自然地看向窗簾。外頭，如盈應該正在大教室裡帶作文課吧，宇睿、哲葳、欣瑜、郁璇和其他高中組的病人都專心在寫著嗎？小教室裡的國中數學課呢？凱恩與啓閎會不會聊起天來了？姵琪會在瞪他們，或者丁大根本會加入一起聊開來？

「不過，」我點著頭，「感覺還不錯。」

「眞的？你這樣覺得？」

「應該吧。」

「應該？」

「嘖，難道你要我幫你去跟欣瑜問清楚？」

「當然不行啊！」他瞪大眼睛。

我笑出聲音——還好這幾個月有學弟作爲第一線照顧欣瑜的醫師，免得我眞的會有衝動那樣做。

「那，蔡醫師，你眞的要幫我保密喔。你知道，現在還是有一點……」他手像發抖般在半空比劃一下。

「好，我知道。」

「包括如盈老師、芳美護理師也不能說喔。」

「知道啦，沒問題。」

朋城點點頭，揚起嘴角，如同今天一進來晤談室時那樣。

19

陽旦村，到了。

小徑兩旁的樹木往天空攀高，我走在樹蔭底下，每一步都踩出落葉窸窸窣窣的聲音。我已經好幾個小時沒說話，太陽也毫無阻隔地曬了我好幾個小時，手臂似乎有些發燙。我擺動雙臂像在散熱一般。

陽光再次斜灑下來的時候，村落的屋宅就在前方不遠處了。山谷裡一切都在閃著光，灌溉的泉水穿流在金黃色的田畦裡，直到一堵長長的低矮石牆像是將村中心包圍起來。立在村落後方的雪山感覺變高了。我走在田埂上，幾個婦人屈身在田裡，也有人蹲在溪邊洗衣服，敲打出清脆的水聲。她們看起來都有些相像，烏黑的長馬尾，彎腰後自然垂掛在膝前的項鍊，一雙雙布鞋的頂端像是屋簷那麼飛翹。

旅行社男子沒有告訴我任何民宿的名字，只說到了村裡自然會有安排。我有些懷疑，但又想起牧羊阿嬤。她的聲音像是也被我留在身後很遠的丘陵間了。我繼續往前。

有個小女孩在看我。

她站在幾公尺外的田裡，大約兩、三歲而已，頭戴一頂粉紅色的毛帽，吃著手使得曬紅的臉頰跟著一縮一脹。我覺得她太可愛便蹲下來朝她揮揮手，她手一收，鑽進蹲在旁邊的婦人懷裡。那應該是她母親。婦人輕撫女孩的背，抬頭看見我——她與牧羊阿嬤一樣用頭巾幾乎蒙住了整張臉。在一旁年紀更大一些，可能是祖母的婦人跟著注意到我。女孩緊抓母親駝色的毛料外套，轉頭也在偷看我。我被她們三人看得臉有些熱，不知道該不該站起來。

「朱雷。呃，陽旦村？」我怯生生地問。

祖母向我笑了一下，點點頭。陽光照得她一臉有如蜜蠟的紅潤光澤。

女孩好像稍微沒那麼害怕了，雙手挽住母親的手。母親恢復像在拔草的動作，將摘好的嫩草收集到一面藍色的布巾上，形成一座綠色的小山。祖母可能察覺到我的視線，招手要我過去，我不好意思地搖搖手，她又招一次，臉上保持微笑。

我猶豫幾秒，往田裡踏出一步，女孩立刻繞到母親背後搖搖晃晃地蹲下來。我怕踩壞農作物，每一步都抬高膝蓋看清楚了再輕輕落下。女孩繼續偷看。她眼裡的我肯定像個奇怪的大玩偶吧。我在她們旁邊蹲下，祖母從布巾上抓了一小撮綠色的枝葉給我，我捧在掌心，聞到一股溫和的辛香味。

「這是什麼？」我面朝祖母，「是可以吃的東西嗎？還是……」

她笑著沒說話，將我手裡那一小撮抓起來，搓動著像下雪般撒回小山頂端。女孩從母親背後伸出手有樣學樣也抓了一撮再放開。

祖母咳兩聲。「呃，抱歉。」我看回來。祖母笑得雙眼皮更深了。我覺得她頂多五十多歲。她從田裡拔起一根草，朝我拿近，雙手掐住一折，摘掉白色的根部後將剩餘綠色的部分放上布巾。

「所以，白色那邊是不能……」我看著祖母微笑看我的眼神。傻傻的，她們看起來就完全聽不懂英文啊。我笑著搖搖頭。

祖母從田裡又拔起一根，拿到我面前，似乎是要我也試試看的意思。

我比向自己：「ＯＫ？」

祖母點點頭，我小心翼翼地接過手。女孩從母親背後探出臉，張著大眼看過來，母親也停下動作。我一折——啊幹，怎麼只剩一小截綠色。祖母呵呵笑起來，女孩跑到我面前盯向我手裡。她的毛帽垂下兩條穗狀裝飾，晃啊晃地掃過雙頰上的細小斑點。母親搔她癢像在處罰她，女孩窩回母親懷裡，扭動身子笑出清脆的聲音。我忍不住跟她們一起笑出來。

我逐漸與她們差不多熟練，像是加入她們採收的行列。女孩有幾次又要我折給她看，我像變魔術般自己配上音效，她被我逗得開始在我們幾個大人之間跑來跑去。那座小山愈堆愈高，祖母比出停止的手勢，將布巾兩兩對角提起，起身。女孩使盡全身力氣把母親拉起來。要回去了。女孩在隊伍最前頭，每跑幾步就停下來，回頭看看她身後的母親、祖母與我，再繼續跑幾步。祖母手裡提著的布巾，鼓得像個巨大的水滴。

我們抵達村落外圍的石牆，女孩拉著母親右轉迎光走，祖母回身向我指往牆上的一張木牌。

「帕德瑪民宿／家庭經營／房間視野佳／享受傳統的款待」。光線將木板上每一條細細的木紋與隙縫都照了出來，一旁畫有一個往左的箭頭。

我淡淡笑了。我不覺得旅行社男子會那麼精準地預測到是祖孫這三人爲我引路，但就這樣發生了。我向祖母點頭，母親在幾步之外蹲低摟住女孩，抓著她的小手向我揮。逆光使我看不太清楚她們的表情。祖母向我鞠躬，然後往母女那兒走，被母親牽著的女孩舉高另一隻手要祖母牽。夕陽在她們身後拉出三條相連的影子，慢慢與我遠離。

橙色的光線與影子同時消失。夕陽落到山後了。天空的藍色像是浸潤到地面，帶來一絲涼意。我也轉過身，往廣場的方向前進。

「朱雷……」我爬上民宿二樓，朝敞開的門內說。一隻花貓從我腳邊竄進屋裡。裡面好暗，只有遠遠的對側有一點光。什麼動靜都沒有。

十幾秒過去，一名瘦小的婦人一跛、一跛從黑暗中出現。她離我站的地方還有好幾公尺，微光中我看見她的眼睛、眉毛、鼻子全縮在一起，兩道深深的法令紋像是把嘴角也往下拉。她直直瞪向我，然後側身往樓上喊，聲音沙啞，是我聽不懂的兩個音節。她往後一跛、一跛消失在黑暗中。

急促的腳步聲傳來。是名面貌清麗的年輕女子。

「朱、朱雷。」她有些慌張，「有什麼我可以，唔，可以幫忙的？」她在針織衫外頭加了件淡紫色的貼身背心，拉鍊拉到頂端，細長的眉像是柳枝，一頭黝黑的長髮往後梳。

「——噢，對不起。」我道歉做什麼。「你們今晚，還有空房嗎？」

「空房？喔，」她好像也愣一下，「有，我們還有房間。你……你先進來好了。」

我點頭說好。她也向我點頭，下巴輕輕碰到領口。天光都在外頭了，走道不到一米寬，盡頭是泛著一點亮光的窄小開口。我往那邊走幾步。

「先生，」女子的聲音在我後方，「那個……樓上。」

「對不起。」我怎麼又道歉了。我發現她還站在門口內側，旁邊是樓梯間。「房間，在樓上是嗎？」

「嗯。」她走上階梯，「抱歉，我英文，說得不好。」

「不會，我的英文也沒有很好。」

樓上也透下一些光線，她的長褲映出像是絲質的光。「剛才那位是我的母親，她不會英文，所以……」她愈講愈小聲，但狹窄的樓梯間裡我連她的換氣聲都能聽見。我說沒關係。「眞的不好意思，」她在轉角回頭，「有什麼需要，就找我。我叫拉姆。」

拉姆。我在心裡複誦一遍。「那麼，帕德瑪是你們家族的名字嗎？」

「帕德瑪，是民宿的名字，意思是，唔，那個字怎麼說……」拉姆繼續往上走，周圍漸漸明亮。天台上好幾串褪色的風馬旗隨風在飄動。「啊，蓮花。帕德瑪的意思是蓮花。」

「蓮花？帕德瑪？」

她點點頭。

頭頂的天空更藍了，西側山嶺的後方擴散出餘光，雲霧像是水袖繚繞在山腰。

「房間在這兒。」拉姆帶我往天台右手邊走，是像閣樓般的房間。

她推開門。房內沒什麼擺設，青玉色的地毯上滿是刺繡，一張雙人床墊放在落地窗旁，白色窗簾的荷葉邊下襬貼上枕頭。我問拉姆是不是要脫鞋。她說是。我赤腳走進去，地毯有些溫熱。

「你們今天沒有其他遊客？」我有一點意外。

拉姆還站在門外，搖搖頭。

「我以爲這是條，唔，很受歡迎的健行路線。」

「是。不過，很多人搭車到這裡，才開始健行。」

「啊？所以，沒有太多旅人在這過夜？」

「沒有。像你這樣的……不多。」拉姆突然手在褲子兩側揉捏，「抱歉，我得去幫我母親準備晚餐了。你可以先休息，或者，到樓下喝茶，都可以。」

去我可能會連中文都說不大好。

「嗯，好。我晚點再下去。」

她朝我點個頭，轉身下樓。

她沒關門，風吹進來，有一股淡淡的花香。沒有其他遊客，只有我，還有她。我卸下背包，裡頭的水喝得差不多了，拉開窗簾，坐在床頭望向外面的天空，變深的藍色彷彿帶點紫。我開始覺得這樣下去我可能會連中文都說不大好。

「喵—。」

我轉過頭，是剛才那隻花貓。牠像個淑女端坐，一身三色虎斑，對我睜著琥珀般的圓眼。

「你也自己一個人啊？」我走過去想摸牠的背，牠立刻低頭往門口走，腳步彷彿踏在雲朵上。

我跟隨牠下樓，轉彎，來到客廳。花貓踏過一片連著一片的藏青色地毯，停在落地窗前，蜷曲身子後瞇眼睡了。牠的身旁是一名老翁，低頭靠窗坐在地上，不曉得是不是也在睡覺。

「先生。」拉姆發現我下來了。她站在客廳另一邊的角落，手裡拿著盤子。那一區看起來像是廚房，灶上有兩個鐵鍋。「你可以，唔，坐那邊。」她一手比向窗前，「晚餐，還要再等一會兒。」

「不急，我只是先下來看看而已。」

落地窗邊用了幾張地毯折疊墊高，我坐下來，毛料陳舊的氣味在飄散。前方的朱紅色長几側邊畫上了粉色雲彩，有兩隻橘藍相間的鳳凰交纏在一起。拉姆朝我走過來。我仰頭看她。「這個，給你的。」她送上一盒鐵盒裝的餅乾，彎腰為我倒滿一杯熱茶，手腕的曲度像是一彎新月。

我連忙向她說我可以自己來。她微笑搖搖頭，茶杯裡繼續翻滾出熱氣。她將熱水壺留在桌面，繞過貼滿銅飾浮雕的大灶回到廚房。她身邊的櫥櫃裡滿是鍋盆，層層疊疊透出圓弧的反光。後面更暗了，好像有幾根斗大的湯勺筆直掛在牆上。拉姆往陰影走進去——

那裡還有個人。是拉姆的母親。

她一直在那嗎？拉姆母親與我對視兩秒，轉開，繼續在牆邊忙。她深色的衣著幾乎與陰影融為一體。她一跛、一跛從牆角拿些東西出來，放進鍋中，又一跛、一跛回到櫥櫃邊，彎下身。我看不見她在做什麼，她也沒再看過來。拉姆大部分時候守在鍋爐前低頭攪拌湯勺，偶爾往我這兒留意我的茶杯是不是空了。

菜餚香漸漸飄出來，客廳內也漸漸變得更暗。我看向窗外，剛才我走過並停留的田地已經全被山影覆蓋，天空高處還有一些白雲，籠罩在山嶺之上的靛藍色像是大海一樣深邃。

「唔，」拉姆走到長几前，「晚餐，準備好了。」她兩手各有一只小鐵鍋，輕輕放下，折回去再端了白飯及餐具過來。我湊近想聞一聞。「抱歉，電還沒來。」她說。

「嗯？」

「有點暗了。再等……二十分鐘就好。八點，就會有電，一直到十點。」

她大概誤以為我是因為看不清楚才湊向前。我說沒問題的，還看得見。拉姆的母親也從廚房裡出來，直接走到那名睡覺的老翁旁邊坐下。我還不知道他是拉姆的祖父或是誰。

「那個，你們不吃嗎？」我注意到她只準備我面前的這一副餐具。

拉姆搖搖頭：「我們習慣九點才吃晚餐。你走了一天的路，你先用。你是……旅人。」

「啊，是這樣啊？我真的不曉得，不然我晚點吃也是可以的，不要緊。」我急忙回應。

拉姆看了母親一眼，又看向我。「你還是先用吧。」她稍微屈身，幫我又斟滿一杯熱茶。茶的顏色更深了，也可能是光線的緣故。她從長几旁取走另一個熱水壺，往母親與老翁那兒過去。我發現拉姆的母親又盯著我，面無表情。似乎我一整頓飯她都這樣。客廳裡只有我吃飯的聲音。我不好意思再轉頭

「是……兒童心智科？」

他點點頭，拿起一瓶鮮奶看一下。「回頭想，那時候根本就被霸凌，東西忘了帶，上課講話啊，常被老師叫出去罰站，同學也都笑我很髒之類的不跟我玩。」他輕鬆地說，將兩瓶鮮奶放進他的籃子，「啊，還有我小時候很胖，超胖。怎樣，跟現在很不一樣吧？」他向我挑一下眉，丟了第三瓶到我的籃子裡。

「後來呢？」我抓好籃子的把手。

「欸，哏要接一下好嗎？」

我隨口喔一聲：「認真啦。」

「沒意思。」他笑著沿冷藏櫃繼續往裡頭走，「反正那天談了好像還滿久一段時間，袁P——當然那時候他還不是P——說我是ADHD[8]，建議吃藥，定期追蹤治療這樣。」

我們轉個彎，天花板上一整列的品項分類牌延伸進去。水、果汁、罐頭、調味料……丁大沒有停下，在我前方幾步回身向我招手。

「後來呢？」我問。

「我媽也滿酷的，回到家只問我想不想轉學，我說不想，然後我媽也就沒再帶我去醫院了。其實我也記不大得那時候袁P長什麼樣子，也就看那麼一次而已，只有對他一句話特別有印象，就是他問我……喜歡上學嗎？」他聳個肩。

我看向丁大。我辨認不太出來他對這些經過是什麼感受。

「但也就這樣啦。」丁大比手示意我們該左轉進去。他似乎非常熟悉這裡的商品擺放。「後來再看到袁P，就我大三的時候了，系上老師邀他來演講，說他是『醫療與特教合作的典範』。」

「哦？」

「因爲這個日間病房啊。」他稍微放慢腳步，「那時候我覺得講者名字有點眼熟，放假的時候回去問我媽，呵，還眞的是小時候看過的那個醫生。」

我跟著他停下來。廣播終於切換成音樂聲，像是被隔絕在貨架外頭，變得有些遙遠。丁大面朝架上，麵粉、太白粉、玉米粉，一包包大小不一，但都是白色的。隔壁通道的推車咕嘟咕嘟過去，又咕嘟咕嘟回來……

「你覺得治療，是怎麼一回事呢？」他的語氣忽然變得認眞。

「嗯？」

「讓一個人……變得正常嗎？」他伸手抽出一包，丟進我的籃子。

我手裡一沉，發現丁大已經轉身往外走。「等等，你剛說的是什麼意思啊？」

他走到通道口才回頭向我笑了笑。

我跟上去，遠處傳來甩弄塑膠袋與刷條碼的嗶嗶聲。剛才那個莫名認眞的他，還有他所說的治療……「所以，你和袁P說過這些嗎？」

「沒。」他明快地說。

「眞的假的啦？你也會有話沒說的時候？我還以爲……」

「以爲怎樣？」他側頭看我。

8 ADHD（Attention-deficit/hyperactivity disorder），注意力不足過動症。

我也笑了笑，感覺今天的他又變得和前一次不一樣了。「還好啦，頂多，就我又多煎熬了一週這樣。」

「煎熬？」

「你知道的啊。」

他頓住幾秒，才喔一聲，笑出來。「有啦有啦，是真的有在交往。」他不是特別興奮地說。

我自然露出微笑。「你要知道，都不能問別人，忍很久欸，也不好意思太逼問你。」

「喔，對啊，我也……」

「嗯？」

他笑著搖搖頭。

「重點是你們也太低調了。真的到現在都還沒人知道？」

「就欣瑜說……她還不想公開啊。」

「所以意思是，我這邊也……」

「對，就，先還不要這樣。」

我點點頭。觀察就好。袁P今天在會議中針對在這裡適應一切良好的欣瑜做出這個指示。也可能是因為最近大家的關注都在郁璇身上，沒人注意到任何朋城與欣瑜私下的「異常」互動。我感覺自己像是與朋城一起揣著那個祕密，在這間小小的晤談室裡緩慢地搭建些什麼。相對地，袁P要求我盡快找時間帶大雄、雅慧一起與郁璇進行家庭會談——暫時先不想那些了。

「不過欣瑜媽媽知道了就是。」他說。

「哦？」我有些驚訝。

「欣瑜說，因為她媽問了，她就說了。聽起來她媽好像也沒有反對。」

「……是嗎？」

朋城點點頭，像是繼續在想些什麼。

我看向他，思考要不要進一步詢問有關母親的主題——無論他的或是她的。他抬頭注意到我的眼神，又笑一下。「怎麼了？」我說。

「沒有啦，其實，也很一般。就多了個人，有時可以講講話那樣。」

「呵，我想，那是滿重要的一件事啊。」

「是啊。像現在環山，我還是在隊伍最後面走我自己的，她在我前面，偶爾回頭，像是順便看到我那樣。但就覺得，唔……對，還滿好的。」

我點點頭，嗯一聲。他跟著也嗯一聲。我忽然覺得或許今天我也真的不需要急著做些什麼。「不過，聽如盈老師說，吳宇睿……好像還滿煩人的？」

「嗯？這個，你也知道啊？」他的語氣有些無奈，「他應該是想追欣瑜吧，常黏在欣瑜旁邊說個沒完，環山的時候更是這樣。欣瑜說她不想把場面弄太僵，所以，有請老師稍微幫忙。」

「嗯，我聽到的，也差不多。」

他稍微低頭，過了一會兒，嘴角往兩側揚起。「可能也是這樣，欣瑜才會說她喜歡聽我講話吧。」

「哦？」

「如果像宇睿那樣，都是一個人在滔滔不絕，不是很奇怪嗎？不知道，有時候我其實更想聽欣瑜她自己的聲音，但每次和她聊，她常後來就說，她比較喜歡聽我講話多一點。」

「你們該不會還在聊五月——」

「沒有啦，就什麼都聊，除了學校都聊吧。」

「除了學校？」

「反正，我們就都在這裡了，還聊那個……」他皺了一下臉，「啊，倒是前幾天和她聊到我一直想寫書的事，她整個比我還興奮。」

「寫書？」

「楊醫師或如盈老師沒跟你提過嗎？」

我搖搖頭，反而想起丁大叫我趕快寫下一本書的事。「你想寫什麼書啊？」

「小說。」

「眞的？」

「假的。」

「嗯？」我愣了一下。

「厚，小說當然是假的啊，何況現在也還只是空想。」

我笑著搖頭。「那就說說看吧。」

「嗄？你，眞的要聽喔？」他不大確定地說。

「嗯哼。」

他喔一聲，搔搔頭。「目前，只是想好人設而已。」他看向我，像是要再度確認。我示意他繼續說。「首先女主角，是個冰山美人，就是……講話完全不在意會傷人或怎樣，就，很會講。然後她有個特殊能力——呃，我是想要寫奇幻類的，她的能力就是只要看一眼，就能洞悉別人心裡的祈願，祈就是那個祈禱的——」我小聲說我知道，「喔，就是因爲這樣，她太清楚這個世界有多麼貪婪，所以她，像是學會用自私來保護自己。」

「嗯，嗯。」聽起來與欣瑜的個性像是兩個極端。「然後，還有個男主角，是吧？」

他點點頭。「男主角……就幾乎都不說話，甚至常被人誤以為是啞巴。他的特殊能力，是可以感知因果業力。」

「因果業力？」

「就是，他可以感知到每件事之間立即的關連，有點類似預知，但又不太一樣，你懂我意思嗎？」

我稍微遲疑地點頭，「他的話……是因為體內有個鎖鍊，限制他沒辦法操控那個因果業力，所以他總是不斷預見各種災禍就要發生，卻什麼都沒辦法做，因為，就算做了也不會改變結果。於是他一直在尋找任何能解開鎖鍊的方式，像個浪人劍客那樣。」

「OK。所以故事會是……」

「唔，我還沒想好要怎麼安排，總之會讓他們共同踏上一段旅程。最好一開始關係還很差，男主角可能百般不情願之類的。大概，就是這樣。」他有些緊張地看向我。

我看向牆面，點著頭，彷彿那個奇幻世界的背景就在眼前展開。「是說，你那個男主角，好像和你有點像啊？」

「蛤？還是會喔？」

「怎麼？什麼叫……還是會？」

「就，我跟楊醫師說過前一版的人設，她那時候也是這樣回我。」

我笑了一下：「又沒關係。而且你知道我們當精神科醫師的就是……很愛亂連一通。」

他跟著笑出聲音，表情輕鬆許多。「欸，但說真的啦，你們記性是不是都很好？」

「嗯？怎麼突然這樣說？如果記性真的那麼好，」我拿高手中的筆記本，「我還需要這樣一直寫字喔。」

「也是厚。」他點點頭，像繼續在想些什麼。

我定定看向他，示意我還在等他把話說清楚。他沒一會兒也注意到我的眼神。

「沒什麼啦，就，連我自己都忘了什麼時候，反正有次和楊醫師說到我想寫小說的事，後來她好像就一直放在心上，斷斷續續問過我幾次，我被問得……好像還真的有那麼一回事一樣。她離開前，因爲這樣特別送我一枝鋼筆，說當作是提前給我的畢業禮物，還說，希望有天可以在市面上看到我的書。」

「是嗎？」我與他同樣帶著笑容。

「後來那枝鋼筆，就被我收進鉛筆盒裡了，也不知道哪天會不會眞的拿出來用。」他稍微低下頭，「雖然，我根本不知道怎麼用鋼筆。」

「但……你也把它收好了？」

他保持微笑，嗯一聲。

「畢業的禮物啊……」我說。

他繼續點頭。

學姊現在應該也在分院那裡，成爲更好的一位主治醫師了吧？

「……其實，我超討厭這裡的畢業典禮。」他的語氣裡還帶有些微笑意。

「討厭？」

「你知道，畢業典禮就是在這邊舉辦的嗎？」

我搖搖頭。

「就在日間病房這裡啊，所有還是住院身份的人都會一起。」

我再度搖頭。

他有些驚訝地看向我：「你真的很……」

「怎樣啦？」我笑笑地說。

他愣了幾秒，換他笑著搖頭。「反正，那算是這裡一年一度最大的活動吧。」

「可是你剛卻說，你超討厭？」

「對啊。我就一直不懂，從這裡畢業，到底是有什麼好慶祝的？就像，你看，從國二開始到現在，我參加這邊的畢業典禮也……四次了。」

「你卻……沒有真的畢業？」

他淡淡地笑一笑，轉過頭，像是往窗簾外望出去。「最記得的，就我國三那年吧。那天一早一堆家長、老師就陸續來了，我國中輔導老師也來了，雖然根本不熟。我媽滿晚才出現的，又是提著兩大袋禮盒，一進來就往袁醫師那邊過去。我不想看到她，就躲進晤談室這裡，沒開燈，過了一段時間才被如盈老師發現。她說一直在找我，好說歹說勸我出來，說什麼至少要上台領畢業證書。我拗不過她，就配合出去，剛好時間差不多，入座沒一下下，就跟著其他畢業生走上台。」他深吸一口氣，「底下，都是人。」

「是嗎？」我輕聲說。

「但就，很怪，說不出來的怪。心裡很怕，心跳卻快不起來。等拿到證書，轉身，下台，教室裡掌聲和麥克風的聲音全糊在一起了，鬧哄哄的。不知道，就感覺，好像這裡每個人都好快樂，真的，都好快樂。」他目光逐漸垂下來。

我等待了好幾秒。「……後來？」

「典禮一直進行到快中午，終於，所有人都走了。兩個老師帶我們把教室桌椅復原到一半，芳美護理師主動過來找我。她問我有想要談一談嗎，我也沒拒絕，就跟她走進小教室。一坐下，我不知道自己怎麼了，突然哭起來，暴哭，哭到趴在桌上那樣。芳美護理師沒出聲，就繼續坐我旁邊，我哭得好像快喘不過氣，然後，她用手輕輕拍我的背，輕輕地，就好像她才是……」他眼眶有些濕潤，「也不知道哭了多久，我覺得很不好意思，佔用她那麼久時間，午餐也不能去吃。我就把眼淚擦一擦，跟她說了那天我唯一說的一句話。」

「是……？」

「我說，希望有一天，能讓妳……眞的爲我感到驕傲。」

我靜靜注視著他。

「……天哪，」他搖著頭，「那時候眞的很敢說欸我。」

「是啊。」

他看向我，表情滿是無奈：「你也這麼覺得厚？」

我笑了笑，點頭。「但怎麼說，我總覺得今天，好像邊聽你說，我也邊被你帶去了很遠、很遠的地方呢。」

「嗯？那是……什麼意思？」

我想了好幾秒，聳個肩。「就是一個感覺。」

「感覺？」

「是啊。所以我想，我們就都好好收著吧，就像你剛說的那枝鋼筆一樣。」

「嗯？……嗯……嗯。」他緩慢地點頭，一聲比一聲低沉。他停下來。「喔對了。」

「怎麼？」

「有個祕密計畫，等成功了，下次再跟你說。」

「是和……欣瑜有關的嗎？」

「對啦。」他稍微轉開視線。

「OK。OK。」我學他剛才那樣緩慢地點頭，「所以，今天不說？」

「不行，還不能說。」

「確定，不說？」

「確定。」

「噢……」我用喉頭拖出長長的、往下墜的尾音。

「不要那麼八卦啦你。」

21

光線蒙上眼皮，我感到有一點溫熱，漸漸醒來。

天亮了嗎。我扭一扭身子，稍微睜開眼。頭頂垂下來的白色窗簾像是半透明的，我掀起一小角，頭往後仰看見接近淡紫色的天空。幾陣輕盈的鳥叫聲傳進來。我整個人陷在床墊裡頭，伸手抓到手錶。剛過六點半，還早，再睡一會兒吧。我的眼前又黑了，愈來愈暗。一個個小光點浮出來，各自閃爍著。是整面的星空，好美。星星開始緩慢地一顆顆落下。我翻過身。漆黑中一個微弱的光源晃動著朝我接近，淡淡的花香飄來。是蓮花嗎？她吸一口氣，屏住。帕德瑪的意思是蓮花。我把臉埋進枕頭。她背對我，在狹窄的樓梯間往上爬，一左，一右，一左，一右。我往前靠。她的長褲泛著絲質般滑順的光。我更往前。她彎下身來倒茶，背心的拉鍊頭在胸口晃啊晃，輕輕往下滑。茶杯像是金剛鈴脹起來了。好像會發光，愈來愈亮，繼續變亮。一雙瞪我的眼睛閃過。我張開眼。

是夢。眞的……是夢？我下意識往褲襠摸。乾的。

沒事。

什麼事都沒有。

我緩緩坐起來將後方的窗簾拉開，天空的紫色消失了，雪山的上半部像是被影子削出銳利的線條。又是新的一天。我轉身看回房內，被打亮後的它顯得有些陌生。我只會停留這麼一晚。不管想或不想，我都得繼續往前，沒有其他可能。我說不上來心裡的感覺是什麼，爲了那些在前方等待著我的，應該是要感到期待吧，但又好像有些難受。

下樓，日光從客廳那一面窗照進來，打亮整條通道。那名老翁還在窗邊，姿勢與位置幾乎沒變，背後的光線彷彿要把他吞噬了。我在想他該不會整晚都坐在那。往前走，地毯亮得不像昨天傍晚藏青色的樣子，我注意到上面有戒疤一樣的紋路。拉姆與母親正在交談。

她們沒注意到我下來了，面對牆邊忙著準備早餐。我第一次聽到母親說話，應該是在說拉達克語，我聽不懂。母親的聲音意外舒緩，像在唱搖籃曲，反而拉姆的聲音輕快了起來。母親幾句話，接著拉姆幾句話，母親又幾句話。她們的手裡互相傳遞東西。我不知道怎麼打斷，就站在客廳入口。母親轉身。

她目光投向我，靜止下來。我向她微笑點頭。她沒回應。拉姆可能在想母親怎麼沒接她的話，跟著轉過身。

「早、早安。」拉姆說，母親一跛一跛往廚房後方走進去，「我沒發現——」

「沒事，是我沒先向你們說早。抱歉打斷妳們。」

拉姆站在那兒，有些歉疚地笑了。早晨的光線照得她半臉發紅。「啊，」她快步繞出大灶，「找個地方坐吧。」

我發現客廳多了一名昨天沒見到的男子。他坐在整排落地窗前的另一邊角落，看起來約莫六十多歲。他燃起一盞酥油燈，點香，在面前的長几放上一個三層圓盤。

「他是我們的鄰居。」拉姆注意到我的眼神。

「噢。」我就在想拉姆的父親應該年紀沒這麼大。「那麼，那位老先生是？」我指過去，老翁看起來好像還在睡覺。

「他是我爺爺。」拉姆側身拿起一瓶熱水壺，朝我比向鄰居旁的空位，「請。」

我剛坐下拉姆就爲我倒滿一杯熱茶。她問我喝不喝酥油茶，我說當然，說我很喜歡，她很開心的樣子，轉身拿了另一壺過來。鄰居在我右邊，手裡掐捻一串長長的佛珠，持續唸唸有詞。母親在廚房裡忙，踮腳從櫥櫃拿鍋子時發出噹啷、噹啷的聲音。拉姆回到母親那兒，接過一個盤子又來到我面前，上面放了兩片印度薄餅、一大塊奶油與豔黃色的鳳梨果醬。薄餅煎得有些焦了，一圈圈的黑點像是遭受蟲害的樹葉。

「你們早餐都吃了？」我仰頭看她。

拉姆點點頭。「你……睡得還好嗎？」

「很好。」我笑一下，「甚至可以說，好到不眞實了（too good to be true）。」

「成爲眞實？」

我笑著搖搖頭，想說她可能沒聽懂我的英文。「對了，昨晚忘了和妳說謝謝。」

「嗄？」

「謝謝妳帶來的光，手電筒的光，星光，以及……」我不好意思說下去，「我眞希望能在這兒待久一點，這裡，眞的很美。」

拉姆的臉似乎變得更紅了。她回頭往廚房看一眼。「你今天預計要到？」

「嘿密什麼帕什麼的。」

「嘿密書克帕詹？通常都是這樣。對，都是這樣。那裡不太遠，我想，唔，你應該可以……中午前……」拉姆的聲音含在口中，與男子的誦經聲疊在一起，愈說我愈聽不清楚。我在想是不是該站起來和她說話才對。「有件事，唔，」她又回頭看廚房一眼，「你叫……什麼名字？」

我沒跟她說過嗎？沒有。怎麼會還沒有。我準備要站起來：「我叫——」

廚房傳出叮零噹啷的聲音，好像有東西弄翻了。拉姆向我點頭，跑回母親身邊。她們在大灶後方蹲下來，我看不大到，正猶豫要不要過去幫忙，她們已經端著好幾個銅色、銀色的鍋子站起來。她們開始交談。母親啞著嗓，說話速度比剛才急切一些。拉姆背對我，幾乎沒聽見她的聲音。我坐下來但心裡頭有點在意。她們談話的內容與我有關嗎？我告訴自己不要多想。

拉姆走出來。她手比向我前方的盤子，要我趁熱吃了，然後走到老翁旁邊坐下來。她沒再出聲，剛才的對話就這樣中斷了。我看向她，她抿嘴微笑。日光斜射進來，我忍不住想像她如果鬆開那一頭烏黑長髮會是什麼模樣。鄰居還在誦經，老翁手裡的轉經筒持續搖動，他的眼睛半張，眼珠子是水泥般混濁的白。我決定開動了，把奶油與鳳梨果醬一起塗上，咬一口，發覺這樣又鹹又甜的滋味極為古怪。應該分開吃才對，可是沒有挽救的餘地了。我夾在一起送入口中，融化的奶油從薄餅裡流出來，從手掌滑到我的手腕，我連忙用左手抵住。紙巾，哪裡有紙巾，我東張西望──

忽然傳出淒厲的叫聲！

我看向大灶後方，母親站在那直挺挺地動也不動。不可能是她發出的吧？怎麼可能？我盯過去，她眼神一鬆，走出來，抬腿撐高黑色長裙再重重落下，一步，又一步。好像朝我這邊過來了。我往後靠緊落地窗，沒辦法更退了──等等，她不是一直都跛腿嗎？她轉個彎繼續往鄰居前方繞，他竟然還一臉淡定在唸經。現在是怎樣？我趁機想往左坐一點，雙手往地毯一撐，好油，好像黏到了什麼東西。

「啊──咿──」母親繞回大灶前方。發出聲音的真的是她。「啊──咿──」銅鍋銀鍋都要跟著噹啷作響。我望向拉姆求救。拉姆站起來。看我啊，拉姆，為什麼妳站在那往門口看。她往母親看一眼又看回去門口。我是不是也該趁母親現在比較遠趕快逃出去？我正要站起來，一名中年男子提著一個香爐從門口衝進來。拉姆看到我向我比手要我坐下，我像是被她的手勢推回窗邊。

整個客廳開始變得煙霧瀰漫，我的眼睛有點刺痛，好想揉，但不行。我用力眨眼。男子將香爐放上鄰居面前的長几。他應該是拉姆的父親吧。「啊──咿──」母親又開始繞行。父親不知從哪生出一個盛有米粒的銅盤，放到鄰居右手邊，又為他舀一壺水。看起來這不是第一次發生了。鄰居終於有所反應，將佛珠戴上胸口，轉成從丹田深處誦經。他撒一把米粒到三層圓盤上，再拿著銅壺從頂端淋下清水，酥油燈的焰火在煙香中搖晃，母親還在邊繞行邊吊嗓唱著。這一切一定有什麼解釋。我嘗試回想病房裡看過的精神科病人，這是解離，還是她是精神分裂症[9]。不對，文化宗教因素要先考慮。媽的我想這些幹嘛，來到這我就不是醫生了，但爲什麼偏偏剛好發生在我來到的這個早晨，我才剛要和拉姆說出我的名字，然後那時她——「啊——咿——」父親從角落櫥櫃底層拿出一個箱子了。他打開來，揚起一陣灰塵，邊咳邊捧著一條白絲巾站到母親旋繞的軌道上。母親逐步逼近，父親雙手舉高，放下。白絲巾落在母親肩上。拉姆站在客廳另一邊再度比手要我坐好，不許動。對，就是我。這一切肯定與我有關。

母親腿抬起的幅度下降了。「咿——」她拖長的尾音漸漸轉弱，然後，愈走愈慢。愈來，愈慢。終於，停下來。

鄰居還在誦經，十多秒後，也安靜下來。

「嗝！」母親突然一聲。停幾秒，「嗝！」又停幾秒，「嗝！」

我感覺我的食道像是跟著被擰一下，又一下，剛才吃的薄餅卡在胃食道交界，奶油與鳳梨果醬像是要往咽喉逆流。

父親點了一柱香，到站定不動的母親面前用力一吹。白煙像是伸出手來攫向母親的臉，母親眼神往下墜，雙膝一跪。

眞的完全安靜下來了。

拉姆挽著老翁起身靠過來，到母親面前大約一兩米處席地坐下。我發現那隻花貓也在柱子旁磨蹭，躡手躡腳幾步到拉姆左方，趴下。拉姆手輕撫過牠的背。貓輕輕叫了一聲。

鄰居面前那只酥油燈已經熄滅，桑爐還在冒煙。父親從箱子裡又拿出一串珍珠項鍊，晃過桑爐上方，放到母親跪下的膝邊，自己在老翁與鄰居間坐下。他們四人一貓像是以母親爲中心排成一個扇形，桑爐的煙霧繼續在空中變幻出各種形狀，像是瀑布，像是油漬，將他們包覆起來。我一直聽到自己吞口水的聲音。

母親張嘴。「喝啊——！」

怎麼還沒完？她開始劇烈地前後搖動，雙手併攏像在捧取什麼東西，接著雙手合十，從心口、喉尖、額前，移到頭頂，再伏下身膜拜，循環好幾遍。她從肩膀往上拉緊白絲巾像在纏繞自己的臉。快窒息了。鄰居翻動桑爐中的松柏枝，往我這兒揚起一陣白煙。父親走去箱子旁拿出一個狀似漏斗的銅製法器，再坐回原位朝母親捧高。母親一抓，法器在她手裡現出尾端的彩色旗幡，再伸出左手從鄰居面前的銅盤抓起大把米粒，扔入法器開口，搖動它時劈劈啪啪的聲音像是乾柴在燃燒。她開始尖嗓說話。父親盯向母親臉上，拉姆也一樣，眉毛下方緊湊著眼。我開始發覺他們一家都長得都有些相像。

父親在口袋東摸西摸，拿出紙筆。他開口像在向母親請示什麼。

母親從絲巾縫隙間露出的眼睛閉上了。她停止搖晃，將法器放在裙邊，再度出聲，嗓音變得又寬又厚，揮舞在半空的雙手像是閻羅王在審判亡者。父親快速在紙上抄寫，偶爾停下來凝望自己的太太。他好像想說什麼但又低頭繼續寫。父親用另一隻手抓住上衣領口在眼角捺按。他哭了。老翁也流下眼淚，眼眸變得更加混濁。拉姆沒哭，定定看向母親，然後閉上眼。我坐在圈外觀察這一切。他們是在哀傷嗎，為了眼前這個不像母親的母親？為了她說的話？或者，只是因為煙霧太嗆？

母親的手停下來，平放膝上。父親用衣袖擦乾兩側臉頰，走到箱子拿出第二條米色絲巾，為母親披上，再來回繼續疊上更多條絲巾。母親像被掩沒成一座米白色的山丘了，端坐在那，隨著呼吸靜靜地

9 精神分裂症（schizophrenia），目前台灣已正式更名為思覺失調症。

起伏。

她伸手將絲巾一條、一條慢慢拉下，直到最後兩條——垂掛在肩上的，與纏繞在頸間的。她輕輕一聲打嗝，睜開雙眼。

似乎……一切都平靜下來了。

我呼口氣，稍微動一動肩頸。

鄰居將佛珠塞入懷中，我往前坐一點，緊靠迎光窗面的背早已都是汗。我看向手錶，竟然就這樣一個多小時過去了。這到底是什麼瘋狂的早晨。算了，過去就好。拉姆說我今天要前往的村莊不遠，只要行程沒太耽擱就沒關係。我忽然又想到還沒能讓她知道我的名字——還想這個做什麼，我是個旅人，健行經過此處的旅人，知道這樣就夠了。我低著頭，一陣白煙飄過我面前，應該是鄰居又在翻動桑爐。白煙漸漸散去。

拉姆在看著我。

我抬起頭，她的眉眼皺在一起，好像有什麼事。我疑惑地轉向母親——她反手握住一把刀子。幹。不結束了嗎？她刀刃朝外，垂直舉高，停在脖子前，瞪向我。我轉頭用眼神向拉姆求救，拉姆也像在瞪我。怎麼會這樣？拉姆用手勢要我站起來。我站了起來。我幹嘛站起來。花貓叫了一聲從拉姆旁邊起身，晃著尾巴朝我走過來。我往母親那邊走。我到底在做什麼。鄰居也站起來了。我走到母親前方一個手臂的距離，鄰居從背後雙手推我的肩膀，我頭一低，刀刃的閃光晃過眼前。不要這樣，我沒有眞的對妳女兒做什麼。母親伸出豬肝色的舌頭由下而上舔舐過刀背，我感到像被解剖刀劃開指尖的痛。母親一張乾癟的臉朝我逼近。眼睛無法聚焦了，我瞇眼屏住氣。她在我的眉間吹三下，涼意竄進頭顱。又在我口鼻間再吹一口氣，我聞到福馬林的氣味。鄰居將我身子拉直。我張開眼。沒事了嗎？沒事了吧。拉姆向我抿嘴微笑，與剛才那個眼神完全不一樣。我倒退走，直到背再度靠上窗邊。拉姆攙扶老翁起來，往前兩步，在他耳邊輕聲幾句，老翁僵硬地彎下腰，母親對他做了應該是與剛才對我做的同樣事情。接著是父親向前，接受同樣的儀式。

母親把刀子擱在地上。

「嗝！嗝！」

她抓一大把米用力撒下來，法器與刀面撞出爆裂般的聲響。再抓一把，用力撒向我們。

「嗝！嗝！」

終於輪到拉姆，她走到母親面前，與母親四目相對。母親說了好長一段話，拉姆的眼神非常專注。

母親將肩上那條米色絲巾拉下來，交到拉姆手中。

「嗝啊——！」

母親伏下身，頭輕叩地面，起身。她雙手於胸前合十，鞠躬，將纏在頸間的最後一條白色絲巾撤下。

這次應該……是真的結束了？

我不敢再鬆懈，盯著他們。那隻花貓叫一聲竄回昨日小憩的那個角落，拉姆攙扶老翁坐回原位，父親拿起桑爐用手揮一揮就快步離開客廳。母親自己一條、一條將地上的絲巾撿起來，放回箱子，像是剛才什麼事都沒有一樣，再把散落的米粒也整理乾淨，踮腳走回廚房。鄰居在鐵碗裡裝入淺色粉末，倒進酥油茶，揉出一大塊像是黏土的東西。我想起嘿密寺那個小房間裡的長者就是給我這個。鄰居掐了一小塊給我，他說那叫糌粑。我邊咀嚼邊發現母親站在大灶後方向我微笑，她的眉眼鬆開許多，抿嘴的樣子與拉姆真的像極了。

拉姆走過來，要將我面前的空盤收走。

「唔，拉姆。」我開口。

「嗯？」

「妳能不能告訴我，剛才……是怎麼了？」

她拿著盤子陷入思考。「那個，是另一個靈魂，在我母親的身體裡面。」

「另一個靈魂？」

拉姆點頭：「眞希望我的英文能更好一些。」

我低下頭，灑進來的陽光恰好落在她的腳邊，地毯像是變成一池寶藍色的水塘，深不見底。

「你知道……廓瓦嗎？」她問。我搖搖頭。「當人死了，靈魂會離開，進入另一個生命。人、動物、鬼，或者神。都是在受苦，不同的苦。」

我想她說的是輪迴，可是我不知道輪迴的英文怎麼說，就算我知道她也不見得知道。「而妳剛說，妳母親身體裡還有另一個靈魂？」

「對。那個靈魂，母親沒辦法控制。」

「然後，那個靈魂似乎在告訴你們什麼？我是說，有一段時間你們……幾乎你們每個人都哭了。還有後來，那把刀子。那眞的是一把刀子沒錯吧？呃，我這樣問會不會不禮貌？我只是想試著瞭解，就，多一點點都好。」

「不會的。只是我的英文……」拉姆回頭望了母親一眼。她們相視而笑。「我想想，唔，不要殺生，要誠實，要心存平靜。那麼，不再受苦。大概是這樣。那個靈魂，要我們能清潔。」

「清潔？我不懂。」

「我用錯字了嗎？」她稍微低頭，「對不起。是的，我想，是清潔。」

「呃，我可以這樣說嗎，妳指的清潔，可能意思是像淨化？或者說，純潔？」我問完更感覺自己犯了禁忌，不敢再直視她的眼睛。

「對。對。你提醒了我。清潔，就像是蓮花，帕德瑪。」

「這裡的名字，帕德瑪？」

「對。」

面前的拉姆的眼眉像是與母親合在一起。那是她們共同歸屬的地方。沒有人逃得出來，就像是沒有人能離開輪迴。我想起我一直沒能告訴拉姆我叫什麼名字，但她沒再問，我也沒打算再提起。我覺得我該要繼續往下一站走了。

22

我低頭瞄向手錶。一點二十一。

「不好意思，我們今天先結束在這邊，好嗎？」我感覺已經忍受到極限，站起來。郁璇母親、坐我正對面的郁璇、大雄與雅慧，沒人動。「小教室這邊，等一下還有課——」

「妳剛說那些到底什麼意思！」郁璇母親像在尖叫，「他是妳爸，妳怎麼可以那樣說？妳憑什麼那樣說！」

郁璇面無表情，眼神投向小教室另一個角落。大雄遲疑地抬頭看向我。

一起處理，好嗎？團隊一起。」

「……是。」我忽然有種更心慌的感覺。爲什麼。我們明明是團隊沒錯啊……

「蔡醫師，」芳美姊又叫我，「你的時間呢？等一下，一樣要和朋城會談吧？」

我又看向手錶。一點二十八。「嗯。對。」

「那就先別——」

「報告。」朋城來了，站在辦公室門口，「蔡醫師你好了嗎？」

他說得好急促。「你……等我一下，我拿個鑰匙。」

「那我先過去。」

「好。」怎麼會提早來找我？不會也有事吧？明明如盈最近都說朋城持續在進步中。

芳美姊向我點個頭，走去藥車旁。我從牆上取下鑰匙，注意到雅慧拉開隔壁小教室的窗簾，郁璇母親看來還算冷靜。專心。現在不要煩惱那些了。

丁大忽然在我背上拍一下，然後沒事一般從他桌上拿起課本。我才發現如盈還在座位上。如盈察覺我在看她。

「嗯？」她站起來，延遲幾秒後露出與平時差不多的笑容，「走啦，朋城不是在等你？」

我點點頭，看見雅慧經過窗外要回來。

我把窗簾拉上——

「蔡醫師我跟你說吳宇睿他眞的有毛病。」朋城一口氣說。

我轉過身，朋城已經整個人往後仰躺在沙發上。

「今天，欸，」他坐直回來，「他突然會察言觀色了。剛環山跑來堵我一直問我欣瑜的事，什麼欣瑜是不是喜歡我，我是不是要追欣瑜什麼的，很大聲在那邊嚷嚷，也不管前面其他同學可能會聽到，就，超白目啊，眞的很受不了。」

我手裡剛翻開筆記本，看向他，他還在搖頭。

「沒事啦沒事啦。」他忽然說。

「你說，沒事？」

「對啊。」

我沒跟上他的節奏。「可是你聽起來……」

「沒啦，只是想趕快找個人抱怨一下而已。」

「抱怨？」

「對啊。」他看我的眼神像在說這有什麼好問的。

只是抱怨。

「其實我光聽他講兩句就快不行了，但也是忍啊。欣瑜說她不想被同學覺得不一樣，我也覺得那就先不要勉強她。是男人，這點壓力當然也得扛下來。所以也算是爲了她吧。」他搖著頭嘆氣，「蔡醫師啊，爲什麼像你、芳美護理師，其實欣瑜也是，你們好像不管對方是誰，都能很有耐心、很願意聽的樣子啊？」

「嗯？你說……我嗎？」

「你本來就這樣的個性嗎？我是指，在當精神科醫師之前。」

郁璇母親的聲音在我耳裡響起。「其實，我也不是都，怎麼說……」

「因爲我在想，欣瑜應該是遺傳到她媽吧？雖然我沒眞的跟她媽講過話，不過聽欣瑜描述，加上見習那幾天看到她媽的樣子，一整個很溫柔。一開始我還以爲她們是姊妹咧，想說怎麼可能有媽媽那麼年輕又長那麼像。」

「呃，是嗎？」郁璇母親扭曲的臉也從我眼前閃過。

「對啊。有時想到這，坦白說，還會覺得有點自卑咧。我看班上不只吳宇睿，好像還有好幾個同學也對欣瑜有好感。如果今天不是在這，如果我不是那個，永遠的班長……」朋城癟嘴笑了一下。

剛才我好幾度想叫郁璇母親閉嘴。一個母親怎麼能對自己女兒說出那樣的話？相比之下連雅慧的語調都顯得溫暖了。不知道學弟現在和郁璇談得如何，他們應該還在隔壁的電腦教室裡……

「喂，喂。」朋城向我喊，「醫生你沒在專心欸？」

「嗯？」我有些尷尬地再嗯一聲。

「總之就先那樣啦。」還好他不太在意的樣子，「今天重點啊，是要跟你分享這個。」他從褲子口袋裡掏出錢包，笑著將裡頭兩張紙拿近給我看。

「『五月天諾亞方舟……航空母艦版』？」我一個字一個字唸出來。是演唱會門票。我看回朋城臉上，他笑得更得意了。「你買來的？」我問。

「不然咧？欸，你有沒有看到日期，還是跨年場喔。」

「跨年？」我不自覺拉高語調。

「對啊，在高雄。」

「是喔……」所以是他和欣瑜兩個人一起去……

「帥吧？上次跟你說的祕密計畫就這個，還好後來有成功在網路上搶到票。」他謹慎地把票收回錢包，「前幾天我拿給欣瑜看的時候，她超 surprised 啊，跟你一樣。還說，第一次看五月天就看跨年場會不會太過份了，這樣以後怎麼辦。本來我還有點擔心她會說不能去呢，畢竟還要過夜什麼的，自己先想了一些備案。沒想到她直接說她跟她媽問問看，她外婆就住高雄。」

「噢。」那麼至少還有大人，「所以欣瑜媽媽，也知道這件事了？」

「知道啊，還說要幫我們把來回高鐵票都買好。整個順到我覺得，靠，也太爽。」

「唔，是啊。」我還是說得有些勉強。

「但就，唉，我媽這邊啦。欣瑜他媽說如果可能，也想跟我媽電話講一下。」

我忽然想到如盈剛才好像有說朋城母親要找我什麼的。

「所以昨天晚上我就硬著頭皮問我媽啦，然後就，又來了，她又僵在那邊不說話。我等到受不了就說反正我一定要去，然後就回我房間。一直到今天早上出門前我媽才終於說，那她會找時間聯絡你。」

「……我？」我感覺自己同樣有些僵住。

「對啊。幹嘛？」

我擠出笑容搖搖頭。

「她說什麼剛好學校也要我的診斷書，申請特殊考場用的。總之她一定會問你的意見啦。」

「呃，你指的是……你媽會問我，該不該同意讓你去高雄嗎？」

「她從以前就這樣啊，每次管不動還什麼的，就說那我們去看醫生，聽醫生怎麼說，交給醫生來決定這樣。」

「O、K。」我不確定地說，「但去高雄跨年這件事……」

「她就不知道在擔心什麼啊。又不是什麼壞事，我也不是小朋友了。」

「唔……」我把原本想說的話吞回去——那些我的擔心。

「反正你幫我說服我媽就對了啦。」

我點點頭。「但，怎麼說，你媽……還不知道你跟欣瑜在交往不是嗎？那我要怎麼，唔……」

「厚，你就避重就輕地說嘛，你們當醫生的都很會不是嗎？欣瑜媽媽那邊都OK了，一定不會有問題的啦——欸，該不會你已經接到我媽電話？」

「嗯？沒有。還沒有。」我莫名說得有點心虛。

「那就OK啦。拜託，幫我說服一下我媽。是五月天欸。你看其他都那麼順對不對？就只差我媽而已了啦。眞的，不會有問題的啦。拜託。」他開始變得像在哀求。

「我、我不是說會有問題，我也眞的可以幫你和你媽談看看，看她……有什麼擔心，」還會是什麼擔心，「只是，唔，我覺得我好像沒有那個權力，去直接說什麼——」

「你沒有權力？」

「呃，」我晃動著手，「我的意思是，要我直接給意見，去說服你媽，這好像——」

「你是我的醫生欸，」他突然吼出來，「你到底站不站我這邊！」

我手停住。

我是站在哪邊？

朋城繼續盯著我，雙手握拳。我把手放下來。怎麼回事。前面我們……不，前面他不是還說得很開心嗎？我像是下意識地低頭躲進筆記本裡，看見上頭密密麻麻的字跡。我是這樣一直寫著，寫進筆記本，寫進病歷，再帶到會議上報告，然後繼續將更多別人的評論寫進病歷。其實沒有太大差別的。我想起彷彿紀錄永遠也寫不完的雅慧。我們，就是負責這個日間病房的醫療團隊，而我是團隊的一員，是他的醫生——我是，醫生。

我眼角餘光看見他的雙手慢慢鬆開。

我抬起頭，不知道什麼時候換他頭低了下來。四十五度斜對角，他安穩地坐在與我相隔一個臂長的距離之外。恆溫的空調，良好的隔音，燈光溫暖而亮度適中。這是個如此理想的晤談室，也是所謂的治療應該發生的所在。

如果，我是一個夠好的醫生。

「……對不起。」朋城先開口了，頭還是低著，咬字有些含糊。

我猶豫一會兒。「嗯。」我連沒關係三個字都說不出口。

他一陣一陣發出鼻子呼氣的聲音。

我忽然不知道該說什麼，感覺空氣裡像是有些什麼被剝除了。

朋城抿著嘴，嘴角抽動一下。

「朋城，剛那件事……」

「沒關係。本來，就是這樣。」朋城持續迴避與我眼神接觸。

「……是。」

他沒有繼續接話，眼睛一眨，又再眨幾次。

我試著讓身體往前傾一些。「唔，如果我先讓，至少先讓芳美姊也知道這件事，你覺得OK嗎？」

朋城沉默幾秒，搖頭。

我胸口有些悶，彷彿被從裡面與外面同時壓著。「沒關係，既然你不希望，我就也先不會說。那我再想想，我可以怎麼回應你媽媽，好嗎？」

又隔幾秒，他點了頭。

雖然我完全還沒有任何具體想法。「至於你剛說的，我想，確實我沒辦法永遠都只站在你這一邊，但我還是會──」

「真的沒關係。」

我喘口氣。「我還是會，讓你知道我在哪。」我停頓一下，「我可以在哪。」

朋城抬頭看向我，沒有明顯的情緒。他看回去對牆。

我們停留在沉默之中。

他深吸一口氣，然後緩慢地吐出。

「……我家以前，養過狗，是隻米格魯。」

「是？」我輕聲回應。

「那是某天我爸突然帶回來的，應該我小一還小二的時候吧。我都叫牠小米。」他臉上浮現淡得像是我可能看錯了的笑容，「牠真的……很可愛，眼睛大大的，兩片耳朵又黃又黑，垂在臉頰兩邊，不管什麼時候看起來都像在笑的樣子。我看到牠，也跟著笑。」

「是嗎？」我像是也跟著淡淡地笑了，儘管不知道他怎麼會提到這些。

「從小，牠就非常喜歡找人陪牠玩，但只要一沒注意，家裡一定會有什麼東西被牠咬壞。有幾次我很想罵牠，看到牠抬頭吐著舌頭笑，尾巴在那邊直挺挺擺來擺去，又罵不出來了。」他更明確地笑了一下，然後停頓兩秒──「後來牠就被我媽送走了。」

我注視著平靜的他。「……送走？」

「那是我第二次住院。我還記得那天我出院回家，家裡好安靜。一開始我還沒發現是爲什麼，只覺得好像少了什麼，過了一會兒才想到。我就問我媽，她說，她把狗送走了。我以爲我會很生氣，可是沒有，只是看著我媽，想說妳怎麼有辦法做出這種事，不是說好這次住院只是讓我進去調生活作息嗎？但我像個啞巴，什麼話都說不出來，也可能是住院吃藥吃到都沒感覺了。我媽繼續說她是真的沒辦法，我住院她還要工作，還說，我都沒辦法照顧好自己怎麼有辦法照顧狗。她說時間久了就會習慣的。我喔一聲，回到房間，靠在門邊坐下來。好安靜，不像病房裡總有各式各樣的聲音。我一度以爲聽到小米抓我房門的聲音，打開，沒有，那是……我的幻想。」

我胸口再度感到有些悶。

他低下頭。「結果，隔兩週，我又回去住院了。」

「我離家出走。」他的語氣依然非常平靜。

「嗯？是怎麼會……」

「離家，出走？」

「說起來很孬啊。那天，我是真的想離家出走，把能帶的東西都塞進背包了，趁半夜我媽睡著跑出門。也不知道能去哪，只想著能走多遠，就走多遠，離家愈遠愈好。走到後來累了，也不知那什麼地方，是個公園，我沒去過，我躺在一張長椅上睡著。睡到一半感覺有人在搖我，本來以爲是作夢，後來發覺不對，好像是眞的。我迷迷糊糊醒來，很暗也看不清楚，只聽到那個人說小朋友你怎麼會在這裡睡覺。我就喔一聲，也沒意識自己是不是還說了什麼。一直到他伸手拉我，我整個嚇醒，喊說你不要碰我、不要碰我。我想到一些社會新聞什麼拐騙小孩之類的，但那個人還照拉。我繼續喊，但大半夜公園也沒人，還好後來他放手了，我就一邊跑一邊哭啊，心裡怕得要死，然後，」他苦笑一聲，「我就跑回家了。還記得帶鑰匙欸我，就自己開了大門，回房間繼續睡。就這樣。我連離家出走，都只有這樣。」

我停頓幾秒，像是與他同時呼了口氣。

「後來，我就下定決心，有天我一定要搬出去住。我還問過如盈老師我什麼時候才能離開這個家。她說，至少要滿十八歲吧。我一聽，蛤，還要撐那麼多年，能不能直接快轉啊？」

我想起他的病歷，打開，翻過去，彷彿他在醫院裡的人生也真的被快轉了。「但終於，你距離十八，也不遠了？」

他沒有特別表現出期待或欣喜的樣子。「……等考完學測再說吧。」

我簡單嗯一聲。

他沉默了一會兒。「所以，診斷書，你會開吧？」

我點個頭。

換他嗯一聲。

我回想他過去曾在這說過的話。「你會在意嗎？我想你也知道，我需要在診斷書上寫上憂鬱症，還有社交焦慮症。」

「……就寫吧。」他接近無力地說。

事實上我也沒有不寫的權利。那是醫療法第七十六條，對其診治之病人，不得拒絕開給診斷書。

他往後靠上椅背，稍微仰頭。「想當初，第一次聽袁醫師說我是憂鬱症的時候，我心想，你懂什麼，你憑什麼說我生病。」

「那是在你……」

他的視線落下來，淡淡笑了一下，眼神中有些哀傷。「就我第一次住院那天。」

「……嗯。」

「那時候，我在診間外面等了很久，有多久我也記不得了。終於護理師從門後走出來喊我的號碼，喊得很大聲。我媽要我先走，一進去，我看到窗外天完全黑了，只看得到室內的反光。本來剛到醫院的時候天還是亮的欸。診間細細長長的，很舊，桌子舊舊的，椅子舊舊的，電腦看起來也很破，牆邊還放一張黑色的床，上面有一條大毛巾，感覺也不太乾淨。然後，好多人擠在後面。」

「擠？」

「應該是實習醫師還有住院醫師吧，我不知道，也沒人跟我說他們是誰，他們就在窗前坐成一排。」

「噢，是會有這些人沒錯。」就像我現在在袁P門診見習時一樣。

「然後，袁醫師就開口說話了。『坐吧。』他說。但只有我坐下來，我媽站在我後面。他繼續問，『你還好嗎？』我還好嗎。我那個樣子會還好嗎。我看著他，他很奇怪也看著我，明明我進去的時候他一直盯著病歷裡面看的。然後他又問，『有沒有什麼想要說？』我回頭看我媽，她站在那，發現我在看她就把臉轉開。我再往後面那一排醫生看，他們更怪，一個個頭低下來。我看回去袁醫師。『想說，就說。』他這樣說。我在想是怎樣，你們為什麼要我說話，你們是眞的要聽我說話嗎，我根本不認識你欸，你是誰，還有旁邊那些醫生，他們為什麼都不說話。『今年，上國一了？』我看回來，袁醫師好像在對我微笑，還有他對面那個護理師也是。我媽在我後面好像忍不住了，她說，『對，對，今年上國一，可是——』立刻就被袁醫師打斷了。袁醫師繼續問我，『有想說一說嗎，關於學校？』是嘛，所以你才會這樣一直看我嘛。我感覺旁邊那些醫生不知道在紙上寫什麼東西，有人坐不住扭來扭去發出奇怪的聲音。我盯回去袁醫師，結果他就轉頭了，開始問我媽。我媽當然好像解禁了一樣開始一直講，講到還哭了你知道嗎？」他的語氣終於稍微上揚。

「是嗎？」

「旁邊那些醫生開始全看向我媽，袁醫師也是，然後開始在病歷上寫字。我過了一會兒才意識到……他們是在講我的事？袁醫師點頭，又點點頭，偶爾看向我，好像他懂了我什麼一樣。『是這樣嗎？』他說了好幾次，然後開始點電腦，跳出一些數字，還有我看不懂的英文。我媽繼續沒完沒了地說。我感覺愈來愈難受，有點要喘起來。袁醫師好像發覺我不太對勁，要我媽停下來，又看向我，叫了我的名字兩次。我對上他的眼神，忽然，像是變得不敢呼吸那樣。然後他說了，『我們住院，可以嗎？』我看著他，然後看向那些醫生、護理師、還有我媽。他在說什麼。你們要做什麼。我媽插嘴說，『教授他是什麼狀況？住院會好嗎？』『是憂鬱症，青少年憂鬱症。』他們繼續說下去但我沒在聽了。我是憂鬱症。就因為我媽講了那些，所以我是憂鬱症？我什麼都沒說欸。什麼醫生，還不都一樣。『你的想法呢？』袁醫師竟然這時候轉頭問我。你們都說好了不是嗎。『可以嗎？』他又問，『那我們準備住院吧。』旁邊那些醫生好像愈來愈坐不住，護理師笑著把我媽帶到旁邊不知道說什麼，應該是很開心終於可以下班了。袁醫師滑鼠又點一點，印表機開始吱、吱、吱地叫。門打開了，我媽站在門邊，護理師也是。我媽說我們走吧。所有人都站起來了，只剩下我一個人……」

我彷彿也成為那天診間裡的他了，坐著，從頭沉默到尾。

他雙手合十，摀住口鼻，眼神逐漸失焦。

他更低下頭，閉上眼。

他在睜開眼的同時手放下，嘆口氣。「結果，今天都我一個人在說。」

我想了幾秒。「但我……一直都在。」

他看向我，有些勉強地笑了一下。「其實，也都是過去的事了。只是偶爾想到，就會想起我媽說的那句話——久了，就會習慣的。」

「……而你也習慣了，現在的這裡，與現在的自己。」

他點個頭。

我回想朋城剛才描述的那個診間，想起昨天就坐在那裡面的我。「也許，怎麼說，不只是你吧？」

「嗯？」

「我只是突然想到，就像……有時我會坐在辦公室的座位，有時會坐到電腦前開藥、開診斷書，然後，我現在坐在晤談室這裡和你談話。有一天，雖然那天可能還很遠，我也會坐在類似袁醫師的位子上。我只是在想，也許我們都忘了，因爲太習慣了，但如果這眞的是一種習慣，會不會我們也有機會……坐在另一個不同的位置？」

「另一個，不同的位置？」朋城困惑地看向我。

「就好像我們一進來，你就是坐在那，我就是坐在這。我就是你的醫生。這是我們的習慣。但如果給我們更多時間——我知道那非常困難，即使對我也是，但我們是不是有可能，讓這個習慣……繼續改變？」

朋城持續看著我。「那你就，不一定是我的醫生了？」

「那是一種可能吧，我也還在想。」

「那我……」

23

風馬旗在我的身邊飄揚，一回頭，我又看見陽旦村。它座落在遙遠的谷底，變得非常渺小。我辨認出廣場，左邊拐個彎，那棟三層樓的建築應該就是拉姆家。都已經爬坡兩個多小時還看得見。

剛才那個早晨究竟發生什麼事。

拉姆，母親，老翁與鄰居，流淚的父親，還有我也在裡面。爲什麼我會在那裡面。然後我簡直像在逃離什麼似地，背包一揹就直接要走出他們家門。拉姆叫住我，在樓梯旁把午餐交給我，收下時鋁箔紙燙得有些扎手。

肚子發出咕嚕咕嚕聲。我不眞的感覺到餓，但算算時間也該吃些東西了，天曉得翻過這個埡口離下一站還有多遠。我從背包拿出午餐，還有一點餘溫，變得更皺巴巴的鋁箔紙被頂頭烈日照得像是碎裂一地的鏡子。打開來，果然還是薄餅，對摺再對摺，一層層壓在一起，應該是因爲我急忙塞進背包的緣故。我直接咬一口，餅皮乾得把口水都吸光了。我再咬一口，又是奶油混著鳳梨果醬的怪味。我灌了幾口水，嚥下去。

我決定不要再想陽旦村的事了。穿過風馬旗串與幾個半個人高的石堆——那看起來不太像是窣堵坡——我把剩下的薄餅一次塞進嘴裡，差點噎到。

開始下坡。泥土小徑蜿蜒向前，旁邊冒出一根又一根電線桿，排成一條遞降的曲線，指往對側的山坳。一叢叢的樹林，青稞田，那裡像是一片鋪滿浮萍的池塘。我有些驚訝。周遭的山嶺如同沙漠一樣乾燥，那片綠色完全不合理，我隱約還看到幾棟白色的房子。應該不用半小時就能走到了。那會是我今晚預計停留的第二個村莊嗎？有這麼快？嘿密……嘿密什麼的。

我拿出旅行社的DM。林夏往西是陽旦，再往西，嘿密——書克帕詹。忽然手上這張銅板紙沒有反光了。我抬起頭，太陽被幾片雲遮住，光線像是透過冰晶暈出來，迎面吹來的風似乎跟著變涼了。我感受到空氣中的一點水氣，以及淡淡的松脂味……

「我確認一下，第二晚住的地方是在這裡，」我指著DM上的地圖，「嘿密書、書克——」

「嘿密書克帕詹。」旅行社男子流利地唸出來，「和嘿密寺一樣的嘿密。但您可千萬別誤會了，我親愛的朋友，這兩個地方一點關連也沒有。」

「啊？所以是，那個字有什麼特別的意思嗎？」

「那個字？」他重複道。

我看一下DM：「嘿密？」

「您考倒我了。嘿密就是嘿密，就我所知呢，沒什麼特別的意義。名字嘛，就像您有個名字，我也有個名字一樣，不一定有什麼意涵的。」

「噢。」我有點失望，然後想到其實我也不知道他叫什麼名字。

「不過呢，您說對了一件事，嘿密書克帕詹的書克帕，還眞的是有意義。您知道雪松嗎？書克帕，就是雪松。所以您可以把那裡想成是：雪松村。」他音節分明地說。「但不要把這當成是它的名字啊，心裡想想還行，眞說出來，我可不保證有誰能聽懂你在說什麼。」

「我不能這樣說？」

「不能。」

「所以那裡，嘿密……書克帕……」

「——書克帕詹。」

「那裡種了很多雪松，才會以雪松為名，是嗎？」

「等您走到那就會瞭解了。」他乾笑幾聲，眼鏡鏡片反射出閃爍的螢幕亮光。「總之，三天健行，保證值得。我的朋友，既然您都特別來我們這兒第二次了，要不要現在做個決定，我好來立刻幫您安排？一切都能幫你準備好的。」

「……也好。」我想身上換的印度盧比應該還夠用，「那個，可以將剛才說到有關住宿、接送的細節都寫下來嗎？」

「當然，當然，那有什麼問題。」他從抽屜抽出一本空白收據，抓了枝筆，「先生，請問您的大名——」

「朱雷！」右前方傳來明亮的招呼聲。田裡一名女性朝我高舉雙手小跑步過來，天藍色的衣袖像是被她揮成兩面波浪。「你從陽旦村過來的？」

我向她點頭。她看起來大約四十出頭的歲數。

「歡迎來嘿密書克帕詹。」她站定了。

她與昨天陽旦村田裡的祖母同樣被曬成紅棕色的膚色，但臉型更圓一些，一頭長髮只簡單在後腦勺紮起來。「這裡就是，嘿密……書克帕詹？」我問。

「是呀。不然這會是哪兒？」她臉上笑出兩道明顯的法令紋，「你是健行的人吧？來得正是時候呢。今天是打算在這裡過夜？」

眞的抵達了？我感覺不太踏實。

「有要找民宿嗎？」她繼續問。

「呃，有。」

「那就好那就好。我家就在前面，走路幾分鐘就到，來看看吧，是很好的民宿。噯，是說現在幾點了？」我告訴她差不多下午一點半。「老天爺，已經過一點了？你一定還沒吃過飯吧？先來我家裡休息一會兒，吃飽了再去村裡逛逛。這個村子很漂亮的。我是說眞的，你來得正是時候。」

「唔，」我覺得她似乎有些過於殷勤，「我想，嗯，也許——」

「來吧，跟我走，反正我也該要回家一下了。你順路來看看，看看就好，等會兒再決定也沒關係。」

我猶豫幾秒，點頭。她頭一擺便往前走，然後每隔幾步笑著回頭看我有沒有跟上。我有些聯想到旅行社的男子。小徑逐漸變寬，路旁全是樹叢與青稞田，松脂味變得更厚一些，還能聞到一股類似檀香的芬芳。我想那應該就是雪松的香味但沒什麼把握。樹形是豐滿的寬橢圓形，肥厚的枝葉下垂，它們長得一點也不像我想像中的松樹。也可能我是被旅行社男子誤導，誰知道，就像昨晚——說好不要再想了。

「風景很美吧？」她問。我隨便回幾聲。「愈靠近村裡愈美呢。等會兒，我幫你準備個午餐。這個村子說小也不小，可以晃很久。」

「不用沒關係，我在路上用過午餐了。」

她的腳步落掉一拍，停下來：「午餐？昨晚民宿準備的嗎？那不能算是午餐，只能算點心啦。」

「謝謝妳的好意，但眞的，我還不餓。」我懷疑自己可能還有點消化不良。

她側頭瞧向我：「你，健行的人，沒吃飯哪有力氣走路。要把自己身體照顧好才行。反正我幫你準備一些吃的就對了。」

「呃，真的不用。」

她像是沒聽見一樣直接往前走，順著踏步的節奏點頭：「前面右手邊就是我家啦。」轉個彎，她在一扇鐵門前停下。「洛桑民宿」，門上用與她長褲相近的藍色油漆寫著。她靈巧地開鎖：「洛桑，是我先生的名字。」門後是一整片樹林，與剛才見到的樹木不同，白皙的樹幹又瘦又高，闊葉像是氣泡一樣愈往上愈佔據天空。「我叫德吉。你叫什麼名字啊？」

我跟隨她走上凹凹凸凸的碎石小路，頭頂樹影婆娑，耀眼的光線不時射入眼睛。「……伯鑫。」

「伯鑫。伯鑫。好，我記得了。」她向我微笑。她到底是什麼樣的一個人。應該是熟絡得太快，我還是有些不自在。

一棟兩層樓高的房屋出現在樹林底端。

「進來吧，當自己家。」

她打開大門，我注意到灰色的電線像藤蔓一樣從牆角爬上天花板。她轉進樓梯間。

「來，上二樓，來選房間。」

我仰起頭：「妳有……不只一間房間？」

她向我招手，我也走上去。天井灑下來的日光掠過階梯，在地上照出的光影像是拼字遊戲，一個個方塊堆疊。

「有兩間，看你想怎麼選都可以。」她在右手邊第一個門口停下，「這一間比較新，但比較小。」一張標準的西式雙人床，床頭板的弧線延伸到空蕩蕩的置物櫃，每一片木板都抛光上了蠟。她繼續往前走：「或是這一間。比較大，但舊了點，看你介不介意。噯，來這兒看一眼啊。」

好大。房間一邊在地上放了雙人床墊，另一邊還有兩張單人床，地上鋪著花瓣圖樣的地毯，至少是我列城房間的兩倍大，整排窗戶也變成兩倍寬。

「怎麼樣？還不錯吧？你可以想一想，挑哪間都行。就這樣，我去幫你準備點吃的呵。」她也太執著午餐這件事了吧。我忽然覺得她有點好笑——或許我也有一點。感覺她並不眞的與旅行社男子相像。「那個，我想今晚，我就在妳這裡住吧。」

「好啊好啊。」她一臉更開心的模樣，「那你再告訴我你要住哪一間。」

「這個窗戶……眞的很棒。」我指向身旁大的那間。

「是吧，我就知道。」

「不過——」

「不過什麼。你喜歡的話，就它吧。眞好。」她那兩道法令紋被她笑得更深陷了，「那我眞的要來下樓弄午餐了。」

「德吉。」我叫住她。她已經一腳踏下樓梯，臉上一半陷入陰影。「但眞的，我才一個人而已，住這麼大的房間太不好意思了。」

「那有什麼關係？我也自己住啊。」自己？「你趕快放下背包，吃完，再好好出去逛逛。」

「呃，午餐眞的可以不用，我留著晚餐再吃就好。我想……趁天光多出去看一下。」我向她禮貌地微笑，「妳剛不是說村裡很漂亮？」

「你還是不想吃啊……」德吉低頭更掉入陰影裡兩三秒，重新看向我，「那，等一下我帶你往村中心走一小段路吧？」

「啊，這樣好嗎？」我再度有些驚訝。

「你就來這麼一天，你比較重要。今天哪，就把這裡當作你的家。我是說眞的。這樣吧，我們二

「包括……我們這些健行的人？」

德吉看看我，微笑。我以爲她要說什麼結果沒有。她轉回頭，朝向前方：「我帶你去前面，有個地方你務必要認得。」

遠遠地我瞧見好幾座高聳的大型石堆，一旁有石牆相接。那裡看起來不像是一般人家。

「那個，是窣堵坡吧？」我問。有幾座的輪廓比較完整，我認出底下是象徵土的方形基座，象徵水的扇形結構，再往上的火風月日，全都崩塌成空。

「你知道窣堵坡？」

「嗯。一路上看過好幾次，大的、小的都有。」

「來，那這個，你知道嗎？」她領著我走到石牆邊。

我發現牆上好多石頭被刻上六字眞言、經文、佛像、蓮花、鳥或是魚，還有一些圖案已經難以辨認。德吉兩手扶在牆面，上半身前傾以額頭輕觸，禱唸幾句，然後站直回來，看向我。我搖搖頭。

「這個叫嘛呢牆。如果你今天從陽旦村過來時有注意到，在埡口那兒，風馬旗旁邊應該也有些石堆吧？那些，是嘛呢堆。它們是類似的。」

「嘛呢牆，與嘛呢堆？」

「對。」

「然後，你們會對著它祈禱，像妳剛才做的那樣？」

「是呀。因爲嘛呢牆是一條分界，是一個交會點，天、地、人間與神明，都在這兒連接在一起。」

「這就是爲什麼妳希望我務必認得它嗎？」

「欸，不是不是。對你來說，更重要的是你得知道它另一個功用，重要的功用。就像你在埡口那兒會看到嘛呢堆一樣，世界是這麼大，你必須要看到它，因爲，嘛呢牆就是地標。」

「地標？」我的視線沿石牆來回巡一圈，「可是這上頭並沒有寫東南西北，也沒有箭頭什麼的啊？」

「你說得對。你還是得自己決定要往哪裡走。」

「那不就還是有可能會迷失方向？」

「是呀。我們都是這樣的，我們多少會迷失的。但只要看到它，你就會知道你還在路上。它像是個指引，讓你知道可以繼續走，但它不會告訴你你的目的地在哪。」

我的腦裡忽然閃過牧羊阿嬤的身影。

「把它記住了，晚點兒你還要它幫忙才回得來呢。」

「……知道了。」我也有點想起旅館的卓瑪。出發前她也說要我記得。我還是不知道要記得什麼。

我們又往前走一些。德吉說：「好了，伯鑫，我就陪你到這。你呀，繼續往前走，過了橋，沿著河，村中心就到了。接著你想去哪兒都好，好好地逛，你眞的來得正是時候。至於我，要來回家想想晚餐該煮些什麼了。」

又來了。我笑了笑：「妳剛才還沒時間吃午餐吧？」

「也對，也對。你不說我都要把它給忘了。」德吉的笑聲襯在前方傳來的淙淙水聲中。

我們互相揮手。

溪流將水氣拍打上岸，我愈往前走看見愈多小學生迎面走來。他們推來推去，有個男孩遠遠地跳著朝我大喊，旁邊的同學像是接力一樣繼續發出笑聲。「朱雷！」「朱雷！」他們走近時一個個向我說。

河水流過幾家民宿，流到雜貨鋪旁，顧店的兩個大孩子拿著作業本向我使勁搖晃。繼續往前，溪流在整片草原上擴張開來，我每踏一步都從鞋子旁滲出清水。濕地中央有一尊紅色的轉經筒，帶動它的水車不斷掀起水花，我像是看見彩虹。後面忽然又傳來孩子們的嘻笑聲，我回過身，好多孩子們衝過來。其中一名約莫八、九歲的女孩停在我面前，比著手似乎是要我加入他們的遊戲。我和他們跑跑停停，不知道是誰在追逐誰，鞋襪都弄濕了。

雜貨鋪旁一名婦人朝這裡大喊，孩子們一個個跑來我面前，嘰哩呱啦一人接著一句——我當然都聽不懂。那名女孩向我做了鬼臉，我回她一個更醜的鬼臉。然後他們一個個從不同的地方跑回泥土路上。

我看看時間發覺還早，決定繼續往前走一些沒走過的路，反正大概記住來時的方向就好。我轉頭，像是又看見那堵嘛呢牆。

24

這條路我走過幾遍了？

一走出精神樓後門，我反射性地抬起頭。樹還是那麼高，空氣濕濕涼涼的，像是把那股混合木頭與泥土的氣味跟著稀釋了。

病房會診的工作來到最後一個月，再過幾週，明年一月開始，我就要同時照顧急性和日間病房的病人了。我在這裡的工作繼續改變，但也好像什麼都沒變，就像郁璇一樣——她又回來了。

四周前的那天她揭露被父親性侵後，雅慧向社會局完成通報，當晚，她就被安置到機構。她的母親隔天過來辦理出院手續，夾帶各種抱怨，同樣是雅慧協助大雄將一切處理下來。我第一次那麼慶幸有雅慧在這。只是沒人料到，袁P會向社會局的社工主張，只要郁璇在機構裡出現任何情緒問題，立刻回來日間病房延續治療。這意味我們必須對郁璇的父母有所隱瞞，以及更可能的狀況是：我們必須阻擋她的父母找來病房這裡與她接觸。於是好像又不那麼意外地，郁璇在社工陪同下重新辦理入院，只間隔短短十多天。

我繼續走在那條林間步道。從T醫院帶來的那件短袖醫師服，我想應該不會再拿出來穿了。爲期一年的訓練已經接近中點。我感到有些可惜也有些不大理解，爲什麼袁P出現在這裡的時間這麼少。他背後的想法是什麼？判斷的依據是什麼？如果能有更多直接和他對話的機會，或許我會成長得更快一些吧。剩下來的半年多，我會如何繼續成爲一位更好的醫師？還有那個我對過來這裡的期待……

「伯鑫醫師！」如盈的聲音從上方傳來。她站在那條木造階梯的頂端，滿臉笑容。

「嗯？妳怎麼——」

「沒事，出來走走。想說你也應該差不多要回來了。」

我也以笑容回應。我在這裡的作息像是都被他們摸透了。

「會診的病人都還好嗎？」她問。

「還好啊。」

她等我爬上來，再跟著我繼續邁開腳步。視線穿過日間病房的玻璃外牆，裡頭沒開燈，大家應該都還在午休。「但你喔，」如盈搖搖頭，「太過份了。」

「嗯？」

「就朋城和欣瑜在一起的事啊，竟然是你幫他守密守這麼久。眞的，太不應該了。」

我笑了笑：「知道啦。不要再學雅慧噹我了好不好？」

「欸，你才來多久，虧我在這待幾年了，朋城竟然只跟你說。」如盈有點吃味的樣子，然後笑出來。

「哪有這樣在比的啦？」

如盈繼續在笑。那是前天一早的事，團體進行到一半，凱恩忽然爆料他撞見欣瑜和朋城在約會，欣瑜當場立刻否認了──而回到辦公室後我承認了。那是兩週前我和朋城那次會談的結論，他允許我在必要時透露給必要的人知道，至於什麼是必要，他說相信我的判斷。

「對了，」如盈說，「朋城媽媽剛終於過來拿診斷書了。總覺得她和以前……不太一樣呢。」

「是嗎？」

「嗯。也沒多說什麼，道個謝，就走了。」

我想起和朋城母親的那通電話。

如盈笑了一下：「希望一切都可以這樣，順順利利地走下去啊。」

我點著頭，和她一起跨越路口。

「你們在看什麼？」我走進辦公室。

大雄本來彎腰和丁大一起在看丁大桌上的筆電，急忙站起來：「啊，學長。」他搔搔頭，又出現那個快要壞掉的雞毛撢子。坐著的丁大也回頭向我和如盈嘿一聲。「學長那個，關於郁璇的診斷──」

「晚點再討論吧。」我湊向前，筆電螢幕上是幾張叢林與野生動物的照片，「這哪啊？」

「亞、亞馬遜。」大雄說。如盈幫大雄把沒翻好的醫師服領子翻出來，大雄不好意思地點頭。

丁大說：「滿酷的，可以去。」

「你機票買了再說啦，」我笑著看回丁大，「是要拖到什麼時候？」

「厚，說不定到時候——」

對面的雅慧咳一聲。「葉醫師你 order 開錯了。」她把病歷丟到大雄桌上，瞥了我們一眼繼續往外走。芳美姊剛好進來。「學姊。」雅慧點個頭。

「要去上評鑑的課了？」

「對，我這邊的病人再麻煩學姊。」

芳美姊露出微笑：「應該的。快去吧。」

雅慧再度恭敬地點頭。她往大門口走的路上與要回座位的朋城擦身而過。剛才芳美姊似乎在和朋城會談——是為了這個月底開會又輪到他，也是為了前天被凱恩，或者說被我爆料的事吧。這是與病人共謀你知道嗎？Splitting[10]的風險你冒得起？我彷彿又聽見前天上午雅慧在辦公室裡對我的質問。

「真是的……」如盈說，「有話也可以好好說啊。不懂袁P怎麼會同意讓雅慧過來，以前的護理師才不會這樣。」

「以前？」我問。

如盈回過頭：「雅慧是今年一月才調過來的，比丁大還晚半年吧？」

---

10 Splitting，分化，為一種心理防衛機轉，意指無法整合對於自我或他人的兩極化面向，常用於描述人格違常患者傾向將他人視為全好或全壞（all-good or all-bad），以致於在其人際關係或對治療團隊成員間的合作帶來破壞性的影響。

丁大苦著一張臉點頭。

「對厚。」我想起朋城最後一次住急性病房時，雅慧也還在那裡。

「我R1前半年，就有在急性病房遇到她。」大雄搔搔頭，笑得一副受創很深的樣子。

「現在是怎樣？」我笑出來，「要開始輪流自我揭露被雅慧嗆過的經驗就是了？」

丁大舉起手：「那我應該當第一個。欸？是說你們團體都這樣進行的嗎？」

「白癡喔，沒人在舉手的啦。」我說。

如盈笑得很開心的樣子。

大雄說：「但聽說那時候，雅慧能調到這邊，是特別來拜託芳美姊的？」

「嗯？」芳美姊從藥車後方抬起頭，「怎麼突然說到我？」

「啊就聽急性病房其他護理師說的。」

「都這麼久了，怎麼還在傳哪。」芳美姊笑得有些爲難，搖搖頭。

「呃，芳美姊的意思是？」大雄吞吞吐吐地說。

「雅慧啊，就是因爲不愛幫自己說話，才會這樣。畢竟這裡不用輪夜班，去年底那時候，自然也有些風風雨雨。」

我忽然感到有點羞愧，覺得剛才我們不也是在背後議論她。

「其實從最一開始袁P就有定見了，我只是居間幫忙協調而已。何況雅慧一開始是不想來的，還說……她本來已經決定要離職了。」

如盈驚訝地啊一聲。

「你們知道，雅慧之前是在ＩＣＵ[11]嗎？」芳美姊繼續說，大雄說他有聽說過，「好像也不能說太意外，加護病房裡每天都在面對生死，精神科相比之下像是輕鬆多了，好像只要動動嘴巴就好。所以轉科過來，多少會被認爲是某種逃兵吧。加上她一來剛好就照顧到朋城，那時候，很多科裡的人都等著看好戲。」

「看好戲？」我問。

芳美姊向我微笑：「因爲朋城的媽媽啊。這點，如盈肯定也知道的？」

如盈點點頭。

「他媽媽常給人一種，你如果不幫忙她，她就會垮了的感覺。但你在她面前當了好人，到朋城面前，你可能就變成壞人了。眞的，很難。沒想到，雅慧剛過來，像是把ＩＣＵ的習慣也都帶了過來，說一是一，說二是二，連探訪時間和通話次數都嚴格限制。第一次在急性病房開 team meeting 時，她甚至直接當著袁Ｐ的面說，就是這個母親讓朋城無法離開家裡。在場的人都嚇壞了，想說怎麼有人完全沒在怕的。更沒想到的是，改變，還眞的發生了。」

「芳美姊是指，」我說，「朋城母親終於同意讓朋城來日間病房，而朋城自己……也願意？」

「是啊。回想起來，可能正是因爲雅慧不怕自己被當成是壞人吧。」

我稍微想起前陣子和朋城的互動。「但她，並不眞的是？」

芳美姊向我又笑了笑。「後來那些最複雜的、反覆住院的青少年，袁Ｐ常指定由雅慧來當主要照顧的護理師。雅慧明明是個新人，竟然持續都表現得很好，加上她和學姊們私下又不大往來，所以……」

---

11 ＩＣＵ（Intensive Care Unit），加護病房。

大雄一手摀住嘴，認真在思考的樣子。丁大也靜靜坐在椅子上。

「這麼說，」我繼續問，「是因爲人的事情，她才會想離職囉？不然能被袁P那樣肯定，那可是很……」

「我想，也不只吧。」芳美姊比較篤定地說。

「嗯？」

「能做好一個工作，和你想繼續一個工作，本來就是兩件事啊。任何的離開，任何移動，都有它自己的意義的。只是我們不是當事人，我們不一定都有機會理解。」

我低下頭。半年前我是那樣離開台北、回來，再離開T醫院、然後來到這。那時候的那些勇敢與害怕……

「而且說了你們一定不相信，我啊，」芳美姊帶著笑容看回藥車上，「常在雅慧身上看見一部分過去的自己呢。」

「啊？」我、大雄和如盈幾乎同時出聲，丁大也明顯轉動椅子。

「你們也太誇張。好了，說太多了。丁大……」

丁大看一眼手錶。「啊對，環山環山。」他立刻起身往外走。

「嗯？」大雄說，「丁大你不是說今天我可以——」

「對對對。」丁大在門邊停下來，對上我的眼神，「鑫哥要一起嗎？」他往外擺個頭。

「唔，改天好了。」我還在思考剛才芳美姊說的話。

丁大皺眉笑了一下。「同學們起床嘍！別再睡嘍！」他的聲音隔著門窗傳進來，如盈同樣往外看著。

◇

我將視線從拉起的窗簾移回朋城身上。

「剛中午芳美護理師……跟我說了。」他的語氣裡沒有明顯的情緒。

「你是指，你和欣瑜在交往的事嗎？」

朋城點點頭。他吸一口氣，大力呼出來。「所以你們決定，先不會特別讓同學們知道是嗎？」

「嗯，我們討論過後，目前是這樣結論。原本我是打算月底開會前，再找個機會讓辦公室裡的大家知道的，沒想到……」我苦笑聳個肩。

他也抿嘴笑一下。「也不知道是好是壞，但就，發生了。」

「是啊。」

他嘴角保持揚起，眼神卻像在哀悼什麼似地垂下。「那你，還好嗎？」他重新看向我。

「嗯？」怎麼他先問了這個像是我才應該問他的問題。

「就是，有被罵或什麼嗎？」

我笑了笑：「還好。你也知道，會唸的當然還是會唸。」

「雅慧護理師嗎？她眞的很……」朋城皺著臉搖頭，「我聽欣瑜說，前天團體凱恩一講出口，其他同學根本就很誇張啊，七嘴八舌吵成一團，然後雅慧護理師當場罵人了。欣瑜說她覺得好像自己也被罵了一樣。」

我微笑點點頭──事實上當場我也被雅慧瞪了一眼，而大雄坐在圈外作爲觀察員目擊這一切。

「明明那天路上遇到的時候，我就叫凱恩不要亂說話了，偏偏他嘴巴根本關不住。搞得這兩天吳宇睿又一直跑來煩我，還跑去直接問欣瑜。應該還有一堆人也在我們背後八卦。就很煩。」

「嗯？欣瑜當場不是說了，你們只是朋友？」

「就是這樣大家才更愛傳啊，如果欣瑜直接說了可能還——算了。」
「……算了？」
朋城想了好幾秒鐘。「本來我當然也覺得，就說啊，有什麼好不說的，再怎樣兩個人一起面對總比一個人好吧，幹嘛一定要這樣隱瞞。但我知道欣瑜還不想，所以，也就沒說出口了。」
「唔，你的意思是？」
「我不想和其他人一樣逼她啊。她就，唉，太在意別人會怎麼想。我知道如果我開口說了，她八成會說好，就算她心裡其實……欸，當然也不是說好像，我說怎樣她就一定怎樣，但就是，我也不想硬要她說些什麼啊。就很、很……」他一隻手在半空晃動。
「掙扎？」
「對。」朋城瞬間放鬆下來。「所以這兩天，我也只有很試探地問，她也答得很模糊，什麼再看看、等一段時間之類的，也不知道那些是不是眞心話，還是只是怕我會在意什麼的，說不定她壓根沒想要公開，或者——就很多啦。像她還提到說，一直覺得郁璇 FB 上有幾篇貼文在針對她，我心想我怎麼都沒感覺。就都很想追問，但又怕問太多，訊息打了又刪，刪了又打，要說，還是不說，來來回回的。」
我邊聽忍不住邊有些笑起來。
「怎樣啦，這有什麼好笑的？」他愁眉苦臉地問。
「你——眞的談戀愛了呢。」
「廢話，我和她都交往兩個月咧。」
「但如果沒經過這樣的煩惱，我想，應該稱不上眞正的戀愛吧？」

「蛤？」

「你聽到我剛說的啦。」

「幹，什麼東西啦，不要說得好像一副戀愛導師的樣子好不好？」

「好。好。」我笑出聲音，他握住拳頭一副克制不要打我的樣子。我感覺晤談室裡的氣氛終於變得輕鬆下來。「但我在想，你剛說的，真的是很重要的事情呢。」

「本來就是啊。」

「不是。」我稍微收起笑容，「我要說的是，坐在這裡的我，彷彿也完全能感受到你剛才在說的。」

「嗄？」

「怎麼說呢……」我試著整理自己的思緒，「就好像這幾個月來，當然，我不是在和你談戀愛，但每次在這裡，我一邊聽你說，我也常在思考，要說嗎，要怎麼說呢，當你說了些東西時那是你真正的想法嗎，你還有更多其他沒說的嗎，我要不要追問下去呢，然後有些事我能不能、又該不該跟別人說呢。腦袋裡總是會有很多很多想法呢。」

「真的嗎？」他懷疑地說。

「真的啊，只是我不一定都有說出來而已。你知道，畢竟……我是醫生。」然後我剛竟然一股腦都說出來了。我自己笑了一下。

「是喔……」他轉開視線，「第一次，聽你說這些。」

「嗯，好像是。」

他繼續點了幾次頭。「那，」他看回我這邊，「你覺得欣瑜呢？」

「嗯？」

「你剛說，我這是眞的戀愛了，那欣瑜也會覺得——」

「嘿，你不才說不要我當戀愛導師的？」

「是、是啦，但就想知道嘛，這種東西又不可能直接問她。而且你也算她的醫生，說不定你比我瞭解她啊。」

「啊，保密是吧？」

「如果這樣，你應該知道，我也得對她……」我攤開雙手。

我笑著點點頭。我開始感覺和他之間的治療關係又變得更不一樣了。

「算了算了，不想那些。至少月底演唱會我和欣瑜確定要去了。」

「哦？是嗎？」我有一點驚訝，「你媽那邊——」

「算答應了。」

「算？」

「哎唷，就答應了啦，只是，感覺很怪這樣。欸，蔡醫師是不是你有跟我媽說什麼？」

「其實……也還好欸。」

「眞的喔？」

「騙你幹嘛。」

他有些不好意思地笑了。

朋城母親不知爲何直到上週才再打電話過來。更不像我的預期，母親只問我對朋城去高雄跨年的事有沒有什麼建議，我說我大概有些瞭解，朋城都有和我說，然後我鼓勵她再找機會和朋城聊聊看。母親猶豫一會兒，說她知道了，就結束與我的通話。

「反正昨天晚餐的時候，其實也跟平常差不多，就兩個人默默吃飯，一直到快吃完她才問我最近在醫院都還好嗎，還有在跟你談嗎，我說有。她本來好像還想問什麼，但洗完碗盤就各自回房間了。我打開手機，發現欣瑜又傳了幾則訊息過來，說她媽又在問想電話聯絡我媽的事。我突然覺得，還是得問吧，拖了快一個月也不是辦法，就帶著手機要走去我媽房間。沒想到我媽也剛好出來，超尷尬的，她看著我，我在想要不要先開口，但又怕問了她又不說話，就感覺手心有點冒汗。好不容易鼓起勇氣開口，結果我媽竟然同時出聲。她說，她今天中午會來醫院拿診斷書。我喔一聲。她繼續問我，剛要說什麼事嗎。我低頭剛好看到我媽門上的凹洞，手在口袋裡抓著手機，也變得濕濕滑滑那樣。我就說，」他屏住氣半秒，「我還是想去高雄跨年。」

我專心地看著他：「然後？」

「……她說好。」

「嗯？你媽，就這樣答應了？」

「對。我有點傻住，忽然不知道要接什麼，本來還在想說可能……對，她就，答應了。然後，過了一會兒，她又補一句，回來後，學測要加油。」

「學測啊……」

「嗯。」

記得如盈說，今年學測的日期是在一月底。剩不到兩個月了。

朋城輕輕嘆口氣。

「怎麼了？我以爲，這應該是你期待的最好的結果？」

「不知道。可能——不知道。感覺，就很像世界末日吧。」

「世界……末日？」

「十二月二十一啊，那個馬雅預言。」

「噢，好像是有這件事。」

他笑了一下：「當然我是沒在信啦，但就像五月天這次演唱會，也因爲這樣特別分兩個版本，末日狂歡，和明日重生。」

「我記得你跨年那場是……」我回想他拿給我看的那張門票。

「明日重生。但還沒到那天之前，誰會知道那是結束，還是開始呢？」

「你指的是？」

「就好像，有一個可以很期待的事情，可以眞的很盡情、去開心，但同時……又很怕，就，你也不知道那到底會是什麼，就都混在一起了。你懂我意思嗎？」

「就像……懼樂部這裡？」

他停頓一會兒，點點頭。「學測也是吧。其實，我不太想去想的，想了，壓力就很大。但偶爾又會覺得，考完說不定就海闊天空了，只要撐過去就好，上大學一切就會不一樣了，就像如盈老師也常說要我加油、要我相信自己那樣。但，有時候會有一種連自己都覺得很荒謬的想法，就是，如果眞的回學校我就輸了你知道嗎？可是你說我眞的有想要贏什麼嗎？好像也沒有，但就……」他露出苦笑，「你一定聽不懂我在說什麼了。我自己也不知道我在說什麼。」

「不過，你還是說了，而且還說得……比之前更多？」

他的神情有些沮喪。「可能吧。以前，眞的很不喜歡再說這些。大概是被太多人、問了太多遍，你爲什麼回不了學校，你還有想要回學校嗎。好像一定要我說出一個答案。但我就眞的不知道啊。甚至有時候覺得，這也不是我想或不想的問題吧，而是就算知道了，又怎樣呢？」

「所以我第一次和你會談的時候，你才會……」

朋城點點頭。「這麼多年下來，好像也只有你和芳美護理師，會眞的像是告訴我，我回不回學校都沒關係。好像，你們眞的完全不在意一樣？」

「不在意？」

「對啊。」

「唔，其實……我覺得，我應該還蠻在意的？」

「嗯？」朋城困惑地看向我。

「我沒像芳美護理師那麼厲害。就像，月底又要開會討論你這件事，我總還是有種，如果沒能夠讓你回到學校，作爲一個醫師，我的治療失敗了的感覺。」

「……失敗？」

我點點頭，確認自己還有什麼想法沒說出來。「怎麼說，總還是會希望自己，能成爲一個夠好，或者說更好的醫生吧？」

朋城像是被我的話帶入思考，眉頭皺得更緊了。「所以你的意思是，你還是想要我回學校？」

「唔，我想，那眞的不會是我和你會談的目的。可是，我有沒有希望你回學校？」我深吸口氣，「我不知道。我好像……沒辦法告訴你一個很明確的回答。」

「連你也……」

「是啊，連我也……」我淡淡笑了。

他搖搖頭。「等等，」他看回我臉上，「所以我們眞的要這樣一直談下去喔？」

我笑笑地繼續走過去，她拿著幾根豆莢像隔空在敲我的頭。我停在灶台邊，感受到爐火的一點熱度。「是妳自己種的嗎？」

「當然。」她語帶驕傲地說。我伸手要拿豆莢，德吉把我的手撥開，「我來就好。」

「喔，好。」我愈來愈覺得她個性有些可愛。

她將一顆顆豆子擠到碗裡：「這些啊，都剛摘下來的，煮一會兒就好，留點口感最棒了。你看，」她把碗拿到我面前，「像不像大地的寶石？」

「眞的。」翠綠色的，帶有光澤，不曉得是叫什麼——管他的，好吃就好。

「所以我才說你來得正是時候啊。」她拿回去繼續剝，「夏天的開始，陽光更溫暖了，山上的雪融成更多水，讓村裡任何東西都更加生長，變成綠色的。來，借過一下。」

我稍微挪動腳步，德吉將瓦斯爐的火調大一些，鍋子裡更明顯傳出咕嘟咕嘟的聲音，像是嬰兒在模仿出聲。「這裡，眞的好綠。」我說，「我是指，從來拉達克到現在，我好像還沒看過這麼綠的一個地方。好難想像山裡會藏了這樣的一個地方。」

「伯鑫，」她向我轉頭，手裡繼續動作，「你來拉達克多久啦？」

「今天應該是，唔……第五天？」

她笑了出來：「要想這麼久啊。」

我點點頭。對，是第五天沒錯。旅程不知不覺過一半了。

「我還沒問你，你從什麼地方來的啊？」

「嗄？我從，台灣來的。」

「台灣？那是哪裡啊？你的家鄉，長得什麼樣子？」她看起來充滿興致。

我在想要怎麼簡單解釋。「唔，台灣，是個小島，在中國東南邊的海上。」

「嗯——」她的聲音像是拉出圓滑的曲線，「海啊。」

「對，然後，我住在一個……人很多的大都市，叫台北。那裡不像這裡海拔這麼高，比較潮濕，有河，但也有堤防。妳知道堤防嗎？就是河的兩邊會有很高的牆。總之，和這裡很不一樣。」

德吉點點頭：「那就是爲什麼，你會來到這裡嗎？不一樣？」

「唔，或許吧。」好久沒想起那些了。

「是嗎？眞好，眞好。」她手停下來，轉頭確認豆莢是不是都已經剝完。我突然想到她平常可能也沒太多機會這樣說話。她向我露出笑容：「馬上就好囉，可以下鍋了。」鍋蓋一掀開，一陣白煙帶著香味與熱氣衝出來，她把豆子撥進去。

「這裡呢？」我問。

「嗯？」

「妳怎麼會想讓妳的家開放當民宿？」

德吉拿湯杓攪拌幾下，蓋上蓋子：「沒什麼，就是有空房間啊，閒著也是閒著。」

「閒著？」

「嗯哼。」

我不確定她指的是人或地方。

「我是在另一個村落出生的，結婚後才搬來這兒，到現在差不多二十年了。也是這十年隨著開放觀光，家裡才開始當作民宿。」德吉踮腳要從上方的櫥櫃拿東西，我伸手說我來拿。「嗳，」她叫住我，「好啦好啦，讓你來。今天我們要用最漂亮的盤子。你幫我拿兩個下來。」

我遞給她，德吉抓了塊布擦拭盤子，放到瓦斯爐空著的兩個灶眼上，然後熄火。她打開另一個鐵鍋，裡面裝著白飯。

「你們在台灣，也吃飯嗎？」她邊說邊盛飯進空盤。我說對。「那正好。」

「我以爲青稞是這裡的主食？」

「都吃的。」她再次打開燉煮許久的那個鐵鍋，拿著湯杓攪拌，「我們這兒啊，還要兩三個月才是青稞收割的時節。到了那時候，田裡一整片黃燦燦的，風一吹就像海浪一樣，往村落的邊緣愈吹愈遠，漂亮極了。健行的人們都這樣說的。」

「聽起來好美。」

她讓我端起其中一盤，湯杓舀得滿滿的在半空畫個圈，澆下焦糖色的濃稠醬汁。「不過我啊，還是喜歡現在這個時候多一點。青稞苗愈長愈高，也愈長愈綠，看了就讓人開心啊。不是嗎？」她自己也舀了幾杓，然後要我和她一起往桌邊走。「畢竟等青稞收割後，就是什麼都沒有的冬天了。」

我靠著牆坐下，想起她下午時說過的話。來了，又走了。那時她隱約有些失落。她將她那一盤放我對面，也在椅墊上坐下。

「好了好了，別說了，趁熱吃。我可沒忘記你今天沒吃午餐呢。」

我笑著點點頭。

盤子裡，一點油光緩緩滑過金棕色的馬鈴薯與半透明的洋蔥，旁邊的白花椰菜像是一叢叢小樹林，青綠色的豆子點綴在上頭。我用力聞了一下：「好香。」裡面到底還放了些什麼。

她在我對面一臉笑盈盈的樣子。

「啊，湯匙湯匙，」德吉急忙起身，「我怎麼給忘了。」我笑出來。德吉很快折回來，將湯匙交給我。我將醬汁淋在白飯上，一入口，鹹味帶著堅果香在口中化開。馬鈴薯外層焦香帶有一點辛辣，鬆軟的裡層滿是奶油甜味。我再挖一口豆子，脆脆的，愈嚼愈透出蜂蜜的香氣。好好吃。天哪，我是不是太容易被食物收買了。我又吃兩口，抬頭發現德吉張大眼看著我點頭。我有些不好意思。

「好好吃，眞的。」我說。

「嗯。嗯。」她抿著嘴笑，「後悔了嗎？」

「嗯？」

「中午沒在這兒吃啊。」

我笑出來，點頭。她很得意的樣子，開始吃起她那一盤。我也再挖幾口，充分地咀嚼。「妳眞的是個厲害的媽媽。」

她嘴裡還有飯菜，臉頰鼓起，眼尾與嘴角笑得像是快要能連在一起。

「但平常，妳就這樣自己一個人煮，一個人吃嗎？如果那樣就太可惜了。」

「有時候我會去我公婆那兒，幫忙照顧他們。其他時候看狀況。」她笑笑地說，「如果有健行的人來，我就一定會在這兒煮。」她發現我的杯子空了，又幫我倒一杯奶茶。

我向她說謝謝。「那，方便問一下，妳的先生呢？」我想到房間床頭櫃裡男人的照片，「他是個……軍人？」

「是啊，他大多住在營區，偶爾才回來。你聽過雪虎嗎？」

我搖頭。

德吉放下湯匙與盤子：「給你看個東西。」她走到電視櫃旁蹲下來翻找，「有了。」她拿了張報紙回來，在桌上攤開。紙張的邊緣已經泛黃，上頭英文字密密麻麻的，她指著一張團體照的左邊中間：

「這個男人，就是我先生。旁邊是他的同袍與長官，我是一個都不認識啦。這是當年他們部隊慶祝戍軍四十週年的活動。」

德吉拿起盤子繼續吃。我側頭看過去，照片裡共有三排軍人，他們戴著帽子，全身灰黑色的迷彩像是油墨印壞了，只有第一排坐著的人露出放在膝上的白皙手臂。我注意到隊伍中央的那面大旗：「這個圖案是……羚羊？」記得床頭櫃裡還有個這個造型的獎盃。

「是呀。那是藏羚羊。」

「我被搞糊塗了。所以妳說的雪虎是？」

「雪虎是他們部隊的暱稱。因爲這裡海拔太高了，一般士兵沒辦法適應，所以就用藏羚羊當作他們的團徽。我也只知道這些，我先生也不是什麼都跟我講。有時候我連他到哪兒駐防了都不知道，像當年他們與巴基斯坦打仗，好一段時間我都沒見到他人呢。」

「打仗？」我沒料到戰事離這裡這麼近。

「時間過得很快呢。你看，」她指著報紙頂端，「二〇〇三，都九年前了，當初孩子們都還在這兒念小學。」

我點點頭，在心中推算她女兒現在大概的年紀。

「嘜，要不要再多吃點？」她伸手要拿我面前的空盤，我趕緊搖手說已經飽了，眞的不用。「確定？」

「是眞的。如果還吃得下我一定說好。」盤子裡的醬汁被我刮得乾乾淨淨的，完整露出精緻的花紋。

她盯著我幾秒才笑了，繼續把她那一盤也吃完。她看起來與我一樣滿足。

她再次伸出手：「最後機會，眞的不要？」

「眞的不用，謝謝。」我摸摸自己的肚子。

她笑笑地將我的空盤疊上她自己的，起身往灶邊走。我要站起來但被她阻止。「坐著坐著。喝茶。」她稍微整理一下，過程中回頭以眼神示意我自己倒茶。她把碗盤放好，走去打開電視，將音量調小，然後坐回我對面，呼了口氣。她也喝幾口奶茶。

電視上正播放寶萊塢的電影。金光閃閃的宮廷裡聚滿穿著華服的人們，忽然人群往兩側分開，黑衣長袍的男主角領著一群白衣人搖手轉圈跳起舞來。鏡頭一轉，二樓出現一群身披各色紗麗的女子，她們邊扭腰邊下階梯，與男人們愈貼愈近。輕快的舞曲聲傳過來，恰好是我們位置能聽到的程度。我想起提克西寺。德吉看得很專心，隨著節奏稍微晃動。

我看向桌上那張泛黃的報紙。洛桑，她先生的名字。印象中那幾張獨照中的他是藏人面孔，鼻梁高挺，雙眼像是要射出的弓箭那麼有神。

「德吉。」

「嗯？」她轉頭看我。

「我有點好奇，你們怎麼想，自己是……拉達克人？印度人？或者都是？」

她笑出來：「你問的問題也太難了，男人們才在想這些我是誰什麼的。那些事啊，我不懂。我只知道他去守護邊界，那是他擅長的事。我呢，在這裡守著這個家就好。」

「妳說得眞簡單。」

「我能做的也只有這個呀。」她注意到那張報紙，伸手把它重新摺好。

「不只這個家，妳還守著這間民宿，爲了像我這樣健行的人們。那是很多事。」

「我的天，這樣一想可累人了。眞要說也該是反過來。」

「反過來？」

「每次我推開外頭那扇鐵門，看見上面寫著民宿（guest house），我都在想啊，還是得先有客人（guest），才有房子（house）。」

「怎麼說？房子不是一直都在嗎？妳有好幾個大房間，還有一整片森林，就像是被那麼多綠意包圍著。」

「但夏天會過去啊，如果哪一天人們也……」

電視的喧鬧聲持續傳過來。我感覺心裡像是有什麼被觸動。

「噯，講到哪去了。」她拿著報紙，起身往電視櫃走，「是說下個月我女兒就要回來啦。」

「她們是……」

德吉把報紙放好，回身面向我：「放暑假。」她恢復明亮的聲音。

「噢。」

「可惜你沒能遇見她們。從她們還小，就喜歡纏著那些健行的人問他們從哪來啊、家鄉長什麼樣子啊，一堆問題，根本就是兩隻小動物，沒有停下來的時候。」德吉坐回我對面。

看來女兒們都遺傳到母親的個性。我淺淺笑了。

「而且啊，她們和你一樣。」

我驚訝地看向德吉。

「她們的最愛，就是你今晚那間房間裡的那一排窗戶。」

「眞的？」

德吉點點頭：「她們總愛告訴健行的人，說她們房間裡有一排世界上最神奇的窗戶，可以看到整個宇宙。但因爲太神奇了，所以除了爸媽還有她們的玩偶，絕不許別人靠近。她們都說，那是她們的祕密堡壘。有些健行的人不知道在想什麼，離開後還眞的寄了玩偶過來。你一定想不到我寶貝女兒們怎麼反應，她們把玩偶一個、一個收進床頭的櫃子，然後說，這樣他們就可以和我們一起看到窗外囉。」

我像是更被德吉臉上的笑意感染：「好可愛。」

「啊，突然想到個東西。你等我一下。」德吉起身又往電視櫃走。她蹲下來翻找得有點久，我乾脆也走過去。電視裡男主角走進房間和一名婦人說話，婦人碧綠色的雙眼充滿哀傷，眉間有個紅點。德吉站起來有些歉咎地向我笑：「好像被拿去你房間了，我方便過去找找嗎？」

「當然。」

她往樓梯間快步上去。我探出頭，那邊的光線比較暗，看不大清楚。電視繼續傳出我聽不懂的對白，沒有音樂了。沒多久德吉帶著一本書冊下來。

「就是這個，」她直接在我旁邊盤腿坐下，「去年我大女兒陸軍學校發的校慶紀念冊。」

我猶豫一下，跟著席地而坐。「她也是軍人？」

德吉搖搖頭，攤開冊子：「是孩子的爸覺得去唸軍校，教育水準比較好。」她抬頭像是想到什麼，伸手把電視調到接近靜音。

她很快翻過前面都是文字介紹的頁面，到了照片，她的動作慢下來。長官巡視，將軍致詞，一群人端坐聽課，排隊敬禮領獎，她一張張指給我看，然後翻頁。她將冊子稍微壓平，繼續一張張指過去。「這個，」德吉手指停在一名皮膚黝黑持球的女孩身上，「我大女兒。」五官看得出與那張男人軍照類似的英氣。「她啊，和孩子的爸一樣，體育表現特別好。」

「眞的？我在房裡有看到好多獎盃，該不會都是她的？」

「至少有一半。我都在擔心那個櫥櫃有天會不夠放呢。」她笑了一下，往後翻，隔幾頁又指向照片的右側角落，「這也是她。然後，」她翻兩頁，指向另一處，「這是她妹妹。她可一點也不輸給她姊姊，我看哪，再過兩三年，她的獎盃就要趕上姊姊了。」

我將注意力離開書冊，移向德吉的臉上。「我想……妳一定很爲她們感到驕傲吧？」

她又翻一頁，然後停下來。「以前哪，她們都要我哄著入睡，我就陪她們躺在那間大房間裡，直到她們都睡沉了。有一年冬天，我還記得那一晚特別的冷，那時候大女兒大概六、七歲，我哄著哄著，她突然說，媽媽以後換我守護妳。可能是不常看到爸爸在家的緣故吧。小女兒躺在我和姊姊中間，眼睛都要閉上了，說什麼那她也要。她當時根本連話都說不大清楚。我就看著她們，靜靜地睡著，窗外的月光灑在她們的臉龐上。」

書冊停在的頁面左半是空白的，右側滿是文字，天花板上的燈管也或者是電視在紙上暈出模糊的反光。

「後來，隔一兩週，孩子的爸回家了，我向他提起這件事。你知道嗎？他竟然說，虎父無犬女。」她搖搖頭，「眞是的，軍人們一個個都這副模樣。」她像是繼續在想些什麼，過幾秒，往後又翻一頁。是張跨頁的照片。一排又一排的人穿著制服整齊站著，至少上百位，背景是一列橫亙的山。我看著，像是與剛才報紙上那張合照相疊在一起。

「這裡，有好多故事。」我說。

德吉點個頭。

「唔，這樣說，可能有點奇怪，但是，我眞的很喜歡妳剛才與我說的一切。感覺就像是，我眞的聽到了什麼，我眞的住進了……你們家。呃，我不曉得妳能不能瞭解我所說的。」

她抬起頭，看向我。

「我只是有個疑問。這些故事，這些回憶，都是這麼珍貴。可是中午的時候，妳反而讓我自己選可以住哪一間，包括，妳女兒們住的那一間？」
「那不是更好嗎？」
「是指，對健行的人？」
「對我也一樣啊。」
「我不懂。一旦開放，那個祕密堡壘就不再是祕密了，不是嗎？」
「反正，女兒們現在也不那樣想了。那就是……」德吉聳個肩，「長大吧。」
「長大？」
「嗯。」她視線投回書冊裡，卻像是有些走神。
我注視她一會兒，自己也低下頭。「我在想，或許，就像妳說的，那真的不再是個堡壘了，但我有個感覺，它好像變成一堵嘛呢牆，就在……你們的心裡。只要每個人都把石牆的樣子記牢了，它始終會指引你們每一個人，往家裡的路。」
「即使，有些時候我們迷失了？」她的聲音變得有些沙啞。
「就像下午妳告訴我的。至少我們會知道，我們都還在路上。」
德吉看向我，然後垂下眼。「謝謝……你的這一塊石頭。」
我感覺左胸口有些重量。「是妳先給我的。」
「……我？」
我點點頭。
「噯，那不就成了一堵我們的嘛呢牆了？」德吉笑了，一眨好像流出眼淚，她很快用手擦過去。

一下：「新年快樂啊。」

「嗯？」他愣了半秒，「新年，快樂。」

「你們回來了？從高雄。」

「呃，對啊。前天一早元旦回來的，欣瑜媽媽買的高鐵票。」他沒露出特別興奮的情緒。「醫生你現在變很忙吧？」

「是啊，開始要同時負責急性病房，事情會比較多一些。怎麼會想問這個？」

「就，我看去年楊醫師也是這樣，有時候還會臨時和我改會談的時間。」

「是嗎？」

「嗯。」

我們也好久沒在這提起楊醫師了。「我盡量。好嗎？」

「……嗯。」

我向他再度笑了笑。「所以，今天有想談些什麼？」我暫時擱置心中太明確的好奇。

「唔，」他停頓幾秒，「我爸吧。」

「你爸？」我有些驚訝。

「嗯。他又……找我了，就前天回台北，路上接到的電話。」

「ＯＫ。」我點著頭。印象中病歷裡幾乎沒有任何關於他父親的描述，幾次話題帶到他父親，他似乎也不願多談。「我不是很確定，你爸媽是……」

「離婚，我小二還小三的事吧。」

「是。」我繼續點頭，「所以，他打給你，是有什麼事嗎？」

「也還好。只是，沒預期新年第一天就接到他電話吧。」

「哦？」

「大概因爲今年我要學測的關係，就比較早打來。當然也差不多啦，還是說一些……要我加把勁之類的話。」

「嗯。」轉眼學測就在這個月底了，好快。

「其實前兩個月家裡就收到一堆他寄來的參考書，考前百日衝刺什麼的，好幾本。跟我國三的時候一樣，也沒先問我有沒有需要，就一股腦寄了一堆過來。」他苦笑搖搖頭。

「我都不曉得，原來你爸和你還有保持聯絡？」

「……也不算吧。」

「哦？」

「我從來……也沒找過他啊。一方面也是他這幾年都不在台灣吧，中國好幾個地方跑來跑去的樣子。基本上，就都是這樣，偶爾寄一些奇奇怪怪的東西過來，然後我媽會跟他有一些訊息什麼的。和我，也就只有每年農曆年前會固定通個電話，說一日遊的事。」

「呃，什麼一日遊？」

「就是跟旅行社的團啦。」朋城一臉無奈，「每年，他都會換個新地點，宜蘭、苗栗，最遠台中、南投也去過。不過去哪好像也沒什麼差，反正都是坐遊覽車，和一堆上了年紀的人一起。以前連手機都沒得滑，更無聊。然後，他也是都固定問那些問題，過得怎樣，有沒有回學校，在醫院習不習慣。問完了，就沒了。我也不知道要跟他說什麼。有時候同團會有那種，你知道，就是很熱情的阿姨過來說個幾句，什麼兒子這麼大還出來陪你玩喔，眞乖，眞孝順。我聽到那些話也是……」朋城又搖了搖頭。

「然後你說，一年就這樣一次？」

「對。」

「而你也……還是都去了？」

「他就，我爸啊。」

「他就是，你爸爸？」

「嗯。」朋城垂下眼神，過一會兒，忽然淡淡笑了一下。

「怎麼了？」

「每次我媽都還會特別鼓勵我一定要去。可能他們之間有什麼討論吧？我不知道。但我心裡常就會想，妳自己都受不了他了，幹嘛還硬要我跟他出去。」

我沒有立刻接話，視線在筆記本上停留了一會兒。「我很少……聽你說這些。」

「嗯。」他將手伸進毛衣領口的周圍，揉了幾下自己的後頸，「可能是因為，也不重要吧。」

我靜靜看向他。

「還記得國小……三年級嗎，有次老師要班上每個同學輪流站起來介紹自己的家庭。輪到我的時候，我很緊張，因為一堆同學都看過來，我說不出話，就哭了。我忘記後來是怎麼收場的，只記得那個老師還滿溫柔的，也沒有罵我或怎樣。然後那天回家我媽就突然很反常地和我說了好多話，但她說什麼，我其實一點印象都沒有。反正就是記得有這件事，覺得自己很丟臉那樣。後來，一直到升國中的暑假吧，我剛好在路上遇到我國小那個老師，是她認出我的。她很關心我，問我過得好不好啊、國中要去哪裡念，還說她一直覺得我是個很聰明的孩子，國中一定會表現得很棒什麼的。離開前她說，家裡還是跟媽媽兩個人住嗎，要一直開開心心的喔，要記得還是有很多人很愛你。我一開始只是有點納悶她怎麼會知道我家的事，後來才想到，原來他們一直以為我那時候哭，是因為我爸媽那陣子剛好離婚沒多久的關係，但其實……」

「其實？」

「那就是一個……一直都沒有的東西。」

「一直，都沒有？」

他點點頭。「蔡醫師，你自己小時候的事，還記得多少？」

「唔，不多吧？」

「其實大部分，我也都忘了，只有一個片段到現在都還記得非常清楚，清楚到像是……那根本是我想像出來的一樣。」

「嗯哼？」

「那是發生在我家門口的樓梯間，那時候我應該……」他一手握上另一手的手肘，「幼稚園吧。我媽蹲著，抱著我，我好像剛哭完還怎樣，我媽一直揉我的背，然後一陣陣聲音從我家門後面傳出來，什麼咚的聲音，有東西碎掉，還有……我爸在裡面大吼大叫的聲音，就一陣一陣傳出來。我媽一邊揉我的背一邊說，不要怕，不要怕，爸爸是怕你受傷。她的聲音好像在發抖，變得細細尖尖的。我被她抱得好痛，受不了叫了一聲，她才鬆開。我就看到她的臉，又紅，又腫，跟我印象中的她長得完全不一樣，好像，她不是我本來的媽媽。然後，我爸的吼叫聲繼續從門後傳出來……」

「朋城……」我注意到他的手在毛衣表面來回輕輕摩擦。

他的手停止動作，坐直回來。他向我笑了一下。「就是這樣。」

而我完全生不出笑容。

「當然有啊。可是時間……」

「那就直接講了，難不成要再等兩個禮拜？」

「也對。」他咧開嘴角笑，「那就，你聽我說囉？」

我向他拿高手裡的筆記本與筆。

他點個頭，想了一下。「從……那天一早說起？」

「OK。」

「反正，那天從一大早就跟平常很不一樣。寒流剛來，很冷，然後捷運也超空的，我才知道原來那天別人都彈性放假，是我們醫院沒有。可能也是這樣，一整天在日間病房都有點心不在焉的。大家也都差不多吧，下課時間很多人還在那邊聊說要怎樣跨年什麼的，我就聽到欣瑜跟別人說她打算回家看電視跨年。就，也都是一直忍啊，忍到放學，偏偏那天大家還像都約好了一樣，一堆人一起走去捷運站，吳宇睿當然更是一直黏過來。坐到北車，好不容易剛好只剩我和欣瑜兩個人要下車，但一出去，」他搖搖頭，「人爆多。整個月台、到處都鬧哄哄的，很像電影院門口那樣，擠成一團，也說不出來大家是在興奮什麼，氧氣都快要不夠吸了。我因爲懶得脫外套，身體裡面悶到有點在流汗，等到本來那班車開走了，我才牽起欣瑜的手。她說我手怎麼那麼濕，我趕緊縮回來擦一擦再牽她。她的手，很冰。但也就，握著就好。

後來，上高鐵了。我們趕在最後幾分鐘才抵達，還好沒出什麼意外。我把藏了盥洗衣物的背包丟上去，也幫欣瑜放上去，坐上椅子，總算能安心下來。接下來就眞的是屬於我們兩個人的時間了。準備第一次看五月天現場，也是第一次有人跟我一起。我就轉頭跟欣瑜說，我們眞的要去高雄跨年了耶，最後倒數幾個小時。她也笑笑回我說對啊。窗外黑嘛嘛的，還在地下道，燈光很快一直往後跑。我們開始聊這幾天各自複習哪些五月天的舊歌，還有這張新專輯。我們一直聊到，好像剛好車子出來地面的時候吧，我手機叮了一聲，是我媽傳來的訊息。才想說一早出門的時候我媽只說一句小心安全還不算太囉唆，訊息就來了。我不想點開就把螢幕關掉，但欣瑜好像看到了。她就問我是我媽嗎，我說對。她好像一時不知道該接什麼。我之前有跟她說，我和我媽說是和朋友去跨年。沒辦法，我媽又不像她媽那麼開明。高鐵繼續轟隆轟隆往南開，應該是桃園吧，就看到很多房屋的燈光，一盞一盞的。欣瑜突然說，『你學測……剩不到三十天了』。我有點吃驚，看向她，換我沉默了一會兒。然後我說——後來覺得我那時候說錯話了——我說，『妳下學期回學校，也要加油』。」朋城停頓兩秒，「她就哭了。」

「哭了？」我忍不住開口。

「那時候，我很慌，在一起這段時間我從沒看她哭過。我知道她一直不是很愛談學校的事，但那時候我就，唉，不知道，當下我只是想陪著她，她也就……安安靜靜地哭，一點聲音也沒發出來，可能是怕前後會有其他乘客聽見吧。我小聲問她怎麼了，還好嗎，她也沒回，也不知道是有沒有聽到，就看她抓著外套的袖口。我一開始想說她可能是怕冷，想握她的手，她卻把袖口抓得更緊，好像在怕什麼的樣子。高鐵開得真的很快，車廂一陣陣好像在抖動。我還是試著稍微握她的手，她手才慢慢鬆開。她的手變得比我還熱了。我問她要不要把外套脫下來，車廂裡比較溫暖。她搖搖頭。我覺得哪裡不太對勁，不知道為什麼突然想到郁璇。我覺得自己很不應該你知道嗎，大概是在懼樂部待太久了，我把她的袖口稍微拉起來一點——果然，她手腕上有好幾道新的、淺淺的割痕。然後，她才輕輕地把袖口又拉下來，蓋住。那瞬間我真的覺得自己……為什麼我沒有……我想了很久該說什麼，但想不到，她也都沒說話。過了好一段時間，都快到台中了吧，她才……靠到我肩膀上。」他停下來。

我持續看向朋城——這次的空檔我決心保持沉默。

天，我想這一路將會有滿滿的青稞香伴隨松香。

「伯鑫，別迷路囉！」德吉在後頭大喊。我回過頭，她站在鐵門旁持續朝我揮手。圍牆後的樹林大約三、四人高，搖晃間露出裡頭的兩層樓房子。

我沒停下腳步，舉起張開的右手：「知道了！」

我看見她在笑，如同昨天我剛抵達這裡時她迎接我那樣，同時像是也看見她的先生洛桑與她手牽著手，還有他們那一對寶貝女兒繞著他們跑。她們兩個可是小動物啊。我的手握起來，放下。再看下去會更捨不得的。微風帶著水氣從側邊吹來，我決定把這個感覺帶著上路。

這是最後一天健行。水壺重新裝滿水，加上德吉打包給我的點心——她強調那不能算是午餐，背包變得比前兩天更重一些，但這樣的重量似乎剛好。我再次經過那堵嘛呢牆，村中心的草原變得安靜，孩子們應該都上學去了，只有水車嘎噠嘎噠，帶動轉經筒轉個沒停。我越過昨天傍晚折返的路口，空氣中的水氣逐漸變得稀薄，松香味也是。終於，一點綠意都不剩。

再見了，嘿密書克帕詹。

旅行社男子說這天要攀過一個超過四千公尺的埡口，是三天中難度最高的一天。德吉也特別叮嚀我今天慢慢爬，不要急。提密斯岡，是今天的目的地，也是健行的終點。我想起旅行社男子給我的ＤＭ還在背包裡，但覺得沒必要再拿出來了。我再度走進地圖的空白處，邁向又一個除了名字我一無所知的地方——然後路就斷了。我笑了一下。真是一點也不意外。

一台推土機擋在道路中間，跨過去什麼都沒有。我走到一整片平坦的荒漠裡了。遠處光禿禿的山嶺像是用顏料一層層塗上去，從底下的土黃色，愈往上愈接近褐色。我的視線落在左側遠方，那裡隱約有什麼東西，石頭的顏色，混雜一些鮮豔的斑點。

「你呀，」我像是聽見德吉又在我身邊說話，「看到它就知道你在路上了。還猶豫什麼，就那麼想迷路嗎？」

眞的是嘛呢牆。它與一座窣堵坡用風馬旗相連，規模比村裡那個小很多，但就是德吉告訴我該記住的模樣，不會有錯的。我走得更近，在嘛呢牆與窣堵坡中間發現一條小徑穿過，大約一人肩寬，顏色比旁邊的黃土淺一些，看起來是被人走出來的。我四處張望，同樣毫不意外地，沒看見任何指標。

但只要沿著它走總會抵達某個地方，是吧？我像是回應德吉。

兩旁的山嶺慢慢朝我靠攏，平地逐漸被擠壓消失。我估算自己已經走了十多分鐘。左手邊的山坡往上，右手邊的谷底與對側山壁，不知何時開始冒出許多小徑，與我腳下的類似，都是一條條淺黃色的細線。我想往前看清楚它們通往的方向，但是失敗了，同時腳下的小徑開始下坡。每踏一步，鞋底的石礫都在滑動。

「唔，這條步道，是不容易，」變成拉姆出現在我前方，她回過頭，「但也，沒那麼困難。只要你……願意繼續往前。」

當然。我自然地張開雙臂，讓身體保持平衡。

我眞的來到很遠的地方了。從台北、德里，飛到列城，接著從林叓村、陽旦村、雪松村，走到這裡，不知道是哪裡的這裡。對側山壁的那條小徑似乎要往另一個方向岔出去了，往前走，它又繞回視線內。左手邊的小徑感覺快要接上我腳下這條，愈來愈近，但坡度太陡我跨不過去，然後它又遠離了。我繼續下坡，繼續往前。我開始覺得這每一條細線般的小徑都是彼此的平行宇宙。

「啊—啊啊啊啊——。」牧羊阿嬤唱起歌來。

妳會來繼續引導我做出選擇嗎？坡度變得更陡，滑動的石礫讓我差點滑倒。我不得不低頭注意腳下勝過於往前看，腳掌像是要花更多力去抓住地面。但眞的不用急，慢慢地、一步一步往前，就會知道了。

我稍微停下來。

「朱—雷—！」我朝對側山壁喊，就像那天我回頭朝牧羊阿嬤喊時那樣。

「朱——雷——」空無一人的對面傳來回聲。

然後是這一側的前方。

接續一聲、兩聲、三聲，模糊地從更遠處傳來。

我邊走邊試著再喊一次朱雷，更多聲音疊上去了，好像好多人在對話一樣。太陽逐漸攀高，山壁愈靠愈近。那裡頭好像有我的聲音，但又不只是我的。我又聽見德吉，聽見拉姆，「奈！奈！」牧羊阿嬤的叫聲也在迴盪，還有奔跑在草原上的孩子們，田裡的祖孫三人。我再喊一次朱雷。一聲又一聲在我耳邊不斷相遇，不斷分別。「你好！」「再見！」「謝謝！」「願你被保佑！」拉達克語。英文。中文。全混在一起了。那本像是字典的 Lonely Planet 在我心裡一頁一頁散開來。山谷裡沒有任何一點風穿透進來。爲什麼你們都不在這裡了，我好想念你們。我正要再喊一次——

「朱雷！」

那是誰的聲音？谷底就在眼前，岩石變得比人還巨大，一塊塊稜角分明，被日光燃燒出金屬光澤。所有小徑都匯聚在一起了，兩面山壁壓過來。我睜不開眼睛。前面那個人是誰？爲什麼他要一直走？我追不上他的背影。是主任嗎？左右山壁亮得像是白色的。叮咚，叫號鈴響了。那是醫院裡消毒水的氣味。他一直往裡面走了，他要去哪？不對，背影看起來不是主任。叮咚。叮咚。每一扇門都打開了，每一扇門後都站了一個穿著長袍的主治醫師，每一個都沒有臉。你太讓我們失望了。快，快把門關起來，快全關上。燈突然暗了。嘎啦、嘎啦。我爲什麼站在行李輸送帶上。我要出去啊，別再繞了，我又不是誰的行李。燈閃個什麼勁。怎麼有機場這麼狹窄又這麼暗，我都飛這麼遠過來了。那個人要從機場門口出去了。我也要出去，就是這次機會了。我從行李輸送帶上往下跳。嘩一聲，我一直往下掉。兩邊又亮了。是土黃色的兩道高牆。是堤防。我在哪裡。轟隆隆的聲音從背後傳來，水要淹過來了。我低下頭，發現河水從我的腳踝開始往上淹，愈來愈高，淹到膝蓋了。兩道牆朝我逼過來，好亮。那個人還在前面，快追。河水把我的雙腿拉住，使不上力。你給我停下來啊。你到底要去哪，爲什麼一直跑。你是誰。你叫什麼名字。快說啊。快說啊。水淹得更高了，越過我的腰，淹到我的胸膛，我的下巴，鼻子，眼睛。我用力閉住眼——

「好奇的旅人，」突然一個聲音，是達瓦，「千萬記得，好好呼吸。」

我探出頭，吸一大口氣。

我睜開眼。

來時的左側山壁往外塌陷，像是潰堤一樣，將所有聲音全傾洩出去了。

我已經走上另一側的山麓。左側的底下拉開一面平原，更遙遠的地方才再有一層層山嶺。雲朵的陰影落在那兒，像是幾隻黑貓朝同樣方向鑽。再沒有任何聲音。我又回到一個人，如同一直以來。

剛剛那個背影是誰？我覺得我一定認識他，但就是想不起來。

山坡上冒出稀疏的幾叢野草。也許是因爲這裡下過雨，或是有融雪，但我一滴水都沒看到。我放棄繼續想下去。我眞的有些想念一路上遇到的每個人，甚至包括旅行社的男子與司機。這大概就是孤單吧，不然怎麼會連他們都想念。

我靠進山壁底下的陰影，從背包拿出德吉給的點心，也是薄餅。奶油全融化了，我聞到類似酥油茶的香味。

終於只剩腳下這條小徑了。我向前望，孤伶伶的它像是條淺色的風箏線，往遠方的高空抛上去。

走吧，休息夠久了。

吸氣，呼氣。吸氣，呼氣。我的每一口氣息都吹成藍天裡的風，太陽照得我發熱，像是冒出紅色的火光。額頭滴下汗來，我在將要感到口乾舌燥前喝水，爲體內澆灌出綠意。這次的爬坡彷彿沒有盡頭，我一直走，一直走，每一次著地都從腳底傳來震動，是黃色的土地在震動，也是我的肌肉在震動。眞的什麼都不想了。我的腦袋呈現一整面的白，連一絲疲倦也沒有察覺。

我就是窣堵坡，就是五色的整個世界。

風馬旗在前方出現。我有點興奮，那應該是今天路程的最高點，等通過埡口便都是下坡了。我走過去，風馬旗桿底下是一座殘破的嘛呢堆。我發現更高更遠的地方還有另一處風馬旗。我要自己別失望。繼續過去，又看見更高更遠的地方還有。漸漸地，我感覺不到興奮或失望了，情緒如同這裡的空氣變得稀薄。小徑的坡度與寬度維持穩定，我繼續呼吸，繼續走，腦袋裡響出聲音來：

你必須放下所有的期待。你必須擱置所有的假設。你必須讓自己專注在每一個當下。你必須全然地擁抱未知。

我好像終於知道我爲什麼會來到這裡了。

坡度和緩下來，我應該確實走到那個埡口了。石堆散佈四處，有些像是崩解到一半的窣堵坡，有些看起來是嘛呢堆，橫躺的風馬旗將它們串接起來，其中一桿像是個日晷斜斜指向空中。我站進去，紫外線直射而下，幾乎使我變成透明的。四周的山谷連綿起伏，我感覺快要飄浮起來。**我彷彿哪裡都能去了。**

「你是——眞的想要來我們醫院，還是只是想離開？」

是，我就是想離開，那又怎樣呢？就決定離職了，沒什麼好怕的。風馬旗忽然全被吹起，石塊咯噔咯噔滾落下來。是嘛呢堆還是窣堵坡倒了。我彷彿也要被吹散，覺得自己開始愈飄愈高。我有些慌了起來，朝來時的山谷大喊一聲——

沒有回聲。

風停止吹動。還是沒有回聲。

我確認自己仍站在地面上，但說不出來哪裡不對勁。如果有任何人可以給我回應就好了。或許那樣至少能知道，我是眞的有發出聲音。

我蹲下撿起一塊石頭，放到某座嘛呢堆頂端，再一次深呼吸。

冷空氣進去，暖空氣出來，就像冬天之後會有春天與夏天來到，往復循環。我想起昨天與德吉的對話。

前方幾十公尺遠，我看見旅行社的司機靠在車子側邊。那裡就是提密斯岡的電力廠房。他也看到我了。

「很高興再次見到你。你完成了。」

「是啊。」

「我說你沿著路走就可以了，我沒說錯吧。」

「沒有。一點也沒有。」

「就是這麼簡單。我們走吧。」

我坐進後座。車子發動，開往列城的方向。

「先生，」我說，「我還不曉得你叫什麼名字？」

他透過後照鏡看向我：「賈揚特。」

28

我站在辦公室門口，摸著口袋裡的鑰匙。

「蔡醫師？」

「嗯？」我回過神。朋城站在我前方。丁大與如盈合力將大教室裡的病人們叫醒，雅慧叫了幾個名字要他們過來服藥。「我們今天……出去吧？」我不確定地說。

朋城輕輕嗄一聲。

「你們這兩三天，不是都沒環山？都在下雨。」

「是啊。所以……」

「所以……出去透透氣？我們邊走，邊談。」

朋城看著我：「你，認眞的喔？」

芳美姊和宇睿從小教室走出來，丁大開始呼喚國中組的病人們到小教室上課。丁大發現我在看他，向我挑眉笑一下。這會是我第一次眞的走進後山了嗎？

朋城跟著也往丁大那邊看一眼。「那，就不進晤談室了？」

「唔，這是一個提議，看你怎麼想。」

「噢……可以吧？那，」朋城回個頭，「我去拿個外套，順便跟如盈老師說一聲。」

「好。」

芳美姊經過我身邊，我向她點個頭，她帶著一如往常的微笑要進入辦公室。

「芳美姊，」我突然想到，從口袋抽出鑰匙，「這個可以麻煩妳嗎？」

「嗯？你們今天……」芳美姊的眼神移向大教室前方，再移回來，「我知道了。我來放回去吧。」

她將鑰匙接過手。

「謝謝。」

她點個頭。「你不一起換個外套？」

「應該還好，至少有醫師服。」

她笑了一下：「都好。你覺得自在就好。」

自在……

芳美姊又看向我身後——朋城穿著一件棉質的連帽外套回來了。

如盈在講台上，笑容輕鬆地望向我。高中組的病人們差不多都坐定位了，除了欣瑜還在會議室裡與大雄會談。

「那，走吧。」我向朋城說，「雨傘？」

「在外面。」

我嗯一聲。

「走這邊？」我撐起傘，比向左前方。

朋城點點頭，也打開他那把傘。

我們跨出屋簷下，傘面立刻被雨水敲打出噠啦噠啦的聲響。我注意到醫師服袖口沾上好幾滴水滴，應該是剛才開傘時不小心弄到的。

朋城往右側那條下山的路看過去。

「怎麼了？」我停下腳步。細雨像是將那條長長的綠色隧道罩上一層霧，使我看不大清楚。

他搖搖頭，轉回來，繼續往前。

我與他保持大略平行的位置。

「郁璇媽媽走了。」他淡淡地說。

「啊？今天，她又來了？」

「嗯，中午的時候。」

雅慧和大雄前幾天就向我提到，郁璇母親得知郁璇住回來了，電話沒阻擋成功，她果然直接跑來這找郁璇，說是要問個清楚。但那是被禁止的事。他們現在是「相對人」——我並不眞的那麼懂法律用語，雖然已經收到法院來函詢問郁璇是否有PTSD[12]的診斷。

我說：「大家……都還好嗎？」

「應該吧？她媽好像本來想要抓誰來問，後來，是雅慧護理師去處理的。」

「那就好。」

我幾乎能聽到每踏一步時鞋底擠壓積水發出的聲音。愈走，日間病房那棟玻璃屋也在我們身後愈來愈遠了。我看了朋城一眼，他應該沒有打算多談郁璇。道路兩旁一如之前從路口望進去的印象，比從精神樓過來沿路的樹更高，也更密。雨水均勻地落下，我抬起頭，同時微仰傘面。

「醫生你今天，不做筆記嗎？」

「嗯？」我的頭低回來。

他指向我醫師服的口袋——我放筆記本的地方。「你每次不都……」

「想說，換個習慣吧？」

「習慣？」

「嗯，習慣。」

「是喔。感覺……」他拖長的尾音像在唱和四周打在樹葉與草皮上的雨聲，「不太習慣。」

我笑了笑：「我也有一點。」

朋城轉頭看著我幾秒，淡淡笑一下，再轉回前方。

我的雙腿沒有明顯感覺到爬坡，但看過去像是有的。長長的路上沒有一個人影。我感覺能這樣一起安安靜靜地走著也滿好的。

「你知道，」朋城先開口了，「欣瑜同意公開了？我們在交往的事。」

「稍微。葉醫師有跟我報告。」

12 PTSD（Post-traumatic stress disorder），創傷後壓力症候群。

他沒有接話。

我也就沒有追問。

道路停止右彎，變得蜿蜒向前，隱約有些下坡。

「但真的好快，距離學測，竟然只剩十天了。」他說。

「是啊。聽如盈說，你最近有比較認眞讀書？」

「算吧。」

精確來說，朋城是和欣瑜一起在圖書館唸書──兼約會。

朋城忽然笑出聲音。

「怎麼了？笑什麼？」我問。

「很無聊啦。只是想到別人這時候都在做最後衝刺，結果，我竟然是在這跟你散步。」

「呵，眞的是很慢、很慢的散步呢。」

他搖搖頭。「欸，」他看向我，「我這樣，會不會很不正常啊？明明要大考了，卻一點緊張都沒有。完全不像我。」

「被你說得……好像害怕不知道跑哪去了？」

「就是啊。光這件事本身，就讓人有點害怕啊。」

「嗯？這個邏輯是，因爲沒有害怕，所以感到害怕？」

「怎樣？這有很怪嗎？」

「唔，不怪嗎？」

他稍微皺眉，想了一下，又笑出聲音。「好啦，因爲我是病人，可以嗎？」

「還有這樣的？」我和他的笑聲像是都被雨水包覆了，變得濕潤起來。

左前方的樹林比較稀疏，似乎是那面山坡往下的緣故，縫隙中露出陰雨天裡灰白的背景。

「其實從以前，我就常在想一個問題，爲什麼現在的我會在這裡。有時候就會幻想，會不會就像小說裡的主角一樣，會有某個瞬間，出現一個轉折，一個決心，然後一切就變得不一樣了。好像，一切都有了什麼特別的意義那樣。可是，」他轉了一下手中的傘，「沒有。」

「……沒有？」

他走路的速度有些慢下來，我讓自己與他繼續保持平行。他晃了晃頭：「找不到。」

「就像，當年的那個本子？」

他的腳步幾乎要停下來。「可能……我一直都在逃吧。」他低下頭，然後，恢復原先的速度。他在我前方幾步回頭，向我笑了一下：「前面那邊停一下吧，眺望點。」

我跟上去。

往外彎的道路像是將左側的林木闢出一處明顯的缺口，我和他一人一傘，並肩望出去。精神樓、中央大樓、門診大樓，醫院裡一棟棟建築全是白色的，半透明的雨絲將它們之間的間隙填滿了，邊界變得模模糊糊的。我稍微能看見幾個角落有人撐傘在走動，以及看起來都差不多樣子的車輛往外行駛上深灰色的路面。更往遠處，公寓、大廈像是沒有光澤的積木，錯落地相互堆疊。雨水繼續嗟啦嗟啦打在我們兩人的傘面上，雲霧低垂地籠罩在四周，城市彷彿在港灣裡漂浮了起來。

「你覺得，我眞的回得去嗎？」朋城的眼神水平向前，語調同樣平靜。

我看他一眼，也轉回面朝遠方。「至少，也一路走到這裡了。」

「……是嗎？」

亮燈，那邊也坐了一些人。我一度以爲我爸坐在那邊，但怎麼可能。

『三十四號。』我媽在我旁邊坐下來。我沒聽懂，看著她。她又說一遍，你是三十四號。我喔一聲。前排有個小朋友跪在地上寫功課，他發現我在看他，向我笑了一下。更前面有兩個小朋友一邊尖叫一邊跑過去，他們的媽媽追在後面罵人。我是三十四號，三十四號。不知道這次又要等多久，但好像也沒什麼差。我媽問我會不會餓，要不要她去買些東西來吃。我搖搖頭，說我想尿尿，就自己走去廁所。我看著鏡子裡，左半邊臉都腫了。我摸了一下，好燙，還是因爲手太冰我也分不清楚。我坐回去的時候我媽看著我，好像想說什麼。我沒理她，只看到另外一扇門上的燈熄滅了，一個外傭攙扶一個老阿公慢慢走出來，還有一個阿伯，大概是他兒子，然後一個穿著長袍的醫生跟著也出來。我媽好像剛好那時候說了什麼，但我沒聽清楚，就也沒接話。

然後，就沒有人再開口了。中間我媽好像也去上了一次廁所，就這樣。我們一直坐在那裡，旁邊漸漸安靜下來。我看見我媽偶爾在那邊揉她的手，有幾次她發現我在注意她，她就停下來，然後好像有點手足無措的樣子。就……這樣。只有每次叮咚，我才抬頭看一下燈號。我是三十四號，三十四號，還差幾號，就像在倒數什麼一樣，不知道是什麼的什麼。一直到最後……」

好幾秒鐘過去，他似乎沒有要繼續說。「那個護理師，終於開門，喊你的號碼？」

「嗯。」

我回想這是第幾次他告訴我那天的經過了。「那天，聽起來是很漫長的一天。」

「……是吧。」

我又猶豫一會兒。「還有些什麼想說的嗎？關於那天。」

他看向我，又看回去。「沒有吧。」

「沒有了？」

「我們……也快要繞一圈了。」

我往左側看，再更轉回頭。精神樓已經落到更後邊了。前方的道路往右拐彎，日間病房開始從不遠處一點一點出現。「那，」我停下來，「要直接回去了嗎？」

他跟著停下，面朝我：「我想，我沒辦法說不吧？」

「是的，某種意義上，你不行。」我笑了笑，「我們都不行。」

他眼神帶有一點哀傷，然後，也笑了。他望回前方：「但就像你說過的吧。」

「嗯？」

「那也不會是原來的那個地方了。」

| 第三卷 |

他們，就在外面

穩穩地走。

卓瑪

紙面摸起來像蠶絲那麼光滑，我來回看了幾遍卓瑪的留言，每個大寫的英文字母都像是窣堵坡的一小部分，一行連起來彷彿又變成一堵嘛呢牆。我有些意外她會留言給我，但又覺得這也滿像她會做的事。我想起來到這裡的第一天，那時她像是邊唱著「一個人」的三拍子歌謠邊走進來。然後，我也就那樣一步、一步被帶到這裡了。

我把卡片摺起來，打算收進隨身背包，就當作是旅人的平安符那樣。我注意到封底印刷的藏文字母排成了一個圈。我將卡片旋轉三百六十度，看不懂。我拿得太近，有些眼花，覺得它像是上下動了起來……

最前頭的老喇嘛吸口氣，重新送出聲音，其他喇嘛跟著加入，像是河流開始往同一片大海匯入。我繼續閉眼搖晃，那一圈藏文字母也繼續起伏、轉動。我分不出哪個聲音是哪一個人的了。後頸、肩背、腰、腿，四面八方而來的聲音打進我每個肌肉與骨骼相接的地方。推力與牽引力，浮力與重力，每一刻都在改變，每一個瞬間都是平衡的。我感覺自己就在浪裡。

一陣鈴聲加進來，像是起伏的海面吹過一陣風。

再一陣鈴聲，海水似乎變淺了。

他們的唸誦聲開始出現空隙，交替推著我漂往某一個方向。聲量愈來愈稀疏，我的耳朵穩定露出在水面上方。好像靠近岸邊了。我搖晃的幅度慢慢變小。老喇嘛從前頭傳來一句長長的唸誦，像是一道溫和的浪打來，我被推向前一些。換氣。他唸誦下一句，我又被推向前。其他人沒再出聲，我的背落地了。老喇嘛繼續唸誦，每一個長句跟著一個停頓，殘響漸漸消失，像是退去的浪把沙粒也一點一點帶走。我感覺身體每一寸皮膚都貼在浸濕的沙子上，被輕輕托住。

我靜止下來。

「……你來了，好奇的旅人。」

我睜開眼。

是達瓦。

「我們還在想你何時才會出現呢，呵。」

他手機的螢幕好亮。

「伯鑫？」

那個是……曼陀羅的設計圖？

「嘿，你還在嗎？」

「嗯？」我發現自己還坐著，趕緊站起來。

「剛看你打坐、閉眼，有模有樣的呢。」

「就，還好吧。」

「你客氣什麼。你做得很好，非常好。給你滿分。」達瓦說。多傑從後面走來拍在達瓦肩膀上，發出紮實的一聲。「多傑！」達瓦回過頭，「你嚇到我了。」我也被嚇到才真正醒過來一樣。

多傑對我微笑，一手指向達瓦：「達瓦，不好，非常不好。」他搖搖頭。這好像還是我第一次聽到他講話。他往大殿另一邊走。

「怎麼每次都不給我面子啊？」達瓦對多傑喊，「至少幫我把茶拿來吧？伯鑫說他要喝。」
「嗄？沒、沒有啊。」我說。
多傑已經快走到大殿的另一個角落，他回頭面朝達瓦：「只給伯鑫。」
「不是這樣的吧。」達瓦說。
多傑晃了晃頭，從長几上拿起一個熱水壺。我注意到其他幾名喇嘛也站起來了，陽光離開釋迦牟尼懷裡，將垂掛的金色與寶藍色織錦照得光芒閃爍。
我稍微笑出來：「達瓦，你們總是這樣互動嗎？」
「才不。是他常這樣搗亂，我可沒有。」
「唔，」我聳個肩，「好吧。」
「什麼好吧？也太敷衍。多傑你看都你的錯，把人家帶壞了。」
多傑拿著熱水壺過來，倒了一杯給我：「請。」我接過手，熱騰騰的，濃厚的香味飄上來。
「你還眞的沒——」達瓦看向多傑，多傑笑一下，把熱水壺交給達瓦就走了。達瓦低吼一聲，轉身似乎去找杯子。
多傑朝高台的方向過去，其他喇嘛也是。是不是要來開工了。他們穿過白色布巾底下。
「你的眼睛啊，」達瓦一手熱水壺、一手茶杯地走回來，「盯著曼陀羅不放呢。」
「啊？就，只是……眞的很想再看到曼陀羅。」我有些不好意思地笑了。
「哈哈，這樣說就對了嘛。」達瓦幫他自己也倒一杯，然後向我舉杯。我跟著拿起來喝一口，又是那個富含油脂的口感。「上次你走之前，還特別問我可以再過來嗎，有夠彆扭的。」他又笑兩聲。
「呃，是啊。」我嘴裡留著鹹香的滋味。

「那就來吧，茶杯帶著，既然你這麼在意。」

「我只是——」我被達瓦回頭盯著，「沒事，沒事。是說明天曼陀羅就會完成了吧？」

達瓦抿嘴笑了一下。「你還沒告訴我你這幾天去了哪兒啊？」

「我？……先去了嘿密寺，然後，去健行。我去了很多……空氣更稀薄的地方。還要謝謝你上次的提醒，好好呼吸。」

「呼吸呀。」

我更往前想到爬列城宮殿的那時候。好像愈是無法呼吸，愈是想要用力呼吸。「對啊，那太重要了。」

「呵，你會繼續知道呼吸有多重要的。」他在白色布巾外圍停下。

「還能更重要？是要我成為呼吸大師嗎？」

「你太有趣了，哈哈，應該說，更有趣了。」他把熱水壺與他的杯子放上旁邊的長几，「茶放這兒，等會兒想喝就自己來。」

「好。」我放好茶杯隨他穿過白色布巾底下，「所以關於呼吸——」

達瓦以手勢要我先別出聲。其他喇嘛都在裡頭了，老喇嘛站在高台與佛像之間，達瓦與其他三人圍著高台站成一圈，我在他們更外圍一些。他們都收起剛才的笑容。老喇嘛左手一揚，四名喇嘛把黃色的綢緞掀開。

我忍不住哇一聲。上次那個五色框線圍出的方城彷彿縮小了，變得只佔不到一半徑寬，立體的彩砂以圓形向外擴展，一區區塞滿斑斕色彩。我看得眼花撩亂。達瓦他們摺好黃布，站回各自負責的方位，老喇嘛雙手背在身後巡視一圈，唸了句我聽不懂的話，四人向他合掌躬身，老喇嘛往外走——他眼神掃過我，我連忙也學他們合掌躬身。老喇嘛走出門外。
「伯鑫，來。」達瓦說。
「可以了？現在？」我問。
達瓦雙手撐在高台邊緣，側身向我點頭。
我站過去，達瓦伏下身觀察目前進度的最外圍，那是一圈像以風馬旗扭絞而成的五色環。更往外露出的紅色底板只剩大約二、三十公分的徑寬。
我呼出一口長氣：「太驚人了。」
達瓦點點頭，站直回來：「你是那樣感覺的嗎？」
「是啊。我們不才三四天沒見？這看起來像是要好幾個禮拜才能做出來。」
他繼續與多傑在檯面上比劃。「是需要不少時間沒錯。」
「眞的好驚人。相較之下，你手機裡的設計圖，就只是一張圖。但這個，我眼前的這個，它眞的是曼陀羅。呃，我好像在說很奇怪的話？」
「這樣吧。」達瓦轉頭看我，忽然露出像是不懷好意的笑容，「愈怪愈好，你多說一點，你到底看到了什麼？」
「嗄？」愈怪愈好？「唔，好吧。它的中心是……方形的，然後，外圍是一圈圈的圓形。」
「很好。還有呢？」
「它非常的……色彩鮮豔。」我竟然說出這麼膚淺的描述。不行，再努力一點。「還有，它凹凹凸凸的樣子就很像，唔，大地？凸起的部分是山，凹下去的是河這樣。」
「漂亮。再來？」

「還要？我可以投降嗎？」我瞄向多傑。我以爲他會出手救我，但他非常專注在觀察負責的區域。我向達瓦搖搖頭，「你的問題好難。我對曼陀羅的瞭解只有你上次說的，那是最好的地方。我不曉得要怎麼描述一個我全然不懂的東西。」

「那會是問題嗎？」

「嗯？」

「你是個好奇的旅人哪。」

又是這個稱呼。「所以？」

他從桌上拿起銼刀，沾一點水，伏下身微調五色環內緣的花邊，再站起來。「所以，那讓我更好奇你看到了什麼。你懂我意思嗎？」

「呃，你在好奇，我會有什麼好奇？」

「就說你聰明。」

「可是我會那麼好奇，是因爲我對這知道的太少。我只是個無知的人，是個……」我比向整個圓形的檯面，「圈外的觀察者。但你不一樣，你是設計者，你是那個，總愛出考題給我的人。」

多傑笑出聲音。

達瓦瞪過去：「欸——」

多傑說：「對不起。你們說，我聽，我安靜。」他往後邊拿起他的茶杯，笑眯眯地看向達瓦與我這兒。

「伯鑫，別理多傑，」達瓦繼續說，「他跟人熟了一點就是這樣。你剛說到一半吧？你說我是設計者，然後……」

「然後，」我一時忘記本來要說什麼，「喔對，你是在好奇，我有沒有看出你設定的東西嗎？」

「我的設定？」達瓦搖搖頭，「那不是我的意圖，至少我不這樣認為。我只是好奇而已，就像你作為一個無知者一樣的好奇。」

「可是，你是設計者，那張完成圖就存在你的手機裡，你可以在任何時候點兩下就看到它。你知道那一切是如何開始，會如何結束。你並不像我一樣是個無知者，怎麼可能跟我有一樣的好奇？」

「太棒了，你漸漸開始說奇怪的話了。」

「我剛說的哪裡奇怪，很合乎常理吧。」

「你看仔細。」達瓦指向他自己的腳，「你覺得我現在站在哪？」

「不就貝圖寺的大殿？」

「大殿的哪？」

「……地板上？」

「所以我不是站在……」他指向高台。

「你不是站在……曼陀羅裡？」我開始眞的覺得我在講些奇怪的話了。

「沒錯。所以當你說你是個圈外的觀察者，一樣的判準，我也同樣在圈外。我說過，我們共同合作的曼陀羅，是在重現，不是創作。曼陀羅並不源自於我腦袋裡，我也無法決定你該要看到什麼，你能看到什麼。所以我當然可以與你一樣無知，一樣好奇。」

「唔，我勉強可以接受你也在圈外這件事。你確實站在曼陀羅外，就像我一樣。至於其他你說的話……」

「來，下一步。我們換個角度。」他要我跟他一起轉身，面朝門口，「你覺得你現在在哪？」

「還要再來一次？」

達瓦點頭：「你看仔細，再回答我。」

太陽更高了，氣窗射進來的光線恰好照在那圈白色布巾上。白色布巾。「我在……圈內。」

「沒錯。你口中那個圈外的你，也在圈內。」

「饒了我吧。又外又內，所以我是在之間嘛。」

「我們都是啊，哈哈。」他拿起他的杯子，「那麼可以麻煩你，出去幫我倒杯茶再進來嗎？我看你杯子也空了。就叫你自己來了。」

「那當然不是問題。但是，」我接過杯子，從白色布巾底下穿過，「天哪，我們剛才到底在說什麼。裡面或外面，出去再進來，什麼都之間啦，都你說的對。」我從熱水壺倒茶出來。

「伯鑫，」達瓦叫住我，「不要碎碎唸。」

多傑又笑了。我看向他，他低頭繼續喝茶。這傢伙。我問多傑需不需要我幫他也倒一些，他微笑搖頭。「你們繼續說，說更多。」多傑坐上他的位置。

「你們要正式開始了？」我拿著兩杯回來。

「我是。達瓦……」多傑聳聳肩。

「好，好，我知道你意思了。」達瓦從我手中拿走他那一杯，喝一口，放到身後，也坐上去。「伯鑫，找到你的位置，任何位置都可以。」

「遵命。」我笑笑地說。

另一名喇嘛也坐定位了，剩下一名喇嘛還拿銼刀在調整五色環的內緣。

「其實你剛說到一個重點。」達瓦從右手邊的托盤上拿起一個透明小缽，裡頭裝有黑砂。他稍微上下抖鬆，「就是關於裡面或外面，或者說，中心與邊緣。」

「中心與邊緣？」

他徒手將小缽裡的黑砂撒在五色環外圍：「我們相信，宇宙的中心是一座神山，它的外圍是一個巨大的鐵輪。曼陀羅，正是在反映宇宙的眞實。」從底板上的線條看來，五色環的外圍會是一圈以八個紡錘狀接成的環。

「所以，最中心的那個地方，那座神山，就是終極的眞實？」

達瓦邊撒竟然邊哼起歌來。「你說得好像只有那麼一個中心，那麼一個眞實。」他把小缽放下，拿起銼刀修整一下，再繼續撒。

「難道不是嗎？」

「當然不是。而是我們總可以用這樣的方式去看見，去理解。因爲那個中心與邊緣，它可以是你的內心，一個念頭，也可以是一片大陸，或是諸佛安住的宮殿。內與外的界線並非總是那麼明確，就像你剛說的那句話。」

「哪一句？」

「什麼都是之間。」

「你是認眞的嗎？」

達瓦笑了兩三聲，回身拿起茶杯，又喝一口。「我們有個說法是這樣的，我們總是在各個宇宙相即之間。所以，這裡不會只有一個中心，而是有無窮無盡的眾多中心。重點是你能不能不被表象迷惑，讓自己像一面鏡子，去清晰映出一切事物的面貌，映出一個個曼陀羅。但你要知道，映照得再清楚，你也不能說那個鏡子反映了眞實，彷彿在說那個曼陀羅就是本質。」

「等等，說慢一點，什麼本質？」

「我在說的，就是**空**。」

「……我只知道我的茶杯快空了。」

「不。當你的茶杯快空了，就代表它又能被填滿了。」

「達瓦。」多傑突然出聲。

「嗯？」達瓦看過去，多傑稍微皺眉點個頭。「抱歉抱歉，看到你來，我一時興起，說太多了，好像是我在教你什麼似的。」

「那倒還好啦，反正經過這幾天，我已經習慣當個無知者了。你今天說的這些話，如果我說都聽懂了肯定是騙人的。」

「你怎麼可以這麼有趣，哈哈。但是，有件事你要知道，我可一點也沒有把你當成無知者。」

「你的意思是？」

「你一定也帶了什麼來到這裡，不是嗎？」

「我反而覺得這裡，不只是貝圖寺，而是整個拉達克，帶給我的更多。」

「這兩者有什麼衝突嗎？」

「呃，是沒有。」

「那就對啦。」他拿起細長銀管，往他腿邊盛有許多小缽的托盤裡看，「伯鑫，你幫我拿那瓶白砂過來，就在那兒。」他指向另一張長几，上面放了好幾個半透明的塑膠罐。

「喔。」我找地方放下茶杯，走過去找了一會兒，「這一個？」蓋子是藍色的，從陰影看起來裡面大約裝了三分滿。

「對，就是那瓶。你眞是幫了大忙。」他把銀管擱在腿上，從我手中接過去。他邊哼歌邊倒出一些白砂到小缽裡，再從小缽倒進銀管。「幫我放回去，謝啦。」

多傑叫住我。他指向對面那名喇嘛身旁的托盤，然後叫了那名喇嘛。我沒聽清楚他叫什麼名字。那名喇嘛抬頭看向我，發現我手裡的罐子，比手請我直接幫他倒一些進小缽。他向我點頭道謝。

我蓋子還沒蓋上，從開口看進去，裡頭潔白得像是什麼都沒有。我聞到淡淡的顏料氣味，搖晃兩三下，傳出沙沙聲的同時手裡能感覺裡頭有重量在移動。是眞的有東西在裡面。我旋緊蓋子，放回原位。金屬共鳴聲從達瓦的座位傳來。他伏在高台上，左手拿銀管，右手銼刀，正爲紡錘狀的黑底砌上白邊。他還在輕聲哼歌。

「達瓦，你今天一開始問我在這個曼陀羅看到什麼，剛才，我突然有個奇怪的聯想。」

他暫停哼歌，上半身抬起來一點：「我在聽。」他又伏下身，繼續口裡與手裡的聲音。

「我覺得，與其說看到，不如說是聽到。我當然不是說眞的聽到聲音，而是一種……比喻嗎？這個曼陀羅，實在是色彩鮮豔到一種很吵的程度。」

「嗯哼。」

「我記得你說過，那五個顏色分別象徵五個不同的元素，是它們共同組成這個世界，就像，就我的瞭解，窣堵坡也是這個意涵。但是，眞的是顏色本身組成了這個世界嗎？」

達瓦停止哼歌，還伏在高台上。他手裡的嗡嗡聲弱下來。

「我是在想，如果這個曼陀羅沒有了顏色，變成一個白色的、或者說空白的曼陀羅，就算有內外之分，它還留下多少意義呢？顏色……眞的能組成這個世界嗎？還是它們只是一種我們用來體驗、描述、區分，並且賦予這個世界意義的方式？」

達瓦慢慢坐起來：「你在說的，是言語。」他仍注視著曼陀羅。

「言語？可能是吧，所以我才會覺得曼陀羅很吵。這麼多顏色，就好像一個個都在彼此交談，不斷產生新的顏色、新的意義。這可能不完全是你在說的，但我覺得，這好像也是一種合作？」

「伯鑫，」達瓦轉頭看向我，「說你是好奇的旅人，看來還小看你了。你說的這些話，哪裡像一個無知者呢？看來我有得跟你學呢，哈哈。」

「你這是在挖苦我吧。」

達瓦繼續大笑：「多傑，你說呢？」

多傑的進度比較慢，才要開始銼磨銀管。他看達瓦一眼，再看向我，眼睛笑得瞇了起來。

「看吧，連多傑都沒意見，你就知道我可是超級認真的。」達瓦很得意的樣子，「是說，你這幾天應該看到不少風馬旗吧。你注意過上頭的圖案嗎？」

「我印象中大部分是寫滿經文，然後中間有一匹……馬？是嗎？」

「沒錯，那匹馬，叫風馬。傳說中天地的守護神，就是騎著風馬在山谷間巡視，保佑人民免於災厄。所以風馬旗上的經文與五個顏色，就是象徵風馬帶著經文，傳播到整個世界。但它還有另一層意義。」達瓦喝口茶，「那匹馬，象徵了快速的轉變。」

「轉變？」

「或者說是一種轉化，一種循環。由惡轉善，由亂轉治，由凶轉吉。即使看起來像是靜止不變，截然二分，其實也是一直在移動的。當風馬旗隨風飄揚，就像你剛說的，色彩也在互相交談，並總在創造一些新的、不一樣的東西。快速的轉變，不做分別，那才是眞理，才能看見——最好的地方。」

「所以，」我想了一下，「我剛說的那些奇怪的話，其實沒那麼奇怪？」

見習。我又看向大雄的電腦。

大雄在椅子上往後轉：「腦波正常。」

「好。」雅慧簡短地說。

「那個，」我說，「大雄，等會記得最後特殊病人帶到一下，還有確認凱恩下次小兒科回診什麼時候。」

「嗯。嗯。」大雄在左手掌寫上小抄，上頭密密麻麻的字跡像是丁大的桌面一樣快要滿出來。

我繼續一一確認螢幕上雙數組的病人資料。新病人的，沒問題。郁璇的，也加上了新的主診斷PTSD。我發現大雄不小心把trauma（創傷）拼成truama，按幾個鍵迅速修改完畢——大雄的目光持續盯過來。

「怎麼了？還OK啊。」我看向他。

「呃，真的嗎？」

「只拼錯一個字算進步很多了。」

大雄搔搔頭。

「剩下我來就好，」我笑笑地說，「你去把今天要報告的病人再弄熟一點，特別是郁璇。」

「喔，好。」大雄站起來。後方傳來雅慧請總機幫忙轉接外線的說話聲。芳美姊似乎快結束了，電話另一端聽起來是朋城母親。我回過頭，芳美姊發現我在看她，向我笑了一下。從她的表情看來應該沒什麼特別的事。

「欸？郁璇還沒來嗎？」如盈雙手抓在門邊看進來，「丁大也在問了。」

我看向大雄。他站在病歷櫃前，搖搖頭。

「正在聯絡。」雅慧摀住話筒抬頭說。

「噢。」如盈看起來有些擔憂。「啊對了，伯鑫醫師、大雄醫師，中午不用買飯喔，有粽子可以吃。」

「今天這麼好？」大雄說。

「禮拜天就學測啦，要幫考生們加油一下。我們還有做狀元糕喔。」她恢復平時的笑容。

姵琪出現在如盈後邊，默默遞出一張紙。

如盈有點被嚇到，接過手。「寫完就趕快去烹飪教室了，過幾個月妳也要考高中欸。」姵琪板著臉轉身就走，如盈搖搖頭，「伯鑫醫師，麻煩你幫我把她考卷放我桌上，我還要回去——」

「丁大！丁大！丁大！丁大！」病人們興奮的呼喊聲從牆面對側傳來。

「就知道。」如盈笑著把考卷放我鍵盤上就小跑步回去了。

我的視線停留在門外。是怎樣，只不過包個粽子也能這麼興奮？我笑著站起來，將那張考卷放到如盈桌上。大雄認真地在位子上複習病歷。

芳美姊和雅慧幾乎同時間掛上電話。

「郁璇人還在機構，說大概中午才會過來。」雅慧說。

「有什麼狀況嗎？」我問。大雄也看過來。

「不確定。」雅慧看向芳美姊，芳美姊向她點個頭，「細節等一下開會再說。她的病歷……」雅慧頭轉回來。

「在我這。」大雄說。

雅慧嗯一聲，停頓一兩秒。「葉醫師，你有跟郁璇說你在這裡只到月底而已嗎？」

「呃，還沒。」

我注視雅慧臉上，但她沒有顯露明顯的情緒。

「……開會再說吧。」雅慧又說一次，然後從座位上起身。

我點點頭。大雄看向我像是想要確認什麼，我再點個頭。郁璇的母親是沒有再過來這裡騷擾了——如果我們被允許那樣說的話。很可能的原因是，在相隔兩個多月之後，社會局終於安排好下週一要進行首次的母女會面。時間有種在不知不覺中過去的錯覺，但目前，我們都還看不太到郁璇的出口，等一下的會議袁P不知道又會有什麼指示……

「鑫哥電腦借一下。」丁大進門在我剛才那台電腦前坐下。

「嗯？」我看過去，「你怎麼自己跑回來了？」

「有如盈在就OK啦。」

我走到他後方，螢幕上是他剛點開的寒假期間課表。「也對。比起來……如盈還是可靠多了。」

「謝謝你厚。」丁大回頭瞄我一眼，按下確認鍵，印表機開始從裡頭發出喀噠喀噠的聲音。「好啦，座位還你。」丁大邊起身邊關閉他那份文件。

我坐下來，一旁的印表機開始一張張吐出紙來，丁大趕在紙張掉下來前就搶先抽走。我笑著搖頭，丁大又碎念一句「怎樣啦」，我也回頭瞄他一眼，繼續將病人資料再做一次確認後按下列印鍵。

「——報告。」朋城拿著包到一半的粽葉出現在門外，短暫向我點個頭，「丁老師，這邊……要怎麼弄？」

丁大把那疊還是熱的課表丟到我手上。「剛不是會了？特別請你當小老師的欸。」他走過去，示範如何包起來，再拆開，又包起來，手法與他變魔術時一樣俐落。朋城搖搖頭又點頭。然後欣瑜也拿著粽葉過來了。她靠在朋城旁邊，專注地看向朋城與丁大兩人的手裡。

「你們在幹嘛，好慢。」凱恩的叫聲一路傳過來——他有些開始變聲了。

朋城和欣瑜的中間鑽出凱恩，他將粽葉戴在頭頂活像個印地安酋長，搖頭晃腦的同時粽葉跟著在朋城與欣瑜面前晃來晃去。朋城忍不住嘀咕幾聲，欣瑜被逗得發笑，跟著稍微蹲低一點身子，將她的粽葉在頭上比成尖翹的觸角。

「厚，專心啦你們。」丁大說。

他們一群人笑出來。

「算了算了，我過去再示範一次。走走走。」丁大像是牧羊一般把大家趕往烹飪教室的方向。

我從印表機上拿起剛印好的病人清單，一樣帶有餘溫。「大雄，病歷幫我拿一下。我們該去會議室準備囉。」我說。

「喔，好。」

大雄把五本病歷放下，按照床號依序在桌上排開。我把病人清單和丁大給我的課表分成兩疊，各有七張。

「給我吧？」芳美姊也走進會議室。

我點點頭。

芳美姊一張、一張放上會議桌每個人對應的位置。我確認大雄沒有拿錯或漏拿病歷。

「欸？會議紀錄表有拿過來嗎？」我問。

大雄啊一聲往外跑出去，差點撞到芳美姊。芳美姊看著窗外大雄一閃而過的身影在笑。

「葉醫師很可愛呢。」芳美姊發到我和大雄的座位這邊。

「對啊，」我說，「病人們也都滿喜歡他的不是嗎？」

芳美姊點點頭，繼續往會議室前方走。大雄拿著一張紙跑了回來。

「呦，動作變快囉。」我笑笑地說。

「學長別糗我了。」大雄看向前方，芳美姊正拿起板擦要擦白板，「啊，芳美姊這個我來就好。」

芳美姊回身點點頭，大雄接過板擦很認真地把白板上任何殘餘的字跡都擦乾淨。芳美姊站在旁邊看著大雄，大雄好像忽然意識到什麼，手停在半空，轉頭看向我和芳美姊：「怎、怎麼了嗎？」

芳美姊說：「突然有種……我們家小孩長大的感覺。」

「嗄？」大雄張著嘴。

「可惜你只剩最後幾天啦。以後，就不一定會再過來了？」

「這樣說我壓力很大捏。」他轉身繼續把白板擦完。

我在座位坐下，丁大抓著一堆文件進來。

「你們在講什麼？」丁大一坐，文件在桌面散開。

「就，芳美姊的媽媽經啊。」我故意不正經地說。

「媽媽經？」丁大懷疑地瞧向我。

大雄把板擦放好，芳美姊在側邊按下投影幕的開關。「是啦，」芳美姊也笑著，「是可以這麼說沒錯。如果我早一點生，你們的年紀都可以當我的小孩啦。」

大雄在我的右手邊坐下來：「所以，芳美姊這幾年一直都待在日間病房嗎？」

「嗯，從這裡成立以來，就是了。」芳美姊確認投影幕下降到正確的位置。

「好強喔。」大雄說，「光學長這個月比較少在這，我就快嚇死了。」
我說：「是有這麼誇張？」
大雄搔搔頭。
「我記得，這裡一九九九成立的？」丁大說。
「哦？你也知道？」芳美姊說。
「大學的時候聽過袁P演講，很有印象。」
「是這樣嗎？」芳美姊點點頭，看向門口，「啊，雅慧謝了，正想過去拿呢。」
雅慧端著病房的公用筆電進來，在她的座位放下。她好像在找什麼東西，丁大將放在斜對角的遙控器拿給她。雅慧拿著朝天花板上的投影機按。
「芳美姊，妳可以多說一點嗎？就是，當初這裡成立的事。」大雄一臉誠懇，讓我想起他和病人會談時的模樣。
「一定要逼我講古就是了。」
「蛤？不、不是啦。」
芳美姊笑了笑：「最一開始的部分，其實我也不是那麼清楚，幾乎都是袁P自己一個人在處理的，找醫院高層、找衛生局、找教育局，到處跑，到處找人，找錢，找地方。我也是被他找來的。那時我在急性病房待了有幾年，和他算是共同照顧過好一些困難的青少年，他說，想請我一起幫忙，我也不好意思拒絕。」
「不好意思拒絕？」我有些訝異。
「是啊，有點好笑呵？因爲說眞的，大家都不曉得袁P怎麼會突然想做這個。青少年日間病房，

他往右推一些，抬起頭，依序看向雅慧、如盈、丁大，確認每個人都與他有視線接觸，再跨到會議桌這一側的大雄，和我。

「今天，從誰開始？」

31

賈揚特站在車子側邊，拿抹布上下擦過擋風玻璃。他看到我從貝圖寺的大門走出來。

「要離開了嗎？」他問。

車子已經掉頭朝主要道路的方向，引擎蓋上放了一大瓶可樂，標籤是與袈裟同樣的紅色。「嗯，我們走吧。」我說。

他一手抓起寶特瓶，連同抹布一起丟進後車廂。「直接去喇嘛玉如？或還有任何地方想停？」

「唔，應該沒有。」我走到車子左側。該繼續前往我最後的行程了，把握所剩不多的時間。「賈揚特，」我的視線跨過車頂，「我可以換來前座嗎？」

他擺擺頭──他的英文沒什麼口音，我差點忘記他是印度人。他打開右側車門坐進去，我也上車。砰、砰兩聲，車門關上，他發動引擎。前擋玻璃被他擦得像是從沒這麼乾淨過。他剛才大概等得發慌了。

「到喇嘛玉如，大概還要多久？」我繫上安全帶。

「看情況。」他稍微左打方向盤，「三或四個小時。」

車子駛下斜坡，吹進車窗的風把熱氣帶走。他打了左轉方向燈，噠—嘚、噠—嘚，兩隻前臂靠在方向盤上，抹了髮油的後腦勺對著我。主要道路上的車子開得飛快，他抓住空隙，油門一踩切進去。

我們重回主要道路上。我跟著他稍微把車窗搖高，繼續或者說是再度遠離列城。

10：00。中控板上方有個電子鐘，時與分之間的冒號規律閃動。雙線的柏油路筆直往前，像是一堵鐵灰色的水泥牆，將貧瘠的土地切成左右兩半。山橫亙在更遠的地方，路邊每隔一段距離就出現盾牌形狀的黃色牌子。

「NH1？」我唸出上頭的字。前幾天好像也看過這個標示。

「一號國有高速公路。」

「我們是不是走過這條路，在健行來回的時候？」

「嗯。」

「所以我們會經過林——」

「林嗄不會。提密斯岡也不會。」前方的小巴看起來跑不大動，排氣管噴出一陣陣黑煙，他打個方向燈超過去。「它們不在這條國道上，只有喇嘛玉如有。」

「意思是，只要沿著這條國道就會到喇嘛玉如了？」

「對。」

我覺得自己可能在貝圖寺稍微耽擱了，但印象中這條路的路況不錯，時間應該不會是問題。車子幾次經過像是軍營的低矮建物，圍牆的缺口被拒馬擋住，匆匆瞥進去，一個人影也沒有。

「先生，」賈揚特看著前方，「我放些音樂？」

「請便。」

「當然，那是一年一度的慶典。」

賈揚特熟練地轉動方向盤，遇到轉彎也不大踩煞車。我分不出隨身碟裡的歌曲是不是從頭播放了，聽起來都差不多，經過的山路也還有些面熟。其實我不太懂一百二十多公里的路程怎麼會需要開到三個小時以上。

我感覺車裡沉默得有些久了。「這條路你應該開過很多次？至少這段路，光是載我來回，這算第三遍了。」

他點點頭。

「你……住在列城嗎？」我試著與他寒暄。

「只有夏天。冬天下雪，這條國道封閉，正常人不會想來的。」

「聽你的說法，你應該不是列城人？」

「不是。」

「你家在……」

「南方。沒有雪。」

「是嗎？」

他似乎沒想要繼續談這個話題。車子蜿蜒向前，他隨手往右一指說「往林嗄」，我沒來得及看到岔路。山路轉爲下坡，看起來確實我應該沒走過這裡——雖然我並不眞的覺得自己的記憶足夠可靠。

車裡再度沉默好一段時間。

「所以你每年夏天來列城，算是……工作？」

「就開車啊。」他說。車子減速，拐過一個大彎，印度河再度出現在左側一段距離之外。

「就，開車？」

「這裡夏天，人多，機會多。既然你不是佛教徒，你應該知道我在說什麼。」

「……嗯。」其實我不大確定。

「觀光。」

「噢。」原來是指這個。我想起德吉家裡。「不過，有那麼多遊客湧入，對這裡應該帶來很大的改變吧？」

「本來就會變。」前方柏油路面的顏色變得更深，看起來鋪好沒有太久。賈揚特趁直線加速。「就像這條路，以前也是絲路的一部份，我是指，很久以前。」

「是嗎……」

「你知道斯利那加嗎？」

「嗯？」

他問我是不是直接搭飛機到列城，我說對。「很多遊客都是飛到斯利那加，再搭車到列城，主要是為了適應海拔。你如果在我們旅行社有看到，那個地方有個別稱，叫人間天堂。」

「人間天堂？聽起來好美，真可惜我沒機會過去。斯利那加，它是在——」

「就在國道西端。」

「剛好在西端？這樣說起來，這條國道不也就像一條現代絲路，為了觀光而生？」

「你可以繼續那樣想。」

「嗄？」車子一顛，我的頭差點撞到車頂。我想起這輛車也是來自天堂——旅行者天堂。

「我說你可以繼續那樣想。」

柏油不見了。一個個三角錐排成縱列，黃土路面上滿是坑洞，車速一下子掉到時速十幾公里。前方出現好幾輛車，它們似乎沒在前進，煞車燈全亮著。我們也停下來。

「我不懂你的意思。」我說。

「你眞的想知道？」賈揚特看向我。

怠速的震動像在顫抖，與電子鼓的節奏扭打在一起。我點點頭。

他雙臂往方向盤撐直，上半身貼上椅背。「這條國道，從一開始就是爲了運輸軍隊蓋的，觀光是後來的事。」

「所以剛才路上，才會經過好幾個軍營？」

「不然呢？」

我又想起德吉家。「呃，現在的邊境是不是還不大安穩？我本來最一開始的時候有想去班公錯，但你們老闆……他是你們老闆吧？他說那裡太靠近邊界，我從台灣來，不能辦許可。」

「台灣？我以爲只有中國不能辦。」

旅行中實在不想面對這些。我向他聳聳肩。

「算了。你剛問邊境的事，除了十多年前與巴基斯坦打過仗，其他的我們一般人也不清楚。」

「你說的打仗，就是雪虎部隊嗎？」

「你知道？」他又轉頭看我。

「只知道這麼一點。」

他點點頭，像是想到些什麼，挑個眉。「駐紮在這的軍隊，雪虎只佔一小部分，全部的軍人加起來有數十萬那麼多。就像觀光，一樣的。」

「一樣的？」

對向搖搖晃晃開來四、五輛車，慢得像是隨時會熄火，賈揚特關上他那側車窗以免塵土飄進來。

「有那麼多人，就有那麼多錢。這個省的收入來源，除了觀光就是軍事。人間天堂？或許對某些人來講是。但你要知道，旅行社只會讓你看見天堂，不會告訴你什麼是人間。」

「……你的意思是，天堂只是一種表象？」

「我會說，那是想像，給外國人用的——不是說你。我載過一些西方的遊客，他們讚美這裡的純粹，說這些寺院為他們疲倦的靈魂帶來平靜。要那樣想也沒什麼不好，但那就是想像。」對向那幾輛車往後開遠了，前方車輛的煞車燈一個接一個熄滅。我們跟著起步。「先生，我可能說太多了。」

「不會。一點也不。」

路太顛簸，我緊抓側邊上方的把手，身體還是不斷被震起。如果一切只是想像。我們緩慢地駛進前一輛、或者是更前一輛車子揚起的沙塵。59。冒號還在閃動。00。十二點整。我感覺像是過了一個世紀那麼久，好不容易駛出交通管制區域才想放手，又一顛害我往左撞上車窗。

「我們或許會晚一點到。」賈揚特說。

我重新抓住把手。

「不過，也還好，至少沒碰上更大的封路。」

「更大的封路？」

他似乎不覺得這樣的顛簸有什麼阻礙，只用右手虎口扣在方向盤下緣。「當發生衝突。」

「是說像……邊境情勢不大穩的時候？」

「很容易這樣想不是嗎？」他輕笑一聲，「你以為那麼多軍人在這，都是為了對抗中國與巴基斯坦？邊境的事我們或許不清楚，但境內，藏不住的。喀什米爾人與拉達克人，伊斯蘭與佛教，都是衝突，看你運氣好不好有沒有碰上而已。你不是本地人，不是佛教徒，我也不是，所以我們才能在這裡說這些。我說，在這個想像的天堂裡，表象是和平，另一面就是衝突。那才是眞實。那些喇嘛總說什麼慈悲、平靜，說得好聽，當然沒人反對。我是不信那一套。成天待在寺院裡，還眞以爲能理解這個世界是什麼樣子？」

他說得太白，我突然不知道怎麼接話。我怎麼會以爲我也眞的理解了。

擋風玻璃漸漸變髒，有幾次遇到只容得下一車寬的便橋，開上去時車底與兩側共振出巨大的金屬聲。喇叭持續放送舞曲，像是讓人能看見各色紗麗在旋轉、躍動，我感到有點暈。印度河在公路左側時隱時現，每次現身時河面似乎又離我們更近一點。出發到現在已經快三個小時，這確實是幾天以來我所前往的最遠的地方。河面又出現，我眼前忽然閃過台北盆地裡基隆河的畫面。

柏油路重新出現，賈揚加速跟上前車，打了幾次方向燈但始終超不過去。更前頭的車開得太慢了。

他的手指在方向盤上敲打。

「你準備一下護照。」他說。

我問他怎麼了，他說等一下會用到。我從腳邊拿起背包，在最裡層東摸西摸，拿出護照時一張白色小卡片掉到座位下方。是卓瑪留給我的那張。我稍微往前撐開安全帶，彎腰想撿起來——

「先生。」

我捎住小卡片，趕緊坐直回來。他比向左前方：「你得在這下車。有看到那棟建築物嗎？」是一棟平房，側面望過去只有一扇窄小的窗。我嗯一聲。沿路過去停了一輛白色房車、銀色廂型車以及兩輛以帆布覆蓋後邊的大卡車。「拿好護照，進去那棟建築物。我會在前面一點等你。」

「這是安全檢查或什麼嗎？」

「例行常規。」

我把背包放回去，下車。坐車坐太久我感到有些腰酸背痛。我經過廂型車旁邊，車身的黃沙看起來鋪了好幾層。它不是「拉達克假期」，說不定他們早已抵達喇嘛玉如了。希望這裡不會花我太久時間。

房裡有兩名警察坐在桌子後方，其中一人向我招手。「朱雷。」我說。他指向我手裡的護照，我遞過去。他盯了護照封面四、五秒，打開來，轉九十度，眼神冷冷地在我臉上與護照裡來回掃。他往後快速翻幾頁，又回到前頭有照片的那一面。他拿起原子筆，將我的資料抄進冊子。他闔起護照：「喇嘛玉如？」他也知道我要去喇嘛玉如。我點點頭，他把護照還給我。

「這樣就好了？」我問。

警察手一揮，繼續低頭寫字。

我走出門口，賈揚特把車子開到更前方了。我發現再往前出現兩條岔路，一座窣堵坡立在路口。賈揚特靠在車邊遠遠叫我。我在發什麼呆。我要去的地方就是喇嘛玉如沒錯，賈揚特會繼續載著我往前的，不用多想。我快步坐上車。

賈揚特說：「沒問題吧？」

「沒。」車子再次駛動，「我可以把護照收起來了？」

「當然，你不會再用到它。」

我謹慎地收好。不能再犯頭一天在德里旅館退房時的錯誤了。我順便確認卓瑪的小卡片也還在。

13：12。賈揚特開上左側的那條路，窣堵坡在窗外一閃而過。

「喇嘛玉如……快到了嗎？」我開始有點擔心。

賈揚特擺擺頭。

印度河再次出現。更近了，看得出水流湍急，水波來不及拍打成形就已經碎裂。我把車窗搖下來一些，開始聽見河水聲與公路同樣往前奔。地鳴般的低音從前方隱隱傳來。

「媽的。」賈揚特突然罵出聲。我轉回頭。他緊皺眉，好像丹增。「抱歉先生，我們不走運。」車子慢下來，「看。」

公路開始更往河谷下坡，往前整路都是車，高高低低的像是一條斑駁的長蛇。最遠處一個左彎，接上橫跨印度河的鐵橋，一輛墨綠色的軍用卡車剛好從對岸駛上來，把橋面整個佔滿了，後面緊接一輛又開上來。我們往前一小段距離，在車陣尾端停下。我發現對岸的公路上全是軍用卡車，串連成一條墨綠色的龐然大物，看不到盡頭。它們發出的轟鳴聲充斥在河谷兩岸。

「這要等，你得有耐心。」賈揚特直接將引擎熄火，車子死了一樣動也不動。他半轉鑰匙，音響又打開。外面太吵只有高頻的音色片片斷斷跳出來。

「車窗。」賈揚特配合手勢要我把車窗搖高一點，「ＯＫ。」音樂聽得清楚一些了。

「賈揚特。」

「嗯？」他雙手交疊，伏在方向盤上，往我這側的車窗望。他可能還試圖要尋找那個墨綠色怪物的尾巴。

「我一直在思考，你剛說的那些話。」

「什麼話？」

「就是你說，關於和平與衝突等等的。」

「嗯。」他發出簡潔的一聲。

「你覺得……這裡會有解決之道嗎？」

「解決？你問錯人了。我不是官員，也不是喇嘛，那不是我關心的事。我活在這個世界。這就是現實。衝突也是現實。」

「所以我也可以說，你活在衝突之中？」

轟鳴聲更大了。「我活在衝突之上[13]。」

「之上？」

「沒有衝突，人們還會想來這個人間天堂？」他好像以鼻子哼笑，但逼近的轟鳴聲連音樂都要吞沒了。「窗戶——快關上！」

我趕緊搖上車窗。賈揚特身子壓過來把車窗關到最緊。領頭的軍用卡車挾帶黃沙朝我們過來，車內一下子沒有空氣流動，他把他那側的窗戶也完全關緊了。沙塵愈漫愈高，從擋風玻璃，覆上側邊車窗，我愈來愈看不見。喇叭像是失去作用，我只聽見外頭的咆哮聲。又更多黃沙疊上來。是第二輛卡車。碎石從側邊襲擊，劈里啪啦敲打在車身上。一陣剛過去又一陣逼來。窗外什麼都看不到，電子鐘的冒號持續閃動。好悶，氧氣快要吸光了。我看向賈揚特，他直直望向前，臉上沒有一點表情。他側頭看我一眼，沒有反應，又繼續往前看。

轟鳴聲的重心似乎移到後方了。窗外的黃沙沉下來，我們這條長蛇的最前方開始移動。最後一輛卡車從旁邊開過去。１３：４４。我確認這首曲子有聽過，究竟循環播放幾遍了。

---

13 活在衝突之上（live on the conflicts），意思是以衝突爲生。

賈揚特把車窗打開一些縫隙，一點新鮮空氣進來——只有一點。

我猶豫了一下。「賈揚特，我可以知道……你是怎麼會決定來這裡開車嗎？」

他發動車子，音樂中斷半秒。「人們都這樣做。」車子在音樂聲中恢復持續震動。

「那，你自己呢？」我繼續問。

「我自己？」

前車往前開，兩側輪胎捲起一點黃沙。「我是指，這是你想做的事情嗎？去成為……一個司機？」

「我說了，人們都這樣做。」他踩下油門，我們也緩緩起步。「過了河就快到了，你的目的地。」

車子下坡，轉彎，依序駛上橋面。猛然一個顛簸，後車廂砰一聲，緊跟傳來液體晃動的悶聲。我差點以為我們要摔落河谷。

32

我正要推開大門——

「晚上公會活動你有要——」哲崴迎面整個人撞上來。好痛。「啊，對不起，醫生對不起。」他連續鞠幾個躬，臉色比平常更蒼白了。

「沒事。」我說。

啓閎站在哲崴側後方，小聲說了句「醫師好」。

「快回家吧，都過五點了。」

「好，醫師再見。」「醫師再見。」他們邊喊邊往山下走遠。

我有些羨慕起他們。寒假出院，開學了再住院，放學時間當然也就放學回家了——我還不行。我揉一揉下巴，再次推開大門。

大教室裡只有如盈一個人。

她坐在哲崴的座位旁，低頭在看幾份文件。教室顯得比平常暗一些，天花板上的燈管只留下三分之一還亮著。

「嗯？伯鑫醫師？」她抬起頭，語調有些訝異，「你怎麼會現在……」

「來補紀錄的。」下午好不容易才補完急性病房幾個新病人的紀錄，農曆年假累積的待辦工作還是和山一樣多。而且，評鑑的日期正式公布了，就在兩週之後。

「辛苦了。」如盈向我微笑，非常能同理的樣子。

我也向她無奈地笑。

雅慧一個人在辦公室裡。她在病歷櫃上立起一個個黑色資料夾，都是評鑑的相關文件。她可能沒看到我，沒與我打招呼，轉身在先前大雄的座位上不知道整理什麼。牆面另一側的小教室也亮著燈，我從背影認出與芳美姊斜坐的是宇睿。他們怎麼會在這個時間會談。

「那個，」如盈站了起來，「芳美姊和宇睿應該快談完了，他們進去一段時間了。」

我點點頭，轉回視線，瞄到她面前那幾張應該是學校發來的公文。「宇睿怎麼了嗎？」

「是還好。主要是……」如盈回頭看了辦公室一眼，「欣瑜媽媽打電話過來，說她發現宇睿這陣子一直傳訊息騷擾欣瑜，希望我們幫忙處理一下。」

「欣瑜媽媽？」我感覺不太對勁，「她什麼時候打來的？」

「下午。」

她不是一早才自己特別來過病房一趟？如盈又回頭看辦公室一眼。我更疑惑地看向如盈。

「喔，沒事。」她笑著搖頭，「我只是在想，讓雅慧直接跟你說比較清楚。下午電話是她接的。」

「嗯，當然。」

一早我忙著和剛轉來日間病房見習的新病人會談，只在欣瑜母親離開前和她簡單打了照面。和我印象中一樣，她與欣瑜長得眞的像極了，微笑時嘴角的弧度像是練習過那般剛好。雅慧是在事後轉告我她與欣瑜母親談話的內容，說母親非常滿意開學這兩天孩子都能回到原班，所有母親談到的都是好事。我想起第一次在小兒科病房見到這對母女，還有袁P幾次門診中她們的互動。沒關係，媽媽陪著妳。母親總這樣握住欣瑜的手說。

「不過伯鑫醫師，你最好……改天再問。」如盈說。

「嗯？」我回過神。

「雅慧後來和丁大，」如盈指向電腦教室，「有點……爭執？」

丁大起身坐到另一台電腦前繼續操作。原來他也在加班。「……喔。」我看回如盈臉上。

「應該不是什麼太大狀況啦。」她像是急著要辯解什麼，「他們本來，好像是在討論郁璇的不自傷行爲約定什麼的。」

「那個過年前開會，大家不是討論過了？」

「對啊，不過，我也沒完全聽懂，他們就說到什麼拯救者、受害者的，一開始好像還好，後來雅慧說要丁大注意不要被病人操弄，丁大就有點，怎麼講，」如盈露出爲難的表情，「克制自己不要生氣的感覺？我還是第一次看他那樣。」

丁大……克制自己？我停頓幾秒。「我知道了，我……會再找時間瞭解。」總之還是得一件一件事情來。我向如盈笑了一下：「我先去忙了，那個，紀錄眞的超多的。」

「喔，對啊，過完年又剛開學眞的很……」如盈也向我笑。

我往辦公室門口走，窗戶對側的雅慧拿著一本資料夾在電腦前坐下。她似乎是眞的沒注意到我。

「那個，伯鑫醫師？」如盈忽然從後方又叫住我。

我回過頭。她面朝我，眼神有些游移。

「唔，你們有考慮，讓郁璇……先去住急性病房嗎？」

「嗯？」

「不是，因爲……」

我等待好幾秒，但如盈沒把話說完。「沒什麼狀況的話，我們應該，還是會先在這裡hold hold看。」我說。

她尷尬地笑了，一隻手按在脖子與臉頰側邊。「也對，我在說什麼，上次開會也討論過的。」

——但後來郁璇與母親會面了。大雄與我交班時轉述了郁璇的說法：郁璇母親持續指控，是她毀了這個家。辦公室裡傳出印表機細瑣但刺耳的聲響。

「我想，唔，去年應該八、九月嘛，那時候她自傷的狀況也有處理下來，這次……應該也沒問題的。」我像在說給自己聽。

如盈嗯一聲，又向我微笑。

藥物已經照袁P的指示調整，病房安檢與行爲約定也確實由雅慧執行，並規律與我交換意見。社會局的社工說她的性侵官司應該近期就會開庭，但現在我們也只能先繼續觀察，或者說忍耐她起伏的情緒與間斷出現的自傷行爲。辦公室與電腦教室的亮光像是從左側與後方將我包夾。我想起今天一早的向日葵團體，郁璇那總像在譏諷著誰的語氣。

「如盈，我還是先……如盈？」

她好像在恍神。我朝她走近幾步，她看過來：「嗯？」

我猶豫要不要追問，但還有那麼多積欠的紀錄……

「沒事啦，」她說，「你不是還要忙？你快去處理，我把ＩＥＰ的資料弄一弄也要來離開了——」

「妳在……想什麼吧？」

她愣了一下。「哎呀，都是大雄醫師不在了，我們才要在這邊煩惱這些。眞是的，住院醫師爲什麼一年都只有四個月啊？這樣你們當 fellow 的也眞的很忙，你看你還要負責急性病房，剛好又剛過完年——」

「妳擔心，郁璇自殺？」我怎麼還是說出口了。

如盈看向我，笑容僵在一半。

辦公室裡又傳出印表機運轉的聲音。喀噠、喀噠。我吞下一口口水。「……當年那個女同學，是不是差不多……就在這時候走的？」

她繼續看向我。

幾秒鐘過去。

「……我不曉得你知道。」她的聲音隱約在發抖。

「嗯。」我稍微避開她的眼神，「朋城，之前跟我提過。」

「是喔……」

遠遠傳來印表機嗶嗶嗶嗶的四連音，規律地響了三、四回。

然後就什麼聲音都沒有了。

「伯鑫醫師，」她聽起來比較鎮定一些，「你這幾年，有你照顧過的病人，後來，自殺走了的嗎？」

我沒預期會被她反問，過了一會兒腦中才閃過幾張模糊的面孔，男生，女生，還有他們的父親、母親或曾經陪同就醫的其他家人……我點點頭。

如盈也點頭，垂下眼神。我感覺沉默得有些難受，正要再開口——「我和那個同學，那時候還滿常在一起的。如果眞要說，她和現在的欣瑜有點像呢。」

「啊？」

「就是……都漂漂亮亮的，很乖、很溫柔，當然，也就很討大家的喜歡。我記得我剛來這，還在暑假吧，有次烹飪課臨時缺材料，就是她主動說要和我一起去買。本來我一直以爲她就是一個，很一般的女孩子，就是那種你會覺得說怎麼會出現在這，這裡是醫院耶？一直到那次一起出去，和她比較有機會單獨聊，才知道她其實，」如盈笑了笑，「怪怪的。是好的那一種。就是有時突然會很跳tone，好像沒什麼能眞的約束她一樣。」

「呃，是嗎？」我愈來愈不確定是否要繼續在大教室裡和她談這些。

她帶著一點微笑地點頭。「我有跟你說過，我大學是念幼教的嗎？」

我延遲一兩秒，搖頭。

「其實大學的時候一邊念，一邊在後悔爲什麼要選幼教，畢業後也沒去實習，後來是迷迷糊糊應徵上這裡。呵，誰知道三招會只有我一個人報名。所以說眞的，實在不曉得要怎樣和這邊的青少年互動才不會出錯。一直到和那個女同學比較熟之後，有次，也不知道自己哪根筋不對，就突然問她說，妳會不會覺得這裡很煩啊，醫師、護理師、老師，人一直換，但都在問妳差不多的問題。結果她說，至少和我不會啊，她可以感覺到我是眞的想聽她說。那時候我就有點嚇到嗎還什麼的，就回她說，和妳說話很有趣啊，不然大家怎麼都會喜歡妳。她回應我的，卻是我想都沒想過的回應。她說，」如盈停頓一下，「她從不覺得自己是個有趣的人。」

「有趣的人……」外頭的天色似乎更暗下來了。

「嗯。她跟我說那些的時候，一方面心裡滿感動的，有種，好像自己眞的成爲一個老師那樣。但另一方面又覺得，其實我也……」

辦公室裡好像有人在走動。我轉過頭，雅慧正好走回病歷櫃，看到我向我點個頭。她繼續整理資料夾，「醫療品質及病人安全」，側邊寫著幾個大字。我頭轉回來，忽然有種自己像是在與病人會談的錯覺——我在想什麼。如盈如果不是信任我哪裡會跟我說這些。

「那，後來呢？」不要多想了，「她是怎麼會……」

如盈想了好幾秒，搖搖頭。

「嗯？」

「那陣子，病房狀況滿多的，可能是有些影響。但，不確定。因爲她家裡，她爸，好像也有些狀況……」如盈愈說愈遲疑。

「……妳指的是？」

如盈沒有出聲。

我想起郁璇被安置那天如盈在辦公室裡的反應，不自覺也低下頭。

「事情發生的那一天，剛好是年假放完回來開工的第一天，辦公室裡我們每個人都忙死了。很反常地，她沒有準時出現在這。之前她一直都是班上最準時的那一個。當下我們也沒有立刻去聯絡，想說剛收假，一般外面學校那時間也還在放寒假，很多人也都遲到或請假。然後我就接到她打來辦公室的電話。她說，她想和我說謝謝，說這半年多和我聊得很開心，很高興……認識我。我也沒意識到她怎麼會突然說這些，也完全沒有別的徵兆啊什麼的。過年，大家不都一家和樂到處出去玩嗎，能有什麼。於是我就很簡單地回說，趕快過來了啦，說什麼謝謝，又不是不會再見面。」如盈停下來。

我抬起頭，落地窗外的天光幾乎完全消失了，如盈的眼角泛著淚，臉上卻保持微笑。

「其實……也就是這樣，也沒什麼。我常告訴自己不要再想啦，一直想這些幹嘛，都過去了，也不可能眞的再重來，就，不要再想了嘛。但要是、要是有一天，我眞的把這些都忘了呢？」

那幾張臉孔再度閃過我腦中。他們是叫什麼名字？爲什麼想不起來？明明是我曾經照顧過的病人。努力想啊你。在診間裡，在病房裡，對，那是我最後一次見到他，還有她。可是那時我到底做了什麼……

「啊，伯鑫醫師對不起。」如盈有些慌張地說，「你一定累了，我還這樣只顧著說自己想說的，眞的對不起。」

「呃，不會。」

她笑了一下：「反正我相信，有你在，郁璇一定會好起來的。」

「嗯。我們……一起努力。」我笑了一下，卻感到莫名的心虛。希望如盈不至於察覺。

「那就後天再說吧，趕快讓你去忙了。你明天應該沒空過來，都在門診？」

我點點頭。

「那個那個，」如盈比著手，「學測啦，我怎麼突然忘記。明天就要公布成績了，我中午聯絡你好嗎？這樣剛好後天你就可以和朋城聊一聊。今天上午你走之後他還特別來問我你今天會不會再過來呢。你們應該有好一段時間沒好好說到話了吧？」

我嗯一聲。原本三週前該要會談的那天，我臨時被要求參加評鑑的宣導會議而不得不取消。朋城那時說沒關係，反正他也剛考完，沒什麼事。然後，就過年了。

「太好了。希望朋城也能像欣瑜一樣，順順利利回到學校呢。」

教室前方一張張空蕩蕩的桌椅像是要沒入黑暗。我慢了半拍，再嗯一聲。

朋城低著頭，認眞思索的樣子。

立燈已經點亮，我將筆記本拿在手裡，一切像是與之前沒什麼兩樣。剛才會談的開場，「最近都還好嗎」，我是這樣問他——儘管我不太確定他會怎麼理解我說的「最近」。

「……不知道欸。」朋城看向我，忽然視線往我的腳邊移。「那個，」他指過來，「你好像什麼東西掉了。」

「嗯？」我低下頭。是上午發的病房火災小卡。「RACE」[14]，口訣就這樣被我背下來了。一切都是爲了評鑑。我撿起來放回口袋，向朋城笑一下。

他搖頭示意沒什麼。

我們沉默了幾秒。「唔，你剛說……」

他重新看向我：「噢。就，本來有很多想說，但，不知道……」他皺著眉頭，「醫生給你問好了。」

「我問？」

「嗯。」他臉上沒有特別的表情。

我想了一下。「那麼我們就……隨意聊聊？」

「嗯。隨意聊聊。」

隨意聊聊。

學測成績公佈了。昨天如盈在電話中難掩失望，我想我多少也有一些，就像知道他特殊考場申請沒過時那樣，情理之中，但意料之外。還是先別問這個好了，我不想讓他感覺彷彿那是我最在意的一件事。

「上禮拜過年呢？過得如何啊？」我盡可能讓自己聽起來是輕鬆的，「難得的九天連假呢。」

「呃，是啊。」

我看著他，以眼神示意他可以多說一些。

「是還不錯，至少，每天可以睡到自然醒。」

我笑一笑。「還有呢？」

「唔，」他似乎不是太專心，「其他，就人比較多吧。」

「你們在台北過的？」

---

14 RACE，醫院或機構中發生火災時緊急疏散的建議流程，R（Remove／Rescue，將病人移出著火的區域）、A（Alarm，啓動警報及警示周邊的人）、C（Contain，人員撤離後關門將火侷限在區域內）、E（Extinguish／Evacuate，滅火或疏散）。

他搖搖頭：「我媽帶我回外公外婆家，舅舅也住那附近。有幾天我阿姨也有回去，還帶了幾個表弟妹。」

「好像都沒聽你說過這些？」

「也……不熟吧。」他說得有些猶豫，「表弟表妹都還很小，講不了什麼話。那些長輩又……」

我注視他好幾秒。「又……」

「反正，一年就見這一次。現在也好一點了。」

「是。」我有些好奇什麼叫做「好一點」，但他似乎沒有想要多說的意思。今天的他甚至不太與我有眼神接觸。

隨意聊聊。

我想起一年見一次的另一個人。「你的……爸爸呢？」

朋城看向我。

「你之前不是說，他有跟你電話聯絡，會帶你去一日遊？」

「那個喔，就小年夜那天，跟以前也差不多。」他視線轉回去，眉頭又稍微皺緊。他忽然搖頭：「醫生對不起，我今天腦袋很亂，我不是、不是故意要……」

「沒關係。眞的。一開始我們不就說了，今天就隨意聊聊？」

「……嗯。」

「嗯。」

晤談室裡又回到沉默，但至少他的神情看起來有稍微安定一些。外頭傳來一聲尖銳的麥克風殘響。開學第一週的作文課，不知道如盈是否有因爲學測結束而做任何調整。

我想我還是開口問吧。

「你在心煩……學測的事嗎？」

他稍微仰頭，眼神卻沒跟著抬起。「一部分吧。」

「嗯。」或許節奏要更慢一些，「嗯。」

其實朋城的表現不能說是太差，略低於均標的總分，如盈說以她這些年來在這裡的經驗，朋城算表現不錯的了。只是我們都沒想到朋城的國文分數只有這樣——就像我們也沒料到宇睿會成爲表現較好的那一位。

「不過就像如盈老師說的，就……」朋城聳聳肩，「繼續加油，備審資料好好弄，機會還是有的。下個月，也還有身心障礙的甄試可以考。」

我點點頭。他將身心障礙幾個字說得平淡無奇。本來也就應該是這樣吧。「前面，還有很多要繼續面對的？」

「嗯。」

「你自己呢？怎麼想？」

「我？」他好像有點驚訝。

「昨天公布成績的時候，還好嗎？」

「算……還好，心理也不是沒有準備。」

「嗯哼。」

他側頭，望向對側牆面：「反而是我媽吧？昨天回家她還鼓勵我說，有努力就好。她明明很失望的。」

「哦？」

朋城抓一抓頭髮，深吸口氣，沒說話。

他手放下的同時神情沉下來。

我感覺氣氛有一些悶。朋城會不會也看出我和如盈的失望？雖然我們沒說，而他……也沒說。我感覺今天他好像一直想要表達什麼，他的表情、說話、肢體動作，但又，沒有了。「人間愉快」，我腦中出現這四個字，今年學測的作文題目。如盈說她猜測朋城是因為這樣國文才會失常。那麼我眼前的他，又是因為——

「就這樣開學了。」朋城淡淡地說。

我想起半年前的那次開學。他果然還是對自己感到失望的吧，考試也好，學校也好，他都沒能……

他嘆口氣：「不太習慣。」

「嗯？」

「就，現在欣瑜，比較少在這。」

「你是指，」我沒讓訝異的情緒太表現出來，「欣瑜這學期，開始返校的事？」

「……嗯。不過我是很開心啊，」朋城突然加快語速，「她能成功回學校，就很棒啊，你們一定也都這樣覺得不是嗎？可以進步這麼多。」

「呃，是啊，當然。」

「對啊當然。」

我忽然有種我真的在與他共謀什麼的感覺。怎麼回事。

「其實，欣瑜這陣子也比較願意跟我聊到她回學校的事。聽起來，就跟我差超多啊。她媽不用說，什麼都很支持，跟她說要什麼時間回學校、要不要進班、要待多久，都沒關係，還說跟班導、資源班老師也講好了，大家都會包容她，叫她放輕鬆就好，不用急。」

我點點頭，那些都是上次開會後團隊合力做的準備——那時大雄還在這，欣瑜也非常配合。

「我也是跟她說，都好，只要她覺得OK就好，反正我，」朋城臉上閃過笑容，「我都在這。」

「你都在……這？」

他過兩秒，補上另一個有些勉強的笑容。「反正，就很爲她開心。她還真的連輔導室都沒去就直接回原班了，開學這幾天都是欸，就，很不錯啊。」

「嗯。嗯。」我在想該怎麼多問進去一些。

「而且那樣對她，應該也比較好吧？」

「嗯？你有特別指……什麼嗎？」

「呃，醫生你這幾天，應該還沒和她會談？」

我遲疑了一下。「是還沒有。」

「也是。」

大雄離開之後，現在我就是欣瑜在這裡主要的、甚至可以說是唯一的醫生了。這幾天她都是直到下午三點才照約定從學校回來這裡，我不是在門診，就是被困在急性病房。

「那你們有知道，宇睿這陣子，在網路上……騷擾她的事嗎？」他的語氣有些保留。

我再度遲疑一下。「這個……有。」

他點點頭，像在想些什麼。「唉，」他像是下定什麼決心，「反正宇睿就很白目啊，都知道我和欣瑜在交往了，之前還好一點，想說只針對我一個人就算了。最近，不知道是考完試還怎樣，又開始對欣瑜死纏爛打。如果欣瑜在這邊時間更多的話不知道會怎樣。他真的完全沒在管別人的欸。」

「好像……是可以這樣說沒錯。」

「然後欣瑜這次竟然說，算了，說反正只是網路上，沒真的發生什麼事就好，也不想讓別人知道，尤其是大人。欸，你不要跟欣瑜說我有說喔，我有答應她不要跟你們說的。你們應該也是聽宇睿自己大嘴巴吧？我看芳美護理師剛好前天放學留他下來講話。」

「呃，是啊。」我有種不大好的預感。

「這件事你就當作沒聽到好了。主要還是郁璇啦。這我就一定要說了。她最近是不是真的要發病啊？不知道在幹嘛欸。」他變得有些憤慨，「以前偶爾才看到她在FB社團裡貼文，最近愈po愈多，前天晚上還一連寫好幾篇，一篇比一篇誇張。」

「嗯？」我心中的不安變得更加明顯，「你可以多說一點嗎？」

「就很酸啊，我看了都覺得很不舒服。像什麼，只要媽媽來病房就可以了，真棒，愛去哪就去哪之類的。還有什麼，撥一撥瀏海，不帶走一片雲彩。還押韻咧。就很明顯都在針對欣瑜啊，還有些更……」朋城抖起腳。

「更？」

他快速搖個頭。「底下，也沒人敢回，就晾在那。」

「嗄？沒人刪嗎？」郁璇到底還寫了什麼。偏偏沒有工作人員在那個社團裡面。

「通常是不會，但這次真的很扯，昨天下午欣瑜回來這邊的時候，連姵琪都在跟她問這件事了。姵琪欸，她從來都沒在管班上任何同學的事的。欣瑜當下還有辦法笑笑地回她我都覺得……」朋城倒抽一口氣又搖頭，「後來晚上我跟她講電話，我跟她說還是要去解決吧，宇睿的事不說就算了，郁璇這個，就，不對啊。看是要跟老師說、跟雅慧護理師說，還是直接和郁璇面對面講清楚都好，她不想講，我幫她說也可以。重點是要處理，總不能讓郁璇一直這樣？要是變更嚴重怎麼辦？」要是她更嚴重怎麼辦。「但欣瑜就還是回我說，沒關係，她覺得還好。我就不懂啊，之前她說被郁璇針對的時候我還覺得是她想太多，現在都這樣，反而說還好？她明明一直就最在意別人會怎麼看她，我們也不是第一天在一起了，她很明顯又開始在焦慮啊，我怎麼會不知道？」我怎麼也不知道。「也不是說我一定要她怎樣什麼的，但就、就……講到後來，她就突然岔開話題，說她發現好多以前感覺班上比她混的同學，現在都變認眞了。她說，她要更努力一點才行，還說我不是也要申請大學嗎？就叫我，不要再想那些了。」

不要再想那些了。我的腦袋開始混亂起來。我們怎麼會談到這裡來的？宇睿，郁璇，欣瑜，感覺過了個年這裡每個病人都有狀況，急性病房的新病人也還沒穩定下來，還有那該死的評鑑……

「朋城，我感覺今天，怎麼說，我們好像一直在說……外面的事？」

「……嗄？」他露出錯愕的表情。

「我的意思是，」我更加皺眉，「或許，比起外面那些事，我更在意的，是在這裡面的你？」

他繼續看向我。

「怎麼了嗎？」

他不預期地苦笑一下。「因爲本來就是有外面的事啊。」

我被他看得心底冒出一股罪惡感。我剛是說了什麼。我以爲我在說什麼。

他轉過頭。過幾秒，換我低下頭。我發現筆記本裡郁璇的名字剛被自己下意識地反覆圈了好幾次。

不行，等一下還是得去處理她 FB 上那些留言的事。還有欣瑜，晚點等她從學校回來——

麥克風的聲音傳進來。

又是宇睿？隔著門我片段聽見他說的一些字詞，但完全無法拼湊出他在表達什麼。我看著門像是在發愣。

「……其實，我很羨慕他。」

我的目光移回朋城身上。他像是看向牆角。「呃，你說的他是？」

他抿了一下嘴。「吳宇睿。」

宇睿的大嗓門繼續咿咿啊啊地傳進來。

*他只是害怕被人忽略而已。*前天傍晚芳美姊和宇睿會談完之後這樣告訴我。我腦中忽然又閃過那幾張被我遺忘姓名的面孔，在診間裡，病房裡，畫面像是變得更清晰了，他們一個一個張著嘴在說話，但還是沒有聲音。

朋城忽然低著頭又笑一下：「結果，反而今天一早想通了。」

「……嗯？」

「我的小說。」

「是？」我感覺有些迷失。

「就過年的時候，也不能做什麼，也不想念書，沒事，就自己在那邊東想西想，想說情節可以怎麼設計。其實……也是老哏，就是讓男女主角在一路的旅程中逐漸認識對方，愈來愈在乎對方，然後，慢慢喜歡上對方。我就這樣想了一些自己覺得可能還算有趣的橋段，但就覺得，很淺。後來就想，男主角不是一直想解開他體內的鎖鍊，去操控因果業力，讓災禍不再發生？那麼，女主角必須要扮演當中的關鍵。我得設計一些**什麼**，讓他們更羈絆在一起。我一直想一直想，都想不出來，一直到今天早上。」他語調接近平板地說。

「你想到了，那個**什麼**？」

「嗯。」朋城點點頭。「男主角到最後終於發現，他那個想要解開鎖鍊的執念，正是傷害女主角最大的因。但也只有傷害女主角，才能帶來解開鎖鍊的果。」

我沉默好幾秒。「意思是？」

「……**他永遠無法避免傷害**。」

「避免，傷害？」

他點個頭，終於抬眼看向我。他很快又轉開視線。

我也將視線轉開。

我注意到窗簾與牆面夾縫處的陰影，呈現出不規則的波浪狀。那是一條黑色的、深不見底的河流。

33

車子開上對岸。

前車一輛輛加速駛遠，山路太多彎，很快前方再也看不到其他車。我原本以爲賈揚特開得還算快的。灰底的電子鐘顯示１４：０９。恐怕要兩點半才會抵達喇嘛玉如了，比預期晚得太多。灌進來的風帶有一絲冰涼的水氣，我從車窗探出頭，對側的山壁垂直往上看不見頂端，底下河流鑽在裂縫裡，往來時的方向逆流而去。

「這條……還是印度河嗎？」我問。

賈揚特緊盯前方：「不。印度河是剛才橋那邊。」

「所以它叫……」

連續上坡，引擎發出費力的聲響。「它沒有名字。」

「沒有？」

「就是條無名支流。」

車道接近九十度右彎，我們離開河谷轉往山裡。賈揚特不知道爲什麼把音響關掉，只剩下引擎聲與繼續灌進車內的風聲。他將他那側的車窗開到最底，右手肘靠在上面，伸展肩頸幾次。我拿出水來喝，空氣乾得我嘴唇像是快要裂了。我擦過去發現臉上都沙。

「你不餓？」他意外主動發問。

「還可以，我在貝圖寺裡有喝一些酥油茶。」我注意他的表情，沒什麼變化，「你呢？會餓嗎？」

「習慣了。」

然後沒人再講話。

車窗外的天空還是那麼高，那麼藍，回到台北後就不可能再見到了。一週過去，來到週六，醫院的簽呈應該跑完了吧？我想主任很可能已經來信告知我職缺申請的結果。車底發出尖銳的噪音，像在我的耳膜上刮出傷痕。先不想了，這裡還有值得我好好去探索的兩天慶典。車子愈爬愈高。

「先生，」賈揚特打破沉默，「你前面要不要停一下？月世界。」

「嗯？」我看向電子鐘。14：21。

「不停也行，之後你還會有機會看到它。」

「那是什麼？月世界？」

「一小片山谷。」

分鐘的數字跳成２２。「先不用好了，我想直接去看慶典。」

「沒問題，那就載你到旅館。你住哪？」

「呃，可以直接去寺裡嗎？時間好像——」

「你住哪間旅館？」

他好堅持。「我……沒先預訂。」

「你沒？」他拉高語調。

「有任何問題嗎？」

賈揚特在嘴裡碎唸幾句，我沒都聽懂，其中一句似乎是在抱怨老闆怎麼沒幫我安排。「反正，」他左手離開方向盤一晃，「我先送你到村裡。」

「……嗯。」我有種不祥的預感。

他轉頭看我一眼，又看回馬路。「村裡有條小徑可以爬上寺院，對你很簡單的，你走過更長的路。」

我點點頭，決定相信他。車底傳來更大的噪音，我們連續通過兩個髮夾彎。

「左邊。」他說。

「嗯？」

接著又是一個髮夾彎。「月世界。」

路旁的岩壁忽然失去血色，像是佈滿皺紋的皮膚。賈揚特稍微減速讓我看清楚。不行，從車窗的範圍只能看見一小區岩壁。我向前傾，扭頭，能看見的還是有限。

「就這樣。」賈揚特重新加速。

我頭往後轉想繼續看，才發現後車窗變得好髒，沾附的沙塵泛出重金屬般的光澤，將山壁與來時的公路一併侵蝕了。

「別在意。」他說。我轉回頭，發現他手比前方。「那邊，爬到山上看更好。」

遙遠的山頭出現一座白色寺院，那應該就是喇嘛玉如寺了吧——我的最後一站。「那也是……眺望點？」

「對。你知道，夠遠，才能想像。」

路邊出現一張綠色的牌子寫著「喇嘛玉如」，底下還有一行藏文字母。車子很快從旁邊開過去。我感到嘴裡變得更乾。我嚥口口水，感覺像是連風沙也不小心吞進去。眞的要到了。

「賈揚特，你剛的意思是，我得先找好旅館，是嗎？」

「週末這兩天是慶典，那不是你來的原因嗎？」

「是。所以？」

「所以，遊客很多，當地人更多。我們已經有點晚，如果更晚……」他搖搖頭。

山腰上一棟棟屋宅隨著距離拉近逐漸浮現，拐個彎，側面的輪廓像是變成整排巨大的階梯。

「情況就是這樣。前面是村中心，等一下，找好旅館，我們再約定明天回程的事。」

「……好，我瞭解了。」我想起剛到列城時背著大背包找旅館的過程，不自覺雙手抓緊一下。

車子靠邊停下來，賈揚特轉動鑰匙，熄火。電子鐘上的黑色數字像是沒入一灘混濁的泥水。

「下車吧。」他將鑰匙拿在手裡。

我推開車門，立刻聽到規律節奏的低音從上方打下來。四周一個人影也沒有，應該是都到山頂上參加慶典了。但還不行，再等一等——砰。賈揚特關上車門。

「先問這家，」他指向路旁，庭院裡有好幾把豔紅色的遮陽傘，綠色塑膠椅圍著方桌，我花了些時間才看到平房上掛著寫有旅館兩個字的招牌。「其他旅館也都在附近。我等你。」他不帶感情地說。

客滿。賈揚特的警告果然是真的。我走出旅館大門——咚咚咚咚。

那應該是鼓聲沒錯？又重，又沉，伴隨一個縈繞在半空的嗡嗡聲。我想起那天在嘿密寺自己莫名所以地一路追尋鼓聲來源。這次很可能是不一樣的鼓，畢竟是慶典嘛。我繼續往旁邊另一家旅館走。

一樣客滿——咚咚咚咚。

我有點懊惱。時間有限，如果事先做好準備似乎會更好，但又覺得總是會解決的，不用太擔心。我被告知上方還有另一家旅館。

「朱雷？」櫃檯男子向剛進門的我抬起頭，「有什麼我……能幫忙的？」

「請問你們今晚還有單人房嗎？」我重複這句話第三遍。

他上下打量我。「單人房？」

「對，單人房。」他的膚色偏白，滿臉都是鬍鬚，和我之前看到的拉達克人都長得不大一樣。

「沒有，沒有。」他低頭在本子上不知道寫什麼。

「或任何房間都可以，我只需要一張——」

他揮手要趕我走，我連「床」這個字都來不及說出口。

咚咚咚咚。

我忍不住再度抬頭往山頂看。不需要沮喪，都旅行這麼一段時間，我和之前不一樣了。我深吸口氣，踏步往上——

「先生。」賈揚特的聲音從底下傳來。

我回過頭。

「上面沒旅館。」

「噢。」我有些尷尬，往下走。

他板著一張臉朝我接近：「都沒床位？」

我苦笑搖搖頭。他完全不意外的樣子。

「你的手錶？」他說。

「嗯？」

「幾點了？」

我又噢一聲，把錶面朝向他。已經快三點。

他皺了眉一下。「跟我來。」他掉頭就走。

我們從一條水平的窄巷穿過去。

「他們都跟你說客滿？」我說對。「那些喀什米爾人。」他聽起來有些不屑。

我們停下來，是另一家剛才我沒發現的旅館。他要我在門口稍等一會兒，自己走進去。山頂上的鼓聲沒有間斷。他出來時向我搖頭，說確實沒有床位，領著我又穿過一條窄巷。我懷疑我們好像是要折回去我問到的第三家旅館。

「賈揚特，你剛說，『確實』沒有床位？」

他擺擺頭：「特別的日子，像是慶典，那些喀什米爾人很常不想接一個人的遊客，賺得少。」

「你的意思是，可能還有空房？」

「可能。但別期待好價錢，尤其，」賈揚特看向我，「你是外國人。」

我點頭，感覺無法多說什麼。

他停下來。

果然是第三家旅館。

賈揚特一樣要我在門邊稍等。他一踏進去好像就叫了那名鬍鬚男的名字，鬍鬚男伸出手與他用力握兩下。我聽不清楚他們在講什麼。賈揚特指向我，鬍鬚男的目光也掃向我。鬍鬚男連搖兩次頭。賈揚特手指往半空，我隱約聽到「旅行者天堂」，他搖搖頭，又指向我。鬍鬚男沒反應，四、五秒過去，才晃了晃頭。賈揚特轉身向我招手。

我走進去——再一次。賈揚特斜靠在桌面上，向我朝鬍鬚男擺頭，鬍鬚男也在看我。有賈揚特對照，鬍鬚男的膚色讓我聯想到剛才途中看到的月世界。

「所以，」鬍鬚男開口，「一張床，一個晚上？」

「……對。」

他低頭在一小張紙上寫字，遞到我面前。是卓瑪開給我的三倍價錢。「最後一間。你想看嗎？」

「不用，就這樣吧。」沒有什麼比剛好更好的，我像是在說服自己。

鬍鬚男從抽屜摸出鑰匙：「現在付錢，現金。」

「呃，我需要先登記或什麼的嗎？」我準備拿出護照——

「沒那個必要。」

鬍鬚男的手指在桌面上敲出連續的聲響。我看向賈揚特，他對我點點頭，然後就往櫃檯另一邊走，撥弄起架上的單張。我把背包重新背回雙肩，拿出皮夾。裡頭已經沒剩多少現鈔，應該差不多剛好能在旅程結束時花完。五十盧比、五十、一百……我隱約感覺那一個個甘地頭像都不懷好意地在盯著我。他們會不會是串通好的？賈揚特站在那，抽出一張單張，正反面各看一看，放回去。我怎麼會這樣想，一路上他與我的對話不像是假的。

「先生？」鬍鬚男指著我手中的一疊鈔票。

我把錢遞給他。他來回數兩遍，點頭，把鑰匙交給我。它輕得像是玩具。

「歡迎來到喇嘛玉如——自由之地。」他嘴角抽動一下。

什麼自由之地？我疑惑地看向賈揚特。

賈揚特走過來：「等一下你沿著剛那條階梯繼續往上，十分鐘就到寺院。然後明天，中午十二點半，這裡會合。」

「呃，途中我還想在——」

「我知道，會在貝圖寺停，時間夠。」賈揚特看向我，「然後我們就回去。」

我望向階梯，又要爬了，從旅程開始的第一天就是這樣一直在爬。但無論如何最後的行程就在前方了——咚咚咚咚，我已經來到這個自由之地。爲什麼鬍鬚男會這樣說？那應該是好事吧？鼓聲的低頻震動開始打進我的胸腔，縈繞在半空的嗡嗡聲裂解開來，我辨認出那是男女老少在說話的聲音。我也要加入他們了，和他們一起慶賀，一起舞蹈。旅行社男子提過嘿密寺的慶典有厲害的面具舞，這裡應該也是吧。說不定還會更好的，在這麼遠的地方，一切都會更自由的，如同旅程進行到現在的我。我回憶起三天健行最高點的那個陽光，那陣風，與石堆。但很快我也要回去了。回去。賈揚特踢了一下石頭，他沒什麼口音的英文從那片嘈雜聲中冒出來——

「哈囉，你從台灣來的嗎？」是個男人的聲音。我抬起頭，站在高我幾階的他一身螢光黃色的polo衫，好刺眼——等等，他剛說中文？

「Sorry. Sorry. You speak English?」

「呃，我是從……對，從台灣來的沒錯。」我幾乎是生疏地說出中文。

「對嘛，我就在想我怎麼可能看錯。」他仰起頭笑，「剛我遠遠看到你，就在猜你應該也是台灣來的，果然給我猜對了。不是我在說，我出來跑這麼多年眞的是很會認我們同胞啦。」

我維持禮貌的笑容。中文。對，現在是講中文。

「啊你一個人出來玩？」他問。

「嗯。」

「背包客呵？讚讚讚。」他比起大拇指，手腕上那支金錶閃閃發亮，「想我年輕的時候也是像你當背包客，現在老了，不行了，哈哈。眞讓人羨慕捏，可以一個人這樣想去哪就去哪。你應該還是學生吧？」

「沒有，我已經——」

「欸，你相機咧？」他盯向我身體。

「嗯？」

「歹勢歹勢，還沒跟你說我是領隊，帶攝影團過來的，大家都叫我黃大哥。你應該也是看準這週末的慶典才會特別過來的吧？」

我點點頭。不知道爲什麼我不太想和他多談。

「啊你剛到嗎？」

「對。」

「喔——」他邊點頭邊發出充滿鼻音的長音，「那趕快上去看看。今年水準不錯，比去年嘿密寺還好，我的團員們厚，都拍得很開心。」

我保持笑容，點點頭：「那我就——」山頂傳來一聲渾厚的低音長音，不曉得是什麼樂器，像是一股巨大的浪挾帶泥沙沖刷下來。我正要抬起的腳被卡住。

他回頭往上看：「欸？哪會遮緊[15]？」

「嗯？」

「下午場結束了。剛才那個厚，是個叫筒欽的樂器，只有在活動最開始還有結束的時候才會吹。」

我愣住。好像不完全是失望，但感覺有什麼落空了。

「你今天在這邊過夜嗎？」他繼續問。

我回過神，點點頭。

「那就沒差啦，明天還有。不像我們帶團的厚，就沒辦法，今天還要拉車回列城。」他注意一下手錶，錶面反光閃過面前。我腦中閃過一個熟悉的感覺。「哎唷，我還要下去和司機交代事情。你就好好玩呵，享受這個，」他晃動雙手，「自由之地。」

他和我說再見，我點點頭，往上與他擦肩而過。自由之地。怎麼他也在說自由之地……「黃大哥。」我轉過身。

「嗯？」他停在我下方幾階。

「不好意思，可以再耽擱你一點時間嗎？」

他又瞄了一下手錶。「欸，怎麼啦？」

「你剛說自由之地，那是這裡的別名，還是什麼嗎？」

他聳個肩：「算好玩的一個講法吧。」

「好玩？」我更困惑了。

「啊你想知道典故是不是？剛好我才跟我團員們說咧。」他笑著上來到與我同一階，「說是以前啦，這裡有個國王得了痲瘋病，醫生怎樣都治不好。後來有一個喇嘛把國王醫好了，國王為了感謝他就把這裡供養給他。所以咧，這裡就變成一個受到加持的聖地，任何罪犯只要在審判日前能親自來到這就不會被處罰。怎麼樣，夠自由吧？」

「但這樣……不就所有罪犯，都會想辦法來到這？」

「嘿啊，所以這個算傳說啦。還有另一個說法比較可靠一點。」

「是？」

「就那時候，蒙兀兒帝國想要把南亞也統一下來，拉達克就被入侵了。但是厚，那時候也是有這個……一國兩制，拉達克王國多多少少還是有點獨立。所以，」他舉起右手，「拉達克這邊，信仰佛教。」再舉起左手，「喀什米爾那邊，信仰伊斯蘭教。只要兩邊的國王意見不一致，就會來到中間的喇嘛玉如這，在寺裡喇嘛的見證下，和解。」他兩手一拍握在一起。

---

15 哪會遮緊，台語，怎麼會這麼快的意思。

始轉了。唰、唰、唰、唰，他一身紅色袈裟連同兩手飛出的長袖一起旋繞，彷彿變成一個帶穗的紅色陀螺。他的腳邊揚起塵土，朝我愈轉愈過來。我漸漸看不清他的臉孔……

34

嗶！

主機殼上的紅燈一閃，風扇的嗡嗡聲跟著推上來。

「蔡醫師嗎？」我將手機貼緊耳邊，評鑑委員們全看過來。一定是剛才鈴聲突然大作。「我是雅慧，你趕快過來。」「怎麼了？」電話那頭的她說得很急。我退向護理站牆邊，評鑑委員們繼續往保護室走。「郁璇有狀況。」「什麼？」「她剛在廁所 suicide attempt（企圖自殺），你快過來，我先把她隔離在小教室。」雅慧背後聽起來有些騷亂。「好，我馬上過去。」

朋城椅腳的輪子像是打滑般轉半圈。他從主機旁坐起來：「弄好多天了，但就，還是很不知道該怎麼辦。」

「嗯？」我抬起視線，眼角餘光感覺底下開機中的機殼還在閃燈。筆記本打開在我大腿上。

「我的自傳啊，剛不說要請你幫我看一看？」朋城有些疑惑地看向我，「月底就要跟其他備審資料一起送出去了。」

「喔對，對。」

他繼續看著我。

我有一點不自在，應該是第一次和病人在電腦教室會談的緣故。大教室裡如盈的聲音稍微傳進來。

「那個——」我開口的同時他也出聲。我示意他先說。

「你……是不是還沒吃飯？」他問。

「嗯？是還沒。」

他點點頭，像是看向鍵盤。「你們……工作也滿辛苦的。」他稍含糊地說。

「呃，是啊。」我向他苦笑。剛才急忙進來日間病房，隔著窗看到燒賣還有一碗不知道是什麼放在我桌上，應該早已經冷掉了。如盈在講台上看到遲到的我時也有些驚訝。「不過，和你這邊都約好了，之前我說過的，我會盡量。對不起剛遲到這麼久。」

他抿嘴搖個頭。

螢幕出現水藍色的底圖，「歡迎」兩個字旁邊的圓圈像是沒有終點地一直轉。「也許，我們今天晚一點結束？」

圓圈繼續打轉。他沒有反應。

「你覺得呢？」我繼續說。

他像是忽然回過神，看向我，隔了一兩秒才嗯一聲。

我遲疑地也點頭。

終於進入桌面，畫面右下角的常駐程式一個方格接著一個方格地緩慢出現。

朋城隱約嘆口氣。「醫生你剛才本來要說什麼？」

我深吸一口氣。

「那一天，」我說，「你第一次……被帶來醫院的那一天，我能不能知道，是發生了什麼事？」

他皺起眉，底下的風扇聲愈轉愈大——

35

轟——

筒欽一吹響，昨天那名棕色大臉領著隊伍從大門現身。兩把數米長的巨大銅管由四名喇嘛揹行吹奏，他們頭上的紅帽像是孔雀開屏，後方再緊跟六名雞冠帽喇嘛，手持嗩吶銅壺，沿漩渦外圍緩緩繞行。閒雜人等與鬼道邪靈退散哪，神明就要降臨了。陽光從東方照射下來，青面、紅面、褐面，祂們一個個瞠目咧嘴，揚手提足，跨大步時甩動一身鮮豔的錦繡寬袍。右側廟台法座後方的紅色布幔彷彿燒出火來，左側的迴廊裡擠滿群眾，一樓、二樓，沒有欄杆。萬一有人摔下來怎麼辦。幾條緞帶飛舞在半空，頭戴金剛斗笠的神明揮動手中旗幟。小女孩手裡的風車被吹成萬花筒般的一個圓。忿怒金剛猛然轉身，更多鬼神登場了。咣啷咣啷，祂們手中的兵器相互撞擊，大袖一揮露出底下的獠牙。不能害怕也不能猶豫呀。魔障務除，方能解脫。鏘，誰在敲鑼，婦人懷裡的嬰兒哇一聲哭出來。「這樣冒險值得嗎？」主任背光坐在椅子裡。「你敢說以後一定不會後悔？」噠，噠，金色的腕錶規律跳動。「我說這些都是爲你好。我是眞的爲你著想。」忍住，千萬別說出口。嬰兒哇哇哭個沒停，婦人抱著他屈身往外走。又一輛巴士載了更多遊客過來。「兩小時後會合！」各種顏色的毛帽更擠向前，旁邊誰的馬尾發出酸腐味。繼續往前靠，別管它。相機拿好了，場內的神明與場外的當地人都是活生生的獵物啊。瞄準，拉近，發射火炮。不能停，錯過就沒有了。好痛。是誰在後面丟石頭？坐下。別擋住啊。幾名老婦人瞪過來，揮手像在甩我巴掌。她們另一手裡還搖著轉經筒。一直繞。繼續繞。更多神明捲入漩渦裡了。白面、黃面，塗飾金銀細粉，每一尊都旋繞成一座巨大的彩色陀螺。殺啊，一個活口都不能留。鑼鈸聲敲得我心跳都亂了。誰家的小男孩戴個面具衝出來，抓了鼓槌要打。快把孩子抓回去，這裡可是聖地。蓮師八個化身各據一角，拿著法器在半空劃圈。諸惡莫作，眾善奉行。但在場的全是貪婪的罪人哪。不，不能逮捕，這是自由之地，你想怎樣便怎樣，你想去哪就去哪。所以不用害怕，不用猶豫——

「你是——**真的想要來我們醫院，還是只是想離開？**」「主任對不起，但對我來說，這兩件事是一樣的。我今天過來，並沒有預期要和主任討論這些。」我緊盯向他的嘴。「蔡醫師，唉，你不要聰明反被聰明誤好嗎？我只是希望你能再好好思考，你真的不需要現在回答。」「我能理解主任的意思，我只是想說，這就是我現在的想法。我真的想離開，也真的想來這家醫院，這是我已經做好的決定。」「真的，你可以不用現在說這些，蔡醫師。」他又嘆口氣。「但那是我希望能確實讓主任瞭解的。您今天說的這些我都想過了，我很確定，這就是我想走的路。」「所以呢？」「所以？」我忍不住抬起頭，他的雙眼盯過來，「我說了啊，我已經做好決定，我就是想要離開也想來這裡，我想要成為自己想成為的樣子就是這樣，這就是我想要的。」「學弟啊學弟，你怎麼有辦法確定那就是你想要的？那個樣子，就是你想成為的樣子？」他搖著頭笑了。他也笑了，是丹增，他躲在手電筒後，一旁壁畫上的紅衣骷髏跳起舞來。他們全都一起笑著。你的名字沒有故事啊。嗩吶吹奏不成曲調的旋律，跳動間面具差點滑落下來。怒目圓睜的三隻眼盯著我。小房間內長者又在擊鼓誦經，那名白人女子嚎啕大哭。我什麼都聽不見。別再這樣大力敲鑼，我摀起耳朵。怎麼回事，牧羊阿嬤與山羊呢，他們跑哪去了，腳步太快我跟不上啊，別把我一個人丟在這。烈日像是刀割，手臂痛得要死，要我往哪裡躲。有人撐起一把碎花陽傘，閃出金屬反光。是那把刀子。拉姆的母親開始打嗝，停不下來，桑煙愈來愈濃，像是將我的咽喉噎住。不行了。煙塵全飄過來，我被嗆出眼淚。德吉，妳別哭，先生正在戰場上殺敵，他會回來的，會回來的。但如果堡壘垮了怎麼辦，如果指引沒了怎麼辦。蹬起的黃沙在空中瀰漫，嘛呢牆開始不斷崩解，窣堵坡徹底塌了，一塊塊石頭被賈揚特踢得咯噔咯噔從山巔滾落進水裡。什麼都沒了。漩渦開始旋轉，加速向外旋轉。轟——

筒欽再度吹響，喇嘛們排成一條長列，高舉裝有面具的紅布包準備離場了。快擁向前，那可是最終的加持。後面的人推著我擠過去。別推啊。我想回頭但沒站穩，不小心跌在前一個人背上，後面又一個人壓上來。紅布包一包包從我頭上晃過去，光線忽明忽暗，更多人壓了過來。漩渦的水像是要漫出來了，我的胸廓劇烈起伏，像鰓一樣一縮一脹，一縮一脹。身邊那個人的身軀好像被我牽動了，他也在喘氣，還有他，她，更多他與她。浪潮來回拍打，整座廣場跟著振盪起來。漫出的漩渦像是將一切都淹沒了。再沒有埡口，沒有山，都是海。這裡，只剩整面的海……

36

「那一天，很冷，寒流來吧，我不知道幾點的時候就醒來，好像是被凍醒的。明明窗戶都關緊了，風還一直從邊邊滲進來。我整個人縮進棉被，頭也是，手腳冰得跟石頭一樣。沒多久迷迷糊糊就又睡著了。一直到電鈴響。他來了。是我爸。聽外面那個腳步聲就知道了。他好像在客廳那邊和我媽說什麼，我聽不清楚，然後就聽到我房門被推開的聲音。我躲在棉被裡不敢呼吸，心臟好像快要從喉嚨跳出來一樣，哽在那邊。那個腳步聲朝我愈來愈近。他停下來，就在我床旁邊。『朋城起來。該上學了，都中午了。』他的聲音從我頭頂壓下來。『你不是有答應警察？』他又繼續說一堆話。都是一樣的話。我裝作什麼都沒聽見，眼睛閉緊繼續睡，想說看能不能再睡著就好了，就不會有感覺了。反正他們都知道我是叫不醒的。突然聲音不見了，好安靜，就像是……空氣都被抽光了一樣。我抓著棉被，開始聽見我心跳的聲音。我很像怕會被聽到還怎樣，克制自己盡量不要呼吸，心臟卻愈跳愈大力。我告訴自己，忍住，再一下，他應該自討沒趣就會走了。他們每個人都是這樣的。沒想到我爸竟然把我棉被整個扯開，手抓過來就開始狂搖。就很痛。搞到後來我整個人被他翻到地板上，摔下去的時候我還不小心張開眼睛，剛好看到我媽在門外。她在幹嘛？站在那邊遠遠看進來。以爲沒妳的事嘛。我爸好像發現我有睜開眼睛一下，開始敲地板，不知道是拿什麼東西，就直接在我耳邊敲，像是地板都要被他敲破了一樣。他大吼『幾點了還睡？』、『不要再裝了給我起來！』然後硬把我整個人拉起來。我眼睛還是要開不開的，他繼續大吼，『還裝？給我乖乖上學去！』我被他逼到真的受不了了，就張開眼，瞪他。他更兇了。『你這什麼態度！小孩有像你這樣的！』對，我就是小孩，我就是態度不好，我就是上不了學怎麼樣？我怕嘛。你以爲我不想去學校嗎？我也覺得很煩啊。我更用力瞪他但一句話都說不出口。他開始動手打我。我就想對抗，也不是對抗是防衛吧，不然那種打法根本會被他打死好不好。結果你知道嗎，呵，打過去是我自己的手在痛。我怎麼可能打得過他。他我爸欸。我一個手軟被他壓到地上，他繼續像是瘋了一樣用力勒我脖子，我想擋也擋不了，然後我那隻米格魯邊叫邊跑進來了。我最好的朋友呢。我正想笑出來突然左耳砰一聲！我嚇一跳。他打了我一巴掌。我整個耳朵嗡嗡嗡的什麼也聽不清楚，狗狗還在我旁邊晃啊晃地搖著尾巴。我慌了。我該不會被打聾了吧？就胡亂回他『好，好，我去上學』什麼的，但根本什麼都聽不見。我躺在地上，斜斜地看到這時候我媽才從門外衝進來。她那個表情，是什麼東西啊，像隻金魚一樣對著我爸嘴巴一直動一直動。我還是聽不到。我爸他跪在地上眼神整個呆住。媽的妳以前就這樣被他打怎麼會不知道他可能會打我。我用力坐起來往我媽一推，她整個人跌坐到地上。我……我跟我爸一樣啊，都一樣的啊。我媽還想靠過來伸手要碰我，我要撥開她的時候不小心擦到自己臉上，發現眼淚鼻血鼻涕全混在一起了，變得黏答答的。然後我爸還是跪在那一動也不動。『快！快！』我媽猛朝我爸比向櫃子上的電話。這次我終於看懂了，是要叫救護車吧。我爸好像忽然清醒，他要站起來結果被他自己絆倒，就倒在我旁邊。我感覺地板震動一下，但還是沒聲音。怎麼會這樣。怎麼會這樣。我坐在地上開始用我全身力氣喊，你們有聽到嗎？你們有聽到我的聲音嗎？有聽到嗎？有嗎？」

37

風一陣、一陣吹來，像是具有某種韻律。

腳下的影子幾乎完全消失了。我看一下手錶，距離賈揚特與我約好的十二點半沒剩多久。我終於還是爬上喇嘛玉如寺的後山。

往左望，九點鐘方向，那裡是月世界的領土，滿佈乾涸的、沒有血色的皺褶。

十二點鐘方向，寺院外立了十幾座大小不一的窣堵坡，每一座都是白色的，泛出新生般的光芒。

三點鐘方向，山間闢出一條河流般蜿蜒的路，三、四輛車開過去。他們是要開往斯利那加，或者，會繼續前往更遠的地方？

底下的廣場被樓房遮住了，看不出是否還在進行活動。喧鬧聲遠遠傳上來，像是隨著海拔升高與空氣一樣變得很輕。步道有好幾名男人、女人正緩步爬上來，他們經過轉經筒，一人接著一人撥動，嘎吱、嘎吱地響。

每一個聲音，每一個動靜，每一道反射的光，與每一陣風，似乎都連結在一起了。

原來，我就是海裡的浪，就是空中的風馬。

我總在移動，總在之間。並總在之間，找到我。

可以回去了。我對自己說。

第四卷

沒有翅膀的飛翔

38

我重新走回平路，那棟反射出綠樹與藍天的玻璃屋離我愈來愈近。

「醫師好！」「醫生好！」孩子們的招呼聲跨過樹叢朝我而來，就像平常那樣充滿精神。我向他們揮揮手，手臂感受到溫暖的風。

轉眼五月已經過了一半，好幾個病人出院，也有好幾個順利通過見習住了進來，每週的向日葵團體都像是一次新的開始，連天氣也忽然間熱起來了。好像每年台北都是這樣的。我低頭看向醫師服的下襬——沒想到我又換回這件短袖的醫師服。不過就是件衣服嘛。

姵琪跟著其他人從大門出來，板著一張臉經過我面前。

「姵琪，要找時間跟妳約會談喔。」我說。

她以後腦勺向我似有若無地點一下。

「——啊，」哲崴一仰從我旁邊閃過，「蔡醫師好。」啓閎果然跟在他後面出來，也向我打招呼。他們兩人邊走邊繼續聊——還是電動的話題。

「不是快基測了嗎，啓閎？」我說。

「蛤？」他回過頭，表情像是我說了什麼他完全沒聽過的東西。

「每次都聽你們在聊遊戲的事，是有沒有在唸書？」

「醫生你不公平，你都沒問姵琪。」

「重點不是這個吧。」我發現哲崴站在旁邊一臉緊張，「所以你到底——」

「有啦有啦，醫師掰掰喔。」啓閎推著哲崴小跑步跟上前面的人，哲崴被推得有些踉蹌。

我笑了出來。站在門口，陽光沿路灑下的斑駁樹影微微搖晃，三三兩兩的病人們往前延伸出一條不成形的隊伍，最前方的已經在好一段距離之外。我似乎看見朋城和宇睿都走在前頭。上週個人申請入學放榜後，他們的下一步似乎就都底定了。又一陣和煦的風吹來。真希望每天的天氣都能像現在這樣舒適。

「鑫哥你來了。」背後傳來丁大的聲音，我轉過身。他揮手要那名剛住進來的新病人往前跟上大家，「現在沒事吧？」

「還好，老樣子。」

「那就一起走吧。環山。」

「嗄？」

「不說過要一起的，忘了？」

「……喔。」是大雄還在的那時候嗎，「好啊。」

丁大咧開嘴笑。「啊你等一下。」他門一推衝進去，沒幾秒鐘又出來，「喏，你的。」他遞出一個附上吸管的紙杯，「檸檬冬瓜珍珠，少冰甜度不可調。」

「謝啦，也太專業。」我搖一搖，感受到冰塊在杯裡撞動，「今天烹飪課做的？」

「還有另一個點心你不會想知道的。」他示意我們該動身跟上大家。

我吸一口：「嗯？」

「鳳梨酥。」

我差點被珍珠噎到，趕緊抽高吸管再喝一小口。「是怎樣？菜單挑一下好嗎？這是醫院欸。」

他大笑起來，前方好幾個病人回頭看過來。「反正評鑑都過了不是嗎？」丁大說。

「那也不代表你可以——」

他繼續在笑。

我欸一聲，他還在笑。我搖搖頭，與他保持並肩而走的輕快步伐。

兩個多月前的那週，評鑑也同樣來到日間病房這，整個過程進行得非常順利，沒半小時就結束了。一個是要感謝雅慧，另一個則是宇睿——不甘寂寞的他主動跑出來向外國委員撂英文，逗得委員開心極了。

前方病人們與我們還相隔一小段距離，腳下開始微幅爬坡。

「記得你說，郁璇是今天轉去療養院？」丁大問。

我轉頭看他。他的語調平常，但看向前方的臉上幾乎沒有笑意了。

「怎樣？」他也轉頭看向我。

我搖搖頭，避開他的視線。「嗯，剛才社會局的社工……帶她走了。」

丁大像是嘆口氣。「……是嗎？」

「是啊。」我又搖了搖手中的杯子，「聽說雅慧昨天下班，還特別去看了她一下。」

「雅慧終於也？」丁大有些驚訝。

我抿嘴點個頭。

上午我在急性病房將郁璇的病歷摘要印給社工時，才聽護理師們議論紛紛地談起雅慧昨天小夜時段有來。本來雅慧一直說病人轉去急性病房後就不再是她的權責，她不想也不應該介入急性病房團隊的治療進行。但她最終還是去了。不像丁大，這是她唯一的一次，不樂觀地說，也很可能會是最後一次。

「不曉得昨天，雅慧看到郁璇的時候是什麼感覺……」我感嘆地說。

丁大點點頭，又走了幾步。「欸？你剛，是在問我嗎？」

「嘖，當然不是啊。想也知道雅慧不可能說吧？更不可能跟你說。」

「也對。也對。」他笑笑地看回前方，「那就……記著吧。」

我看著他。「記著？」

「嗯。」

我看到道路左方出現那條更陡的、上坡的岔路。沒有任何人預期我們與郁璇的關係會以這樣的方式終止。幻聽，妄想，情緒激躁，有時她自信高漲得彷彿她是造物的神，有時，她就像在小教室被約束的那時候，嘶喊著她要毀滅世上的一切。兩個月來我們不斷推高藥物劑量，更換處方，效果都不理想，也早已超過院方能接受的住院天數上限。我幾乎感覺自己不再認得她了。她的父母沒有再出現，也沒聽說任何可能的返家計畫。而她的性侵官司，社會局社工聲請再議成功，發還檢察官續查，重新進入漫長的法律程序……

後方傳來飛快的腳步聲。

「蔡醫師蔡醫師！丁大丁大！我回來了！」

我和丁大轉過身，凱恩在我們面前急煞，整張臉脹得紅通通的。

「是怎樣？那麼開心。」丁大伸手要拍凱恩的頭。

凱恩扭了扭脖子：「我爸拔帶我去吃麥當勞。」他說話的方式與這幾個月變聲並快速抽高的身材實在有些不相稱了。

我注意到他手裡拿著幾包藥袋。「上午回小兒科門診啊？」我問。

「啊，」凱恩低下頭，「忘了先拿給雅慧護理師。」

丁大從凱恩手裡一把抓來：「給我。要是搞丟你就慘了。」

「謝謝老師。」凱恩立刻又往前跑，「啓閎等我！」他的步伐也遠比以前來得大了，還好他已經好一陣子沒再跑給我們追。啓閎和哲崴回過頭，啓閎抱怨一句「有夠慢欸你」。

我看向丁大手裡。「你……沒問題吧？還是我來拿？」

「我是有那麼誇張？」

「好，你說OK就OK。」我笑著搖頭，「對了，之前是不是有一次，你和雅慧爲了郁璇的事吵起來？」

「吵？」

「我聽如盈說的，好像，是爲了郁璇的不自傷行爲約定？」

「噢，那個啊。」丁大晃晃頭，「算不上吵啦。欸欸，你們幾個在幹嘛？」丁大朝右前方說，好幾個病人圍在路邊蹲下來，他們應聲後趕緊起身往前走。那裡好像有隻甲蟲還什麼的。啓閎、哲崴和凱恩在更往前面一點，依然聊得很熱烈，彼此比劃的手勢就像在空中對戰。

我又喝了幾口飲料。「所以是……」

「沒什麼，就雅慧覺得，我不應該把自己當成病人的拯救者。」

「拯救者？」印象中如盈好像也提過這幾個字。

「呵，那時候我只是跟她說，我們沒必要一直這樣強化郁璇受害者的位置吧？那個行爲約定，只要自傷就去住急性病房，眞的算治療嗎？還是，只是種處罰？就像PTSD這個診斷一樣啊，好像每說一次，都更驗證她就是那個受到創傷的人。我就不太喜歡這種感覺，也覺得有必要出個聲吧。這叫文化霸權你知道嗎？然後她就那樣說啦，」他又笑了一下，「說我是被病人操弄。」

「OK。」我點點頭，重新思考剛才他說的那些話。我好像還沒聽他說過這麼長篇的正經內容。道路逐漸右彎，隊伍前頭的一些病人已經消失在視線內。「不過，」我忽然想到，「那個PTSD的診斷，是我下的欸，所以我也是……」

他笑得更大聲了。「想到哪去了你？」

「你的意思不是──」

「不是。我並沒有要說誰是壞人好嗎？又不是演電影，一定要有反派喔？」

「唔……」

「丁大，」啓閎回頭朝我們這裡喊，「今天晚上公會出團你有要──」

「欸，」丁大很快打斷，「晚點再說。」

我愣了一下。「嗯？該不會……丁大你有和他們一起──」

「噓。」

「看來光用這杯要我封口，」我拿高手裡喝了一半的飲料，「恐怕是……」

「欸欸欸，鑫哥別這樣。改天再請你吃飯好不好？」

我斜眼看向丁大。

「靠北，你這什麼反應。」他說。

我笑出來，忽然感覺前方有眼光射向我。是姵琪。她發現我在注意她立刻轉頭看回前方。

我和丁大壓隊通過彎道，回程的道路蜿蜒往前展開，原本線狀的隊伍變成一團、一團的。他們的速度好像變慢了。宇睿一個人走在最前面，與他距離不遠的那群人間斷做著擺手扭臀的動作。「繼續走繼續走！」丁大高聲說。凱恩開始往前跑。我在那群人靠近中心的位置發現欣瑜的背影。她今天應該也是剛從學校回到這裡不久。聽說那些關於她的閒言閒語，像是隨著郁璇轉去急性病房後很快不再是焦點了。我注意到走在欣瑜旁邊的似乎是朋城。

凱恩繞過宇睿。「有人在約會——有人在約會——」他像在唱歌般與大家一路逆向跑過來。

「黃—凱—恩——」丁大大喊，整路好多人跟著轉頭看過來，「太—嗨—嘍——！」

凱恩一下子跑到我和丁大這，一張臉笑著也繞我們半圈後再次往前跑。他追到欣瑜那群人附近，舉起右手在空中畫圈不知道是什麼意思，欣瑜側頭向凱恩笑得很開心。朋城剛好回頭，看到我的時候似乎有些驚訝，遠遠向我點個頭。

「你有聽說嗎？朋城和欣瑜好像復合了。」丁大輕鬆地說。

「啊？真假？」

「前天還沒感覺。昨天環山，如盈就在猜了。」

「也太突然了吧。他們不是一直還在冷靜期什麼的？」

丁大笑了笑：「感情這回事，不就都這樣嗎？」

「講得好像你很有經驗一樣。」

丁大再度笑出聲。「不過，也就只剩最後這一段時間了啊。」丁大像在感嘆什麼地說。

我看回丁大臉上：「我剛……有聽錯嗎？」

「嗯？」

「那個語氣，呃，你是丁大維沒錯吧？」

「哈哈，沒辦法，在這裡待太久了。」丁大笑著往前、往後伸展雙臂，「出院、出院，大家都要出院嘍。」

醫院白色的建築群開始從林木間的縫隙露出來，好幾面窗戶反射出金屬般的亮光。不知不覺我們已經過了那個眺望點，前方開始露出日間病房的一小角。欣瑜的出院計畫終於也在前天中午的家庭會談後確定下來了。自從發生郁璇的事件，欣瑜像是什麼被揭開了一樣，焦慮與憂鬱的症狀開始一一浮現。在袁P指示下，欣瑜勉強同意讓我們告知她母親有關她的現況，並且縮短每天返校的時間，以增加在這裡的治療強度。母親一直以來私自監看欣瑜訊息的行爲，也被雅慧面質並勸誡了。可能也是這樣，前天那場家庭會談進行得不算愉快，但至少算是達成出院時間的共識。而朋城和我一樣，預計會在這裡一直待到六月的最後一天。

「反正啊，」丁大繼續說，「我還在等你的第二本書，趕快寫。」

「怎麼突然又講到這來？」

「當然，你我偶像捏。」

「夠了。」我笑笑地說。

他也咧開嘴笑。下週我約好了要去另一家醫院面試主治醫師的職位，記得丁大之前說他是八月調回特教學校，一個接著一個都要離開這裡了。頭頂的枝葉往兩側退開，陽光整片垂直灑下來。「不要再晃了，進教室！」丁大又往前喊。宇睿是第一個推開日間病房大門的人，其他人跟著陸續走進去——除了凱恩又逆向跑回來。

凱恩面朝我們：「丁大丁大，晚上你記得——」

「好。先洗把臉，準備上課。」

凱恩很滿意的樣子，又用跑的往日間病房過去。

左手邊經過那個從精神樓接上來的階梯口。「不過說不定……我眞的會寫吧。」我說。

「認眞?」

我稍微仰頭，拉達克的回憶又鮮明地浮現在腦海。

「謝謝!」「宇睿謝啦!」前方傳來聲音。宇睿站在大門對側替大家開門，看到還在一段距離之外的我，向我舉手敬禮。最近他說想努力讓自己成爲成熟的男人——爲了他在個人申請面試時煞到的學姊。該說至少這次不是日間病房的病人了嗎?

「那就趕緊上工啦。」丁大說。

「好。」我將杯中剩下的飲料一口氣喝光。

我點亮燈，重新拿好紙筆。

「你應該聽說了?」朋城說。

「嗯?」我看向他，「你是指?」

「就，我升學的事。」

我點點頭。還以爲他是要和我分享與欣瑜復合的事。「終於，確定了?」朋城呼出一口長氣。「算吧?雖然你也知道，多等了一個月，結果還是……」他聳個肩，有些無奈地笑了。

我也淡淡笑了笑。

早在四月中身心障礙甄試放榜時，他就獲得分發了。是他的第四志願，在南部，勉強還算他想念的科系。他決定繼續等個人申請的結果，直到上週五，確認備取上那唯一的一間——從一開始就選來當作備案的那間。於是，某種意義上很單純的，二選一。

「後來，你是怎麼決定的？」我問。

「還眞的……不知道怎麼講。」

我向朋城攤手。

「如果說，最後只是因爲覺得要選就選個比較遠的你會不會打我？」

「蛤？虧我前幾次還那麼認眞跟你討論，早知道就……」我故意笑著搖頭。

「厚，別這樣啦，有討論還是有差啦。」

「沒關係，場面話就不用說了。」

朋城喂一聲，然後跟著我笑了起來。

這段日子陸續公布成績、放榜時的那些失落，像是跟著其他片段一起輕輕地被收進我這本筆記本裡了。

「但說眞的，雖然前幾天就決定放棄個申上的那間，但可能還是有點……不甘願嗎？繞了一圈，還是回來。也有種不知道還在怕什麼的感覺。中午也是如盈老師拖著我，才終於去郵局把身心障礙的報到書寄出去。」

「今天中午啊……」

「嗯。」朋城點點頭。他忽然像是想到什麼，側過頭。

「怎麼了？」

「那個，郁璇，是有要回來了嗎？」他像是有些掛心地問。

「嗯？怎麼突然問這個？」

「不是啦，就去郵局路上，剛好看到她的社工在大廳那邊辦手續。」

「噢，社工啊。」沒想到他連郁璇的社工都認識了。「郁璇她……應該暫時不會回來了。」

「嗄？」他像是既訝異又困惑。

「她今天，是辦轉院。」

朋城愣了好幾秒，喔一聲，然後像是又在想些什麼，視線稍微放空。

我看著他：「怎麼了嗎？」

他過了一會兒才搖搖頭。「只是……沒想到。」

「嗯……是啊。」

晤談室裡沉默幾秒，忽然外頭發出重低音的節奏，頻率比心跳還快一些。我和朋城都轉頭看出去。

「今天作文課暫停改練舞，」他轉回來，「畢業典禮要表演。」

「是喔？」記得如盈說畢業典禮差不多就在一個月之後了。

他嗯一聲，點點頭。「總之，我有大學可以上了。」他的語氣不像是特別興奮。

位在遙遠南台灣的那間大學。「嗯。到時候，你也就眞的會離開這個家了欸？就像是一次……合法的離家出走？」

「是啊。」他停頓一會兒，「是說，如盈老師或芳美護理師有跟你說我媽的事嗎？就是，關於我做這個決定。」

「細節我不太清楚。」我稍微回想週一中午在辦公室裡芳美姊說的那些話。那時，如盈似乎剛和朋城母親通完電話。

「反正，我也是ㄍㄧㄥ到禮拜天晚上，知道回覆學校的期限差不多要到了，再不跟我媽說也不行。那時候我們在家吃完飯，她站起來正要拿碗盤去洗，我鼓起勇氣就說……我決定好了。」

「你劈頭就說出這幾個字？」

他露出苦笑：「對啊。她僵在那邊，回頭看我。我突然也覺得，我是眞的決定好了嗎。然後我媽開口了，只是重複我的話說，你決定了？我硬著頭皮就繼續說，我決定去身心障礙那個。她好像有點驚訝，可能，也眞的因爲那間大學在南部，很遠吧。我媽剛好本來在燒開水，瓦斯爐那邊發出很尖銳的聲音，她趕緊過去打開蓋子把火轉小。我一個人坐得不太自在，乾脆也走過去洗碗。她人站在我旁邊又問一次，想好了嗎？我不知道怎麼回，手裡乒乒乓乓的，可能有點頭吧我也不太確定。過了一會兒，我媽把火關掉，爐子那邊才完全安靜下來。她說，我決定就好，她隔天會再打個電話給如盈老師確認一下，但會先幫我簽好那些聲明書、同意書什麼的。我稍微鬆口氣但又覺得，後面可能還會有但書吧，沒想到……」

「嗯哼？」

「她只是叫我洗完放著就好，說她買了芒果回來，切好了，在冰箱，先來吃。」朋城皺緊眉頭，稍微低下頭，「那是今年……第一次吃到芒果。然後，不知道，她的表情好像有些難過，又有些開心……」

「是嗎？」我像是也能聞到那個酸中帶甜的濃郁香氣。

朋城沉默了好一會兒。「後來，聽如盈老師說才知道，原來備取放榜那天我媽就有打電話過來，和芳美護理師，講了好一段時間。」朋城的肩膀慢慢鬆下來，我也低下頭……

「妳問我那天在電話中和她說了什麼？」芳美姊看向如盈，然後搖搖頭。

「沒有？那是……」如盈滿臉疑惑。

芳美姊抿嘴笑了一下：「其實，朋城媽媽一直覺得她自己……是個很失敗的母親。所以這麼多年來，我也只是盡可能去聽、去陪著她而已，沒有太多。」

「就，這樣？」

「是啊。有時候比起我們做了什麼，更重要的，是我們不去做些什麼。」

坐在一旁的我，想起那個沒有工作人員在裡頭的臉書社團，想起沒有門禁在這裡失去保護的我們。

「即使知道，那可能會帶來更多危險？」我說。

芳美姊笑了笑：「但那不也正是改變的來源嗎？」

「……眞的，多虧了芳美護理師呢。」我回想這一年來，總是在那裡向我們微笑的她。

「嗯。有時甚至覺得，如果芳美護理師……是我媽就好了。」

我抬起頭，注視他好幾秒。「就像當年，你國中畢業典禮結束的時候？」

朋城也抬頭看向我，像是沒料到我會這樣說，然後淡淡笑出來。他點了幾下頭。

「我在想，或許……你媽也是這樣想的吧。」

朋城的眼神停滯幾秒，抿個嘴。

我停止筆記。

他快速嘆氣的同時抓過後頸：「不說這個了。」他深吸口氣，坐直起來，「都還沒跟你說，我跟欣瑜復合了。」

我愣住半秒，然後才笑著搖頭。一定要在這裡轉移話題就是了。

「欸？你怎麼一點也不驚訝？」他說。

「拜託，剛凱恩那樣沿路喊，誰會不曉得？」

「喔，對厚，」他搔搔頭，「剛你也在。」

外頭再度響起重低音的節奏，我開始覺得那個模糊的低音旋律有些耳熟。「好啦好啦，看起來你比較想談這個，那我也沒辦法嘍。」我說。

「幹，你明明就很想聽不是嗎？」他比向我手裡，「紙筆都拿好了欸。」

我笑出來：「好，我承認。」

他笑得雙頰明顯鼓起。

「就直接說吧。我聽說，好像是前天的事？」

「你還真的知道？」朋城驚訝地說。

我笑著聳個肩。

「就前天中午，欣瑜媽媽不是和她一起過來嗎？後來就聽雙數組的同學說，你們是要討論她出院的事。我就在想，如果再不說，以後就真的沒機會了。這兩個月自己也想了很多，也真的，希望有些話能當面跟她說，就算賞我個痛快也好。於是我就私訊給她——我已經好一段時間沒跟她私訊了。就問她，放學可以一起走去捷運站嗎，我有些話，想跟她說。」

「跟你告白那天……一樣啊？」

他苦笑點點頭：「但這次換我在山下路口等她了。她已讀，可是一直沒回，我也沒看到她經過，想說她該不會是刻意繞路還怎樣。後來過了十分鐘有吧，終於看到她遠遠走下來，她也……看到我了。天哪就，超尷尬的，我們連說個嗨或什麼都沒有，就只是點個頭，繼續一起走。一直到過門診大樓那邊吧，我才開口問她一句，聽說妳要出院了，她嗯一聲。過了一會兒換她問我，大學確定了是不是，我說對。然後一路上，我一直在想要從哪裡開始說，路過有家店面還剛好在放五月天的新歌，但我整個就，開不了口。一直到進捷運站，她剛好變成走在我前面，在電扶梯上，我看著她的背影，一直往前、往上……對，就是這樣。」

「這樣？」

「我覺得自己……比不上她。」他臉上還殘餘一點笑容。

「是嗎？」我輕聲說。

他停頓幾秒。「我們走到月台後面人比較少的地方，我就講了，『之前，是我害怕妳要離開了，才會逼著妳，好像一定要改變，變成……我想要的樣子』。」

我看向朋城。那是我們過去兩個月在這裡片段談過的內容。

「她沒有立刻回我，但我知道，她有聽到。後來車來了，我們進去靠在門邊，她一開始往窗外看，加速一小段後才轉過頭來。她說，她一直覺得，其實真正在往前走的，是我。我很驚訝，一時間不知道怎麼回，剛好下一站到了一群學生擠進來，很吵，欣瑜看他們一眼又轉回去看窗外的風景。我站在那滿腦子在想，這是怎麼一回事，我……我憑什麼……還好到下一站的時候，那群學生都往另一邊走，旁邊才又安靜下來。然後她繼續說了一件，我更是想都沒想過的事情。」

「哦？」

「她說——她很嫉妒郁璇，可以好像什麼都不在意，都不怕。」

我彷彿感受到與他當時同樣的驚訝，同時想起也是那天中午欣瑜在家庭會談時的反應——她的母親說希望她近期就能出院，然後欣瑜小聲地說……但她想等學期末。

「我當下脫口而出，那她也不能什麼都說啊，什麼腐爛的果實這種話——我說到一半，就發覺欣瑜表情不對。你知道嗎？我突然……好像聽懂欣瑜在說的是什麼。其實，我們都一樣吧。我們，都很自卑。不知道爲什麼之前我一直沒看出這件事，還以爲欣瑜她……」

我女兒又沒那麼嚴重，應該不用住那麼久吧？我不想要她變得太依賴這裡。欣瑜母親握住欣瑜的手說。欣瑜低頭用另一手撥了撥瀏海，嘴唇有些顫抖。

「我就說了一句，妳可以不用討厭自己的，至少，我從來沒有討厭妳。她轉頭看我，那個眼神……我不會說，總之就是，直接看向我。然後忽然咻一聲車子駛進地下，好像瞬間周遭所有雜音都被吸走了，牆壁整個貼上來。我就看她臉上，好像出現一點笑容。」朋城停下來，皺著臉笑了一下，「好像有點害羞啊在這裡講這個。」

「嘿，你都能在捷運上講了。」

「……也是厚。」他的身體更放鬆了一些，「後來，其實滿奇怪的，我們竟然在車廂上聊起郁璇的事。她問說，郁璇是不是還在住院，我說應該是，但不知道怎麼會住這麼久，我還說我之前住急性病房都跟我說那邊有天數限制，不然當年我早就一直在裡面住著不出來了，才不想面對我媽。她聽了也笑出來，就，比較自然那樣。」

「是嗎……」我微笑側過頭。欣瑜將她的手從母親手裡抽出來，母親轉頭看了她一眼，然後轉回來看向我和雅慧。好吧，你們都這樣說了，如果她想，我也不反對。欣瑜勉強笑一下。

「然後欣瑜她真的有夠溫柔，她還說，其實某種程度她感覺很能理解郁璇，說如果換做是她經歷那些事，她應該也會一樣吧。我聽到的時候又有點，怎麼講，好像又更認識她一些？就覺得，是吧，一定還有很多我不知道的……困難嗎，每個人都是吧。」

我點點頭。那場會談結束時，我望向欣瑜母親往大門離開的背影，以及坐進大教室的欣瑜。她還帶著的那些焦慮、憂鬱，以及更多家庭裡的故事，之後就回到袁P門診裡繼續釐清了。我深吸口氣，笑了笑。

「怎麼了？」他有些驚恐地看向我。

「覺得……你真的和之前很不一樣呢。」

「靠，不要又來戀愛導師那一套了。」

「哈哈。」我將專注力重新拉回眼前，「欸，但重點咧？」

「嗯？」

「總還是要有個，」我比了比手，「復合的一句話吧？」

「喔，對啊。哎唷，那時候我也很緊張啊，一邊聊一邊抬頭瞄，不行，北車快到了，可是旁邊人愈來愈多，就覺得，真的要在這裡開口講這個嗎，也太、太恐怖了吧。一直到都開始廣播說北車到了，我終於衝出口說——我們可以再試試看嗎。然後門一開，」他露出尷尬的笑容，「我說了掰掰，就轉身逃走——」

「不是吧？」

「就……老毛病啊。」

我笑著搖頭，發現他臉上漸漸又有些害羞起來。「是怎樣？該不會……又是還有後續？不要告訴我這次她又訊息回你笑臉喔。」

「唔，這次不是啦。」

「O、K？」

「本來我已經在排電扶梯，準備要上去轉車，忽然……」他揉一揉後頸。

「忽然……」

他把手放下來。「欣瑜她……從後面牽我的手──」

「好，夠了夠了，到這裡就好。欣瑜又還沒出院，講太多細節，我都不知道要怎麼面對她了。」

「最好是咧。」

我們笑了起來。我彷彿聽見捷運車廂加速駛離的聲響，月台上往來的人群持續喧鬧著。旁邊人多、人少，路程長或者短，至少也都共同往前了這麼一段吧。

「說到這個，」朋城繼續說，「如盈老師中午剛給了我一個任務，她要我在畢業典禮上，當畢業生代表致詞。」

「噢。」

「我是還沒答應，但有種，靠，怎麼又來了，好不容易才寫完自傳又要弄演講稿。而且典禮上會有一堆什麼這裡的主任、那裡的長官過來，還有很多家長，根本都不認識啊，壓力超大。如盈老師還更狠，說這次她不會再給我意見了，說反正自傳我都沒聽她建議，一定要寫什麼自己抗壓性不好之類的，結果才會這樣吧。厚，」他連搖幾下頭，「就真的很崩潰。」

「這麼緊張？看起來，你是很認真在考慮要接下這個任務？」

「才沒有。我是，欸，我還有社交焦慮症，你之前診斷書上不是有寫？」

我笑出來：「竟然有一天換你說這種話？」

「笑什麼笑啦。我是真的很煩惱好不好？要是到時候欣瑜還在的話我可能還比較有動力──」

「等一下，你說什麼？」

「嗯？欣瑜……不是要出院了嗎？」

「她，畢業典禮還在啊。那天和她媽一起討論之後，目前是訂在六月中畢業典禮之後出院。」
「蛤？」朋城一臉錯愕，「所以她，還會在這……一個月？」
「對啊，只是會再慢慢拉長返校的時間這樣。」
「不是吧？所以她根本還沒那麼快，那我、我，」朋城哀嚎一聲，「你們沒事幹嘛那麼早討論出院害我——」
「提早跟她復合？」
他又蛤一聲。「不是。話不是這樣說吧——」
「就是這樣說。」我向朋城不懷好意地笑，「總之，既然如盈老師都說了，那畢業典禮那天，我就拭目以待囉。」
「你們眞的很煩欸，怎麼都說一樣的話。」
「是嗎？」我笑出來。
他再度哀嚎一聲。

39

「先生，我一樣在這邊等你。」賈揚特將車子熄火，「剛才電話中那名喇嘛要我告訴你，如果大門還沒開，就在門口稍等一會兒。」
「好。」我說。時間接近五點，太陽已經被他那一側的山擋住。「我們最晚幾點要離開這？」

「天黑之前。」

「天黑前就可以？」

他晃著頭：「反正列城很近，我無所謂。」

「謝謝你。」我向賈揚特微笑。

他點點頭，往貝圖寺的方向使個眼神。我該下車了。

馬路邊沒有其他車輛停靠，平緩的坡度往下延伸，接上那條國道，幾乎所有車輛都是開回列城的方向。這是我在拉達克的最後一個傍晚。紅色的木門果然關上了。一旁的白牆被陽光帶上一層淡黃色，我手放上去，溫溫的，油漆的突起處有些扎手。我順著幾條凹陷的紋路摸過去，像是探出一張隱形的地圖。

門後傳來輕快的腳步聲。

嘎——門打開一半。

「好久不見啦，」達瓦繼續將整扇門打開，「伯鑫。」

「好久不見？」我笑出來，「我們不是昨天才見過面？」

「哈哈，我知道，我知道。進來吧，我們正等著你呢。」

我穿過門口，注意到他手機還拿在手裡。「不好意思來晚了，你們已經過了開放的時間吧？」

嘎——達瓦把門帶上。「別在意。我說過，沒有什麼比剛好更好的了。重要的是現在你在這了，不是嗎？來吧，跟著我，好奇的旅人。」

他的腳步輕快，一身紅色袈裟像是飄動成一面風中的旗幟。他帶我走的路徑似乎是我自己沒走過的。

「達瓦。」我叫住他。

「嗯？」

「你總是這樣叫我，『好奇的旅人』，好像那是我的名字一樣。」

「有何不可嗎？」

「也不是不行，只是總覺得那像是種恭維吧。」

「那又如何呢？」

「我就只是個……一般人而已啊，只是剛好來到這裡。」

「而且毫不在意地待了很久，還來了三次。」

「嘿——」

「哈哈。」他渾厚的笑聲迴盪在樓牆間，「是說你去喇嘛玉如這一趟有享受嗎？」

「享受？還用說。那可眞是一條通往天堂的路呢。」

他側頭瞄我一眼：「你聽起來不像眞的在說天堂。」

「它眞的是啊。那條國道、面具舞，還有數不清的信徒與觀光客，一切都太瘋狂了——我是指，眞的瘋狂。我像是同時去了天堂也去了地獄。」

「而最終你回到這。」

「對，最終我回到這。眞開心我還能回到人間。」

「哈哈，和你說話眞的很有趣。」

「彼此彼此。」連轉幾次彎，我認出這條階梯上去就是中庭了。「認眞地說，你們完成曼陀羅了吧？」

「還在想你可以忍多久才問呢——好奇的旅人。」

「又來了。」

「好，好，不鬧你。我們的部分算是完成了，但就像我一開始說的，正等著你呢。」

「要等我什麼？」

「等你到了就知道，等你知道也就到了。」

我們爬上中庭，旗杆高聳在中央，樓梯前躺著白色圖騰。除了光影調換方向，一切就像我第一次來到這裡時那樣。「你這句話好深奧，你的意思是——」

「別問了，上去再說。你一定想趕快看到曼陀羅吧。」

「唔，也好。」

階梯頂端的那排木門開了中間兩扇，像是張著手臂在迎接日照。我與達瓦並肩走上去。一名老喇嘛正好從裡頭的大殿門口走出來——是昨天帶他們做早課的那個人。達瓦向他躬身合掌，說了句我聽不懂的話，我跟著向老喇嘛鞠躬。

「你就是伯鑫，是吧？」老喇嘛說話了。

我抬起身，他注視著我。他也知道我的名字？我點點頭。

他向我微笑，然後往另一側的廊道走出去。我與達瓦站在門口目送直到他的身影消失。

「達瓦，那位長者是？」

「他，簡單地說，是我們的老師。」達瓦脫了鞋，「進去吧。」

「所以當你們感到疑惑，他會爲你們解答？」我也將我的鞋子並排放好。

「是，他會用更多的疑惑來回答我們，呵。」

我跟著達瓦走進大殿：「那讓我想起曾在嘿密寺遇過一名——哇！」

「怎麼了？」

「這地方，變得好不一樣。」高台不見了，視線盡頭立起一座我沒看過的玻璃亭，兩側牆面掛滿捲軸畫，粉藍色的背景像是融合成天空，將屋牆變出兩列透明的窗口。不知從哪吹來的風，畫裡一個個人物隨著底下的流蘇彷彿動了起來。

「我們佈置得不錯吧。」

「這些新掛上的畫，怎麼說……」我一一看過每幅畫，發現每個人物的表情、動作、姿勢、衣著都不相同，像是描繪著眾生百態，「它們看起來，是這麼尋常？」

「哈哈，確實。愈是特別的日子，愈是尋常的日子。這些畫啊——」

「達瓦。」多傑從大殿角落走過來。那邊還有好幾名喇嘛坐在長几旁，似乎忙著準備供養品。「太久了，你離開。」

「拜託，你知道我是去幫伯鑫開門。」

多傑笑著看向我：「伯鑫，來，先喝茶。在那邊，熱茶。」

「欸，你自己繼續去後面忙啦。」達瓦向多傑說，「伯鑫今天回來，是想先看曼陀羅好嗎。」

我站在他們兩人中間：「沒關係啦，我應該可以一邊喝茶，一邊看曼陀羅……可以吧？」

多傑朝達瓦笑，嘴角翹得更高。

達瓦瞥了多傑一眼，看向我：「真的是不能讓你與多傑太熟。我說啊，這裡最不認真的就他了。」

多傑往角落折回去，達瓦朝他的方向，「嘿！你有沒有在聽？」

多傑舉高右手一擺，背對著我們說：「有。有。」

達瓦向我笑一下，要我隨他往大殿深處過去。我們距離那座玻璃亭愈來愈近，曼陀羅也愈從裡頭浮現出來——

我屏住呼吸。

那是一整個活生生的世界。

我貼著玻璃彎下身。藍色、紅色、綠色、黃色、白色，凹凹凸凸的彩砂之間，像是山裡有河，河裡有山。我看見世界裡還有世界，一層又一層，沒有止盡。

熟悉的香味飄過來——是酥油茶。

「伯鑫，」多傑拿著兩個杯子，「請。」他遞給我和達瓦。

「呦，今天對我這麼好？」達瓦接過杯子。

多傑也站到玻璃亭旁，向達瓦與我微笑。

達瓦舉杯向多傑致謝，再朝向我。我喝一口，還是那麼濃郁滑順而溫暖。我肯定會一直記住這個味道了。

「你剛看得非常入神啊，伯鑫。」達瓦說，「你有想要告訴我，今天你看到了什麼嗎？當然，或者你聽到了什麼也可以。呵，換我來當那個好奇的旅人了。」

「唔，我覺得……好像更難了。」我邊喝邊望進玻璃亭。

「哦？」

「上次，我說它色彩鮮豔到像是很吵一樣。今天，它不吵了。我不是說它一點聲音都沒有，而是……很和諧？可能是因爲我被隔在玻璃亭外面吧，位置不一樣，那個想像的聲音也不太一樣了。但另一方面，我更不曉得要怎麼形容我看到什麼……」我聳個肩，「呵，怎麼每次來到這我都在說奇怪的話。」

「繼續說。我說過，奇怪，很好。」達瓦喝一口茶。

「好吧，我……試試看。」我瞥向多傑，他一副也在等我說話的樣子。「這樣說好了，上次我來到這裡的時候，這個曼陀羅還沒完成，我可以就我看到的那些……很具體的東西去描述。外圓，內方，色彩有多鮮豔等等，就好像我可以評論些什麼，可以客觀地告訴你什麼。但是當它今天完成了——嗯？」我發覺達瓦好像要說話。

達瓦說：「沒事兒，你繼續講。」

「可是，當這個曼陀羅完成了，它就像有了一個完整的生命。那讓我剛才凝視它的時候，唔，感覺自己好像進入了它的裡面？你懂我的意思嗎？我是指，就眞的感覺自己處在那個活生生的世界裡，我也成爲那個曼陀羅當中的一部分。所以，我好像沒辦法再像之前那樣，當一個純然的觀察者了。」

達瓦緩慢地點頭：「所以，你今天在告訴我的，不是你看到**什麼**，而是，關於你**如何**在看。」

「我如何在看……」我搖一搖茶杯，在裡頭製造出一個小漩渦。

「而且，還有一件事。」達瓦停下來，我看向他，「你又在之間了。」

「噢——」我側著頭，「好像是耶。雖然今天沒有那一圈白色布巾，換成玻璃亭，但在我的想像裡，對，我又在之間了。我既在它的裡面，也在它的外面。」

「不。」多傑也開口了，「不是想像。你在裡面，那個，是眞實。」他指向曼陀羅的外圈，白色的花紋像水鑽般在反光。

「啊，你是指，那邊的白砂是我幫忙遞給你們的？」

多傑點個頭：「還有那裡。」他指向另一個方位的白色花紋。

我笑了出來。「你讓我開始感到有一點驕傲了，發覺自己是眞的在裡面，眞的對這個曼陀羅有過一點貢獻，雖然是那麼微不足道。」

「是的。」達瓦笑笑地說，「你可以感到驕傲，你應該感到驕傲。」

「但說眞的，我還是不太習慣得這樣隔著玻璃去看。我實在很想靠得更近一些，看得更清楚一些，也許那樣，除了剛說的那些我是如何在看，我也能多告訴你們一些我看到了什麼。還記得我第一次來到這裡的時候，你們已經製作曼陀羅到第……」

「第二天。」達瓦說。

「天哪，然後今天是第七天。只不過幾天，爲什麼我感覺像是過了好幾個禮拜一樣。這是多麼不容易的一段過程。我是指，至少對我而言，能剛好來到這，能與你們對話，能在這喝著一杯又一杯的酥油茶，甚至還能有那麼一點實際的貢獻。終於，它完成了。這個曼陀羅，最好的地方。沒有什麼比以這個作爲我拉達克之旅最終站來得更好的了。」

達瓦與多傑笑了起來。達瓦手比向多傑，多傑比向達瓦，他們好像都要對方先開口。

「怎麼？我說錯了什麼嗎？你們笑成這樣。」我問，「我還覺得剛才說的那段話是我在這裡說過最正常的一段話呢。」

達瓦喝幾口茶，放上旁邊的長几：「多傑，這次你也注意到了？」

多傑點點頭：「**完成**。」

「哈哈，」達瓦跟著也點頭，「是的，**完成**。」

「你們別自己聊起來啊。」我說。

達瓦看向我：「伯鑫，你沒發現你忘了什麼？」

「嗯？」

「在我帶你進來大殿之前，你問過我一句話。」

「又在考我……」我把幾乎見底的空杯也放上長几。

「更多茶？」多傑問。

「好，謝謝。你說我忘了什麼，唔……」我看著多傑拿起熱水壺，倒出的液體像是一條小瀑布，

「不行，我完全記不起來。」

「給你點提示。」達瓦說，「那時候我說，我們在等——」

「對，你說你們正等著我。我不懂，曼陀羅不就完成了，還有什麼好等的？等我來看它嗎？難道要給人看了才算完成？」

「哈哈，就說你聰明。」

「什麼？我沒跟上。」我發現連多傑也笑開了。他幫自己也倒一杯。

「伯鑫，你猜猜看，接下來這個曼陀羅會發生什麼事？」達瓦問。

「看你們把大殿佈置成這樣，應該是會繼續開放給民眾參觀吧？」

「沒錯。從明天開始，曼陀羅會在這裡連續展示四天，開放給所有來到這裡的人們。在這四天，這個曼陀羅都持續在完成。」

「持續在完成？」

「就像你的到來，你的觀看，你的發想，你的聲音一樣，那些都共同在完成這個曼陀羅。如果沒有你，沒有更多的人們來到這，這個曼陀羅就這樣被放在角落裡，它就只是一堆砂而已，毫無意義。這個玻璃亭看起來或許像是界線，但那不是我們的意圖。那只是一個暫時的姿態，讓更多人們來到這，

停留在它的外面，同時也在它的裡面。用你上次的話，每個人都會帶著自己的顏色加入這場曼陀羅的對話。在這裡，那裡，在之間，在每一個地方，彼此協調。那會是一個持續在完成的過程。」

「……而在那個過程裡，人們，就像是在彼此合作……」我思考達瓦前兩次關於曼陀羅的一些描述。「所以你說的合作，不只是五顏六色彼此合作，也不只是你們四名喇嘛彼此合作，而是——」

「**我們**彼此合作。」達瓦說。

「包括我，以及所有繼續來到這裡的人？」

達瓦點點頭。

「你們在等著的……就是這個嗎？」

「是的。沒有我們，就沒有曼陀羅。」

「嗯。」我湊近杯口，再聞一聞酥油茶的香氣，「我喜歡這個說法。」

「但也可以反過來說。沒有曼陀羅，就沒有我們。」

「等等，爲什麼可以反過來說？這樣到底是哪一個先？」

「沒有哪一個先。曼陀羅就是我們，我們就是曼陀羅。那就是最好的地方，也是一切根本的所在。」

「我想，現在，我們正在完成漂亮的曼陀羅。」多傑也向我舉杯。

「這邊我又跟不上了，好難。你們果然也帶給我更多疑惑了。」

多傑，你怎麼說？」

「沒有那麼難的，哈哈。」達瓦走去幫自己倒了半杯，喝幾口。「怎麼，看你的樣子，你還在想？」

「當然，我眞的沒聽懂。而且上次你還說過什麼各個宇宙相即之間的，你說的這些要怎麼串起來。

天哪，我覺得我的腦袋快爆炸了。」
「相信我，真的沒有那麼難的。」
「我不知道，現在的我沒什麼頭緒。」
「或許你並不知道那個答案是什麼，但你早已體現你能如何回答這個疑惑了。」
「嗄？」
「呵，我不能說更多了。我看看，」他從懷裡掏出手機，一按，螢幕亮起來。「差不多時間，我們出去好好呼吸一下吧。那可是個更好的地方。多傑，這邊就麻煩你了。」
「什麼──好啦好啦。」多傑轉向我，「伯鑫。」他向我微笑，點頭。
我回應同樣的動作。
達瓦說：「喝完你手中這杯，就走吧。」
我們走回中庭，屋牆的陰影佔據更大的面積了。
「我們要去哪？」我問。
「山頂。」達瓦帶著我右轉。
「你認真的嗎？」
「哈哈，別擔心。我相信你在拉達克的這幾天一定爬了很多山。我們寺院的後山很近，不用走太多步。」
廣場對側開了扇門，鑽過來的陽光拉出一條長長的光束。我們往那兒走近。
「你去過後山嗎？」達瓦問。

「應該是沒有。」
「那好。沒有什麼比剛好更好的了。」
我們穿過門口，再沒有遮蔽，和煦的陽光直接灑過來。稍微轉個彎，出現一條往上的步道，看起來不到五十米就能抵達頂端。
「沒事的時候，我最喜歡來這裡，站上山頂，將四周的全景納入眼底。這是最適合呼吸的地方了。你聽過阿特曼嗎？」
我搖搖頭。腳下的階梯非常和緩，一小格一小格的磁磚平鋪，左側是繁茂的花圃，右側的欄杆大約有三四串風馬旗，像是藤蔓一樣往上攀。
「阿特曼，是梵語裡的自我。不過這個字的原意，是呼吸。」
「呼吸？」
「你要知道，呼氣與吸氣，一出一進，兩者相互依存。」
我隨他一步踏著一步。
「並在每一個交換的刹那，自我才相應而生。」
剩下最後幾階。
「來，回頭。」
是機場。一條深灰色的跑道筆直朝向遠方。那兒就是列城了，屋宅與綠樹錯落，我試著辨認出旅館的位置——我有些想念那曾讓我感覺熟悉的一切。「達瓦，我好像沒特別和你提過，明天一大早，我就要搭飛機回去了。」
「是嗎？」達瓦停在我身旁。

「先飛德里，晚上轉機回台灣，結束我九天的旅程。」

「你確實沒提過。我想，我已經說過太多這裡的事，也該是時候了。你呢？」

「嗯？」

「你怎麼想，來到這個地方？」

「唔，剛來到這裡時，我非常困惑，關於這個地方，關於我自己。」

「那麼，現在？」

「我還是覺得我有太多太多不知道，還是有那麼多疑惑，但……那很好。」

他點個頭。「是很好。」

視線跨越機場的另一側，對面山坡上有人似乎用白色石頭拼出兩行字。「『以榮耀觸摸天空』？」

我唸出來。

「你說那些字？」達瓦也看過去，「那是印度空軍的格言。」

「觸摸天空……」

「或許你明天上飛機時就可以試試。」

「你是說把手伸出飛機的玻璃窗外嗎？」

「或許，呵。」達瓦手輕輕一揮，「我們繼續往上吧。」

一陣微風吹來，欄杆上的風馬旗飄浮起來，旗穗像是樹葉在摩擦，發出細微的聲響。

「我想，你也會喜歡上面的。」他說。

山頂到了。

滿天的風馬旗像是好幾株古榕合抱，從任何角度、任何高度不斷分生出新的枝葉，將平台中央那間三層樓高的白色寺院幾乎完全掩沒。風一吹，整片五色旗海紛飛著沙沙作響。

「好美。」我隨他走進那底下，仰起頭，天空時有時無地從飄揚的風馬旗間露出來。「一路上我見過許多風馬旗，似乎……沒有哪個地方能比得上這裡。」

「哦?你這麼覺得?」

我忍不住停下來。「怎麼說，這裡的風馬旗，好像會呼吸一樣?」

「是啊，它們就是飄在空中的浪，能飛向無窮的遠方。」

我感覺自己像是隨著頭頂的旗海一起搖盪，一起呼吸。

達瓦輕輕笑了兩聲：「別停在這兒了，伯鑫。前面還有更多值得你好奇的呢。」

「哦?」

「來吧，繼續走。」

我和他穿過風馬旗海，有幾次還得彎下腰前行。一繞過白色寺院，陽光幾乎是水平地照射過來。

我回過頭。

「你真的很喜歡這裡。」達瓦發現我又停下腳步，跟著轉過身。

我點點頭。白色寺院的這一整面沒有風馬旗海覆蓋，被照成了金黃色。「真的……好美。」

「你又說一次了。」

「不行嗎?」我看了達瓦一眼。

「當然可以。」他笑著說。

我繼續感覺自己跟著那片五色旗海呼吸，背脊迎著光，像是連胸腔也暖了起來。

達瓦在我旁邊等著。

「所以，你們就這樣製作著曼陀羅，月復一月，年復一年，沒有停止的一天？」

「伯鑫，你讓我想起上次你那個不像問題的問題呢。」

「嗯？哪個問題？我問過太多蠢問題了。」

「『那是個沒有停止的移動嗎？』」

「……噢。」

「噢。」達瓦模仿我，「就這樣？」

「不然咧？」

他輕輕笑了幾聲：「也對。也對。」

我感覺周邊的光線有些暗下來。

「是時候了。」他說。

「嗯？」

達瓦指向遠處。

沒有幾秒，太陽落到山的背後，眼前瞬間失去光亮，像是墜入海裡，天色連同地景一起渲染開來，連成一體。

「伯鑫，你變得不一樣了，與上次問那個問題時的你不一樣。」

「……是嗎？」

「你不再怕了。」

我笑著搖頭：「我還是怕啊，就像，我還是覺得捨不得。可能是……都帶著了吧，所有的一切，好的或壞的，真的或假的。或許也沒有所謂好壞真假。就像你上次說的——我是匹風馬吧。」

「我們都是啊。」

我回過頭，寺院的牆面恢復為白色，風馬旗海依舊隨風飄揚，從這個方位望過去，像是變成一座橋，只要順著它就能走上天空，甚至，觸摸天空。

「月亮。」達瓦說。

我在東方的天空中搜尋，乾淨的靛青色像是失去了距離感。「在哪？我沒看見月亮啊？」

「哈哈，當然，那是我的名字。達瓦，意指月亮。」他停頓一下，「你呢？伯鑫的意思，是什麼？」

「唔，我不知道。」

「你又不知道了。」

「反正我一直都這樣不是嗎？」

「也好，那我就繼續把你認作是好奇的旅人吧。」

「那有什麼問題。」

我想起迷路的那一天，牧羊阿嬤在每個山頭目送我前行。想起拉姆拿著手電筒伴我走過漆黑，來到星空底下。想起德吉，想起我們的那塊石頭，想起那一堵嘛呢牆。陽旦村的田裡，小女孩躲在母親背後偷瞄我，祖母在一旁微笑。我在雪松村的草原上奔跑，好多孩子追著我，水花不斷被踏起。玉石項鍊跟著飛起來，卓瑪哼著歌現身了。一個人、一個人、一個人……

「但如果，真的要說我的名字有什麼意義，那也是直到一路上我遇到了你們吧。我想，那也是曼陀羅。」

「是的，它是。」

「所以我哪裡有辦法回答你的問題呢?我的名字的意義，還持續等待著被完成呢。」

「你啊，學得挺快的嘛。有趣，眞的有趣，哈哈。」

我與達瓦一起在山頂上笑開來。

「達瓦，我得走了。」我說，「天快要黑了。」

「是的。歡迎再回來，任何時候。」

「你明知我明天一大早就要搭飛機回去，沒時間了。」

「誰說的?任何時候，任何地點，只要你記起曼陀羅，那個當下你就在這裡了，你就在——最好的地方了。」

「嘖，沒喝到酥油茶，怎麼能算數!」

40

「來來來!再靠近一點。」凱恩父親在我面前幾公尺說。我已經應要求一手搭上凱恩肩膀。如盈跨步過來調整凱恩別在襯衫上的胸花，邊後退邊露出滿意的笑容。「好來，笑一個喔。」凱恩父親連按好幾次快門，忽然暫停動作，「欸?凱凱啊，這是怎樣?」

凱恩跑過去，靠在比他也比我更高的父親身邊，一起盯向螢幕。那個相機被凱恩父親拿在手裡小得像是玩具一樣。凱恩伸手在上頭按一按：「醬就好了啦。」

「眞的捏。」凱恩父親瞪著螢幕又幾秒，「厚，這麼聰明誰生的？」他一手抓進凱恩的頭髮亂撥。

凱恩興奮地搖晃身體，胸前的「畢業生」三個燙金字樣像是眞的在發光。如盈笑著走進辦公室。

我們重新照了幾張合照，凱恩站得比剛才更挺，像是想要顯得比我還高一樣。

「凱恩爸爸，那就確定下週一過來辦出院囉。」我說。剛好與欣瑜在同一天。

「蛤？一定要喔？」凱恩像在抗議什麼。

「哪有人在捨不得的啦。」如盈拿著筆電又出來，笑笑地繼續往會議室過去。我和凱恩父親跟著笑了——大教室前方傳來桌椅摩擦地面的聲響。

「黃凱恩！」雅慧遠遠喊著，「工作還沒完。」

「好——！」凱恩跑回去。

朋城、哲崴一人各在長桌一邊往我們這看過來。他們身後的落地窗再度掛上一條條彩帶，金色、銀色、寶藍色、洋紅色，像藤蔓一樣從頂端垂下來，反射出繽紛亮光，講台側緣也貼滿好幾排彩色氣球。凱恩父親向我點個頭，追上去。果然只有像凱恩這樣過動的孩子才會發生家長提早衝來現場這種事。

雅慧指揮病人們繼續往右搬動桌椅，凱恩的父親一路跟拍。淨空的大教室中央，芳美姊集合了另一群病人，每人手裡都拿著一小疊黃色A4紙。宇睿站得離芳美姊最近，欣瑜和其他人不時點頭。他們是接待組的孩子。看起來場佈組已經搞定講台正前方與左側的兩區座位。

一股濃郁的堅果與奶油香從烹飪教室的方向飄過來。

「鑫哥，來幫忙一下。」丁大說完就消失在轉角後方。

啓閎端了一大盤餅乾出來，姵琪跟在他後面手上也是一盤。他們兩人胸前也都別上了胸花。一盤盤深淺不一的小蛋糕與三明治從我面前晃過去。

「你到底準備了多少東西啊？丁大。」我向走道盡頭的烹飪教室裡說。

丁大向我咧嘴笑：「快來。」他打開冰箱用背擋住門，「拿著。」

好重的玻璃缸。半透明的珊瑚色液體上漂著大量蘋果丁、檸檬片與一顆顆水晶般的冰塊。

「丁大還有什麼要拿嗎？」啓閎空著手回來。考完基測的他最近似乎更沒有顧忌地狂打電動了。

「那個……小盤子。」丁大從冰箱再抱出一大盤翠綠色的茶凍，往後一踢關上冰箱門，「出去吧。」

我跟在丁大後面，一顆顆蘇打氣泡浮上來，酸甜的柑橘氣味像是同時刺激我的嗅覺和味覺。好幾個孩子圍在長桌四周調整茶點擺放的位置，姵琪呆站一旁，有些緊張地盯向丁大。

「姵琪別發呆，」丁大說，「叉子還有湯匙也幫我拿出來。」

姵琪點個頭。我忽然發覺她今天換了副新眼鏡，裝飾在鏡框外緣上的蝴蝶結從一朵變成兩朵——那是 Hello Kitty 的蝴蝶結？

「——學長我來幫忙。」

我轉過頭。「欸？大雄？」我笑出來。

他伸手將我懷裡的玻璃缸直接抱過去。「丁大這要放哪？」

丁大把那盤茶凍放下來：「這。那個那個，這兩盤對調一下。」丁大繼續指示大家把東西放好。

「學弟你怎麼來了？」我問。

「就，想來啊。」大雄搔搔頭，頭上又出現那個像是快要壞掉的雞毛撢子。

我笑著搖搖頭。啓閎和姵琪拿著東西回來，丁大叫大家可以先休息喝個水去，姵琪比其他人慢了半拍才離開。

「大家今天都好忙厚。」大雄說。

「對啊，一年一度的大日子。」我說。

三區座位都排好了，雅慧喊著要場佈組的確認自己的座位在哪。芳美姊帶著接待組的孩子到放滿花籃的大門旁繼續說話。如盈還一個人在會議室裡操作電腦。

「就除了你學長啊。」丁大說。

「喂，」我看向丁大，「剛才不知道是誰在使喚我？機動組也很忙的好嗎？」丁大笑開來，順手再度挪動紙巾與夾子的位置。

「葉醫師你回來了！」「葉醫師好！」場佈組的孩子們也解散了，好幾個人向我們這喊著。大雄向他們揮揮手，朋城也遠遠向我點頭。

「眞的，好懷念喔。這裡感覺都沒什麼變。」大雄說。

「是嗎？」我笑笑地說，同時稍微想起郁璇。聽說她仍在外院住院，不確定症狀是否有了改善。

大雄很認眞地點頭。如盈走出會議室，一臉驚喜地向大雄揮手，隨即被跑過去的哲崴纏上。身爲典禮總召的她從今天一早就沒閒下來過。隔著窗我看見投影幕上似乎放起影片。

「大雄你現在還R2啊？」丁大問。

「對啊，下個月……」大雄皺起臉，「就變R3。」

「幹嘛這個語氣？」我說。

「就很心虛啊，要變 senior R（資深住院醫師）咧。」

「厚，你沒問題的啦。」丁大說。

「欸——是說，學長啊，」大雄更加吞吞吐吐，「你會推薦……來這當一年 fellow 嗎？」

「滿好的啊。怎麼?你該不會……」

「還在、還在想啦,但有可能,會考慮看看吧。」

「呵,那就到時候再說吧。」

「蛤?學長只有這樣的建議而已喔?」大雄困惑地看看我,看看丁大。丁大聳肩攤個手。

「當初開會最後袁P問你,你也沒說什麼啊。這麼早煩惱幹嘛。是想提前緊張喔?」我說。

大雄又搔搔頭:「……也是厚。」

丁大和我互看一眼,同時笑出來。「總之,」我繼續說,「記住自己現在的樣子就對啦。」

大雄喉音更重地喔一聲。那也是我希望自己能一直記住的樣子吧?什麼都不確定,但也什麼都保持好奇。不知道一年前楊醫師交班給我時是不是也是類似的心情呢?很快,我也要成為和她一樣、但也不一樣的主治醫師了。

「妳好!」宇睿的大嗓門從大門附近傳來,「請這邊簽名,這是今天的時間表。」是姵琪的阿嬤,一手牽著姵琪還在念幼兒園的小妹妹——小妹妹另一手裡抓著一隻戴了學士帽的小熊玩偶。欣瑜接力指引她們往左側的座位區入座。忽然病人們一整群擁上大門口,雅慧邊喊著「做什麼做什麼」邊走過去,芳美姊微笑看向那一群騷動的中心,我也看過去……

「學、學長?」大雄說。

是筱雯。她依然是那樣胖胖的,臉上的笑容看起來開朗許多。我想起她今年也是從國中畢業,學校那邊應該開始放暑假了。

「哈哈,真不錯。」丁大說,「我去叫餐飲組的同學們也準備出來啦。」

大雄還是一臉搞不清楚狀況的樣子。

我輕輕笑了一下：「我也去跟如盈說一聲。」

沒反應。

「如盈？」我又叫一次。

她站在病歷櫃前，低頭似乎在看手機。一個有些熟悉的女生說話聲模糊地傳出來。我走過去。

「……在這邊祝各位同學，不論今天要畢業，或者還沒有要畢業的，都愈來愈能成爲更好的自己，好嗎？祝福大家。」

畫面定格在穿著白色長袍的楊醫師。

「這是？」我說。

如盈手機差點掉下來。「被你嚇死了。怎麼了啦？」

「剛在門邊叫妳好幾次了。」

「眞的？」

我笑了笑。這應該是如盈今天難得靜下來的時候。「筱雯回來了。」我比向窗外。

如盈更驚訝地啊一聲，轉頭看出去。他們一群人移動到講台前方，手機拿遠了在自拍。筱雯雙手比起大拇指，包含哲崴在內的幾個男生在後排做著像被誰揍了一樣的鬼臉。

「哇，」如盈笑了好幾聲，「天哪，感覺她出院，好像才不久前的事而已。」

「是啊，沒想到就這樣快一年了。」

如盈繼續望向窗外，眼裡充滿笑意。陸續大門又進來幾個人，穿著T恤的、藍色短袖襯衫配領帶的，我認出其中一位抱著花束的是啓閎的姑姑。雅慧揮著手要大家繼續本來各自的工作。

「對了，」我說，「剛那個影片是……」

「喔，今天一早我過來醫院路上，剛好想到，就和以璐醫師訊息聊了一下，說今天這裡畢業典禮。她就回我說上次吃飯怎麼沒跟她說，臨時錄了一段影片過來。」她笑著搖搖頭，「整個很突然啊，還在想等一下要怎麼安插進 schedule 。」

「這不算問題吧？」

「也是啦。」如盈有些不好意思地笑了。

筱雯看到窗戶這側的我和如盈，向我們揮揮手，但立刻又被其他人拉著往大教室右邊走。我想回到學校的這段時間她肯定繼續進步了更多。

「伯鑫醫師你呢？」如盈轉頭看我，「之後的工作，也確定了嗎？」

「差不多。目前是還在跑簽呈，不過就只是固定的行政程序而已，不會有什麼變數。」

如盈微笑點點頭。

幾週前的那次面試進行得相當順利。那邊的主任說我七月或八月再到職都可以，我自己決定就好。

朋城拿著一張紙停在窗戶對側，朝我和如盈指向電腦教室。如盈點頭要他自己過去。他經過筱雯一群人旁邊走進電腦教室，拉上窗簾。光看他的樣子我都有些為他緊張起來了。姵琪也走過窗外，手裡拎了個粉紅色的小紙袋，上頭有個愛心。

如盈說：「你後來還眞的沒和他討論等會兒的致詞啊？」

「嗯？」我轉回頭，「沒有啊。」

「眞是的。本來我是想他一定會和你聊的，想說那就沒關係了。誰知道你喔。」如盈搖著頭。

「嘿，不能怪我。妳都那樣說不給他意見了，我只是比照辦理嘛。」

「你是吃到丁大口水喔？變這麼油嘴滑舌。」
「對。對。」
我們笑起來。我注意到姵琪停在丁大旁邊，雙手向丁大送出那個紙袋，丁大好像笑得有些尷尬。大雄飲料裝到一半，一臉呆樣地看過去。丁大收下後要姵琪繼續幫忙送茶點，然後注意到我的眼神，向我顯然更尷尬地笑了一下。
「這些孩子啊。」如盈笑笑地說。
我看回來，她應該同樣注意到了。
「呵，但你知道嗎，其實你剛來那一兩個月，我猶豫了好久，在想……到底要不要繼續拜託你幫朋城做治療。」
「哦？」
「因爲那時候覺得，自己很瞭解朋城吧，知道對他來說以璐醫師的離開，很傷。所以當知道你又只在這裡一年，雖然以璐醫師有跟我說她會特別向你交班朋城，要我放心，但就覺得……」
「治療……可能只是又一次的受傷？」
她笑著點點頭。「傻傻的我，差點又要後悔了。」
我回想去年八月那次會議後她特別留下來和我的對話。
「啊，時間眞的過好快，連朋城都要畢業了。眞的是永遠都不永遠了啦。」
「本來不就都這樣的嗎？」
「是啦，這我也知道，但就——嗄，可能我只是希望，就算離開了，但如果能知道對方仍然記得你，仍然把你放在心裡某個位子，那也就足夠了吧。」

我看向如盈。

她保持笑容，看向愈來愈熱鬧的窗外。

我想起另外一些事情。「但很多時候，就眞的無從得知了，即使我們再怎麼努力。」

如盈轉頭看向我，眼神有一點訝異。她稍微垂下視線。「伯鑫醫師，你覺得當年……她爲什麼會想打那通電話過來？」

「妳是指……」

她停頓一下，點個頭。

我嘗試去回想如盈向我描述過那些她和那位女同學互動的經過。「我想，她應該是眞的很在乎，也很感謝妳的陪伴吧？」

如盈像在思考什麼。「我覺得我不夠……」

外頭的嘈雜聲開始更傳了進來。「我們……永遠都不夠。」我說完，注意到站在大門附近的芳美姊剛好往我們這兒望過來。如盈跟著我的視線看過去。

「……有點感傷呢。」她說。

「是啊。」

她嘆口氣，然後笑了笑。「那麼或許我能做的，就是讓每次說再見，都當成相遇最美好的一刻吧。」

「妳是啊。」我停頓一下，「總召大人。」

「什麼啦？爛死了。」如盈笑得比較開心了。

芳美姊拉開大門，袁P到了，穿著西裝外套的一男一女跟在後方進來。

「——報告！」哲崴站在辦公室門口，「老師，筱雯等一下可以一起上台嗎？頒畢業證書的時候。」

「是可以啊，不過我沒做她的畢業證書——」

「筱雯說沒關係。」

「好，那就……」如盈指向打卡鐘旁邊，「你拿一下胸花給她，櫃子上有看到嗎？」

「有。謝謝老師！」哲崴手長腳長地一抓就跑出去。

「好啦，我們也該出去了。」如盈看向我，「偷懶太久啦。」

我笑著點頭。

「——蔡醫師！」宇睿的大嗓門壓過來。

我轉過身，宇睿咧嘴看向我，雙手稍微晃動。一對看起來是他父母的中年人跟在他背後過來，兩人都向我一臉歉疚地笑著。我朝如盈示意她自己先去找筱雯就好。

「你跟他們說我現在是不是很乖？」宇睿說。

「是宇睿的爸媽嗎？」我說。

他們點點頭。之前只有電話上聯絡過，這還是我第一次見到他們本人。瘦小的母親拉拉宇睿的手肘，似乎是想要讓他後退半步，拉不動，換同樣比宇睿瘦小的父親低聲講著「宇睿要有禮貌」。

我微笑看向宇睿，他喔一聲，稍微後退一點。

「宇睿最近，是真的表現還不錯。」我說。

宇睿轉向他的父母：「你們聽到了呴？就說我沒騙人。」

「知道啦，不用這麼大聲。」宇睿父親還是像在壓低音量地說，「你沒再給醫生添麻煩就好。」

「我哪有——」

「乖，乖，」母親勾上宇睿的手臂，「不要再纏著醫生了。你不是說要帶我們去看回顧影片，是在哪邊？」母親勉強帶動宇睿的腳步。

「厚，你們怎麼都不聽醫生說我好話。」

母親回頭向我再度歉疚地笑，父親也是。他們一左一右像是努力哄著一個大小孩離開。「在會議室那邊啦。」宇睿邊走邊沒好氣地說。

不遠處又有人在叫我——是芳美姊。她在大教室前方向我微笑，身旁的袁P和那兩名穿著正式的陌生人正在交談。我邊沿路與其他人打招呼邊走過去。

芳美姊比向我：「這是剛說到的蔡醫師。」

「你們好。」我說。

他們面帶和藹的笑容向我點頭。袁P站在芳美姊右手邊，一臉嚴肅地像是往外看。

「這位是教育局局長，還有我們特教學校的校長。」芳美姊說。

「是。」我再分別點頭，然後看回芳美姊。我不確定是不是還有要說什麼，芳美姊瞇著眼向我微笑。

「局長，校長，我們這邊請。」袁P說。

他們向我也點個頭便跟著袁P往裡邊走。袁P繼續在爲他們介紹的樣子，不時比向日間病房的各個角落。

我等到他們稍微走遠一點。「芳美姊，剛才，你們是有說到我什麼嗎？」

「沒什麼，袁P只是跟他們說，以後有需要也可以找你。」

「呃，意思是……」

芳美姊笑了笑：「擔心什麼。就單純推薦一下而已。」

「推薦？」我有些驚訝。

「你在這邊都要一年了，每週門診也都跟在袁P後邊，他對你怎麼會不瞭解。」

「可是……」可是我從來不覺得自己瞭解他。

「有什麼疑問，等晚點典禮結束，自己找袁P問清楚啊。」

「嗄？問這個不會很白目嗎？」我有些笑出來。

芳美姊也笑了。「欸？」她往前走幾步，是姵琪的阿嬤站在一旁，「阿嬤要找我嗎？」姵琪阿嬤一樣牽著那個小妹妹，她們似乎在旁邊等了一小段時間。芳美姊回頭向我比個手，與她們談起話。又有人推門進來了，一股熱氣夾帶蟬鳴湧過來。

欣瑜從我面前跑過去。「老師好，這邊簽名謝謝。」她說。那好像是她的資源班老師，雅慧也朝她們走過去。欣瑜母親今天說是因爲工作忙碌無法過來，但我們暫時也不去特別揣測原因了。凱恩和他父親繼續四處找人拍照，一小群、一小群的人聚在一起聊天、吃著東西。我像是有打不完的招呼，同時開始感覺室內有些熱起來，有人拿起那張黃色的時間表在搧風。筱雯拿了一杯飲料過來要給我，她的胸前已經別上胸花，臉上笑出我很久沒見到的可愛酒窩。如盈來回在大教室與辦公室間跑來跑去，丁大走到袁P旁邊似乎和特教學校的校長在說什麼。我的視線穿過人群，落到會議室窗外。那個背影是……

「朋城媽媽？」我輕聲說。

她轉過身，胸前抱著一大束鮮花，底下是一身素淨的橄欖色連身裙。「啊，蔡醫師，不好意思剛看您一直在忙就沒過去——」

「不會，是我沒注意到。媽媽過來一段時間了嗎？」

「還好。」她笑了一下，懷裡紫色、粉色的滿天星將好幾朵向日葵包圍起來，周遭鬧哄哄的。「真的，好久不見了。上次過來拿診斷書的時候，剛好您不在。」

「是啊。」我說。她還眞的如當初所說幾乎沒再過來了，聽芳美姊說，這一年她連打電話過來的頻率也減少許多。

窗戶對側，投影幕上剛好出現一張朋城在裡頭的照片。那張面孔比現在稚嫩許多，沒有笑容，也沒看向鏡頭，胸前同樣別著紅色胸花。那應該是他國三時的畢業典禮。影片切換到下一張照片是袁P在頒獎。

「喔對，」我突然想到，「媽媽見到朋城了嗎？他應該還在電腦教室，在準備等會兒的畢業生代表致詞。」

「嗯，我知道。剛才……」母親以視線往大教室前方找了一下，「那位女同學有跟我說。」

我轉過頭，是欣瑜。朋城母親不曉得知道多少了。又有好一些人到場，雅慧叫場佈組的病人從小教室搬更多椅子出來，大雄也過去幫忙。我笑了笑：「今天這裡，到處都亂七八糟的。」

「好像……都是這樣啊。」

「啊，不曉得媽媽這幾年畢業典禮，是都有過來嗎？」

她微笑點個頭。

我也點點頭，旁邊又聽到凱恩父親喊起三、二、一的倒數。「不過今年，比較不一樣啊。」

「是。」她保持微笑，抿了抿嘴，像是有些什麼想說的樣子。

我看向她。

她輕輕噯一聲，低下頭：「眞的，蔡醫師，要特別謝謝您。雖然朋城和我說得還是不多，不過從他偶爾提到幾次，我知道，他很重視、也很珍惜與您的會談，雖然只有短短一年。」

「……嗯。」我點點頭，心裡有些說不出的感受。我向電腦教室望了一眼，窗簾還是拉著。「謝謝媽媽告訴我這些。」

她笑得比剛才放鬆一些。

「唔，這樣說好了，雖然我也不敢說自己完全瞭解朋城，就像媽媽剛說的，我眞的也只和他認識一年而已，他也不可能眞的所有東西都跟我說。但我可以感覺到，他其實，還是很在乎媽媽妳的。」

母親似乎比較用力握住花束，滿天星稍微晃動起來，玻璃紙反射著不知道是哪裡的燈光，她的眼角也是。她又抿了抿嘴。「……要是沒有你們，我早就……放棄了。」

我沉默好幾秒，感覺自己也有些要泛淚。「但是妳沒有。」

「我就是……一直不敢放手啊。」她像是努力讓聲音不要失去控制。

「麥克風試音、試音。」如盈的聲音從喇叭傳出來。丁大蹲在講台側邊，如盈在舞台中央朝丁大比OK的手勢。大部分人都入座了。我看回朋城母親。

她按了按眼角，笑了一下：「讓蔡醫師您見笑了。」

我搖搖頭。

「典禮好像要開始了，我先就座，蔡醫師您也……」

「是。」我看見病人們陸續往右側的座位區移動。

母親向我躬身時滿天星又晃動起來。她往左側的座位區走。

「朋城媽媽。」我叫住她。

「嗯？」她轉過身。

「那個，花很漂亮。」

她停頓兩三秒。「這是……朋城父親訂的，他說，他不好意思過來。」

「……噢，是這樣啊。」

她微笑，點頭，再次向我鞠躬。

她走進去時稍微擦到坐在前排的姵琪阿嬷，她向姵琪阿嬷比手致歉。啓閎的姑姑側坐，她將花束舉高更進去，那裡還有兩個空位。大門附近只剩芳美姊一人留守，雅慧站在小教室門口叫還待在裡頭的病人們趕快出來。

「學長，」大雄在舞台前方的座位區向我招手，「這邊，留給你的。」

我走過去，第二排靠左。袁P和那兩位長官坐在我右前方，第一排還留有幾個空位。我在大雄旁邊坐下，同時看到電腦教室的門打開。

院長匆匆進來，和兩位長官與袁P握手後坐下。芳美姊向站在窗邊的如盈和丁大點個頭，與雅慧一起在第一排最左側入座。如盈拿著麥克風走到講台前方。大教室裡漸漸安靜下來……

「歡迎來到我們青少年日間病房，一〇一學年度，畢業典禮！」

如盈雙手將麥克風握在胸前，微笑環看全場。病人們在丁大帶頭下從右側座位區響起掌聲與歡呼聲，很快左側與我這一區跟著拍手。落地窗上的彩帶被爬高的太陽照得更加閃閃發亮。

「大家今天都過得好嗎？」如盈很有精神地說。

四周不整齊地回應著「好」。

「應該很多人還忙著在吃我們孩子們做的點心呵？」底下好多人笑了，「好的，今天，是這裡每年最特別的一個日子。我們這麼多人，在這邊齊聚一堂，爲的就是一起歡慶即將到來的告別。今年，我們這裡又有好多孩子畢業囉。」

丁大再度鼓動大家歡呼——這次響應的人更多了。我發現所有畢業生都被安排坐在那區的第一排，朋城、宇睿、凱恩、啓閎、姵琪，還有筱雯。朋城手裡抓著那張講稿，臉上沒有笑容。欣瑜坐在他正後方。

「要謝謝今天能撥空前來的每一個人，爸爸、媽媽、阿公、阿嬤、家人、學校的老師、主任，還有許多協助、指導我們的長官，你們每一個人，都是今天的貴賓。我是今天典禮的主持人，謝如盈老師。你們可以不認識我是誰沒關係，但你們一定都認得這裡的大家長，袁震宗醫師！」

袁P站起來向各個方向點頭，院長也舉高手向他鼓掌。我注意到大門被推開，一名女性探頭探腦地要進來，芳美姊很快起身過去指引她簽名，雅慧跟著起身。

「不過呢，今天最重要、最重要的主人翁，還是我們所有的孩子們。請大家給他們最最熱烈的掌聲！」

丁大指揮病人們全體站起來，向大家一鞠躬。朋城還是沒放下那張講稿。家長們拿高了相機、手機在拍。剛才遲到的那名女性被芳美姊引導到朋城母親旁邊坐下，朋城母親與她說起話，似乎是本來就熟識的樣子。

「一般學校的畢業典禮，都是由校長或者長官致詞開始。我們這邊呢，跟別人不大一樣……」

芳美姊坐回來，我往左前方伸手點了一下她的肩膀。「那誰啊？」我小聲問。

「朋城高中的輔導老師。」芳美姊回頭說。

我點點頭，坐直回來。

「……今天開場第一個活動，就交給我們今年的畢業生代表。讓我們歡迎，張朋城同學。」如盈拿著麥克風比向朋城，拍拍手。

全場又響起一陣掌聲。

朋城沒有動作，直愣愣盯著某處。欣瑜似乎從背後輕推他一下。朋城站起來，把講稿塞進褲子口袋，過半秒才僵硬地走向前。他從如盈手裡接下麥克風。

站定位。

他稍微抬起眼神，飄向芳美姊那兒，然後與我非常短暫地眼神接觸。他看向正前方，像是看進空無一人的辦公室裡。

如盈與丁大一起站在講台右側。大教室裡只聽見紙張搧風的聲音和一些細瑣聲響，我感到心跳快了起來。

「大家——」喇叭傳出尖銳的回音。朋城立刻把麥克風拿遠，臉皺了一下。如盈往前踏幾步，丁大蹲下來調整音響。朋城回頭向如盈比手示意沒事。

他重新把麥克風拿起來。

鎮定。

他再次看回正前方：「大家好。我是，張朋城。」

麥克風沒有再出現回音。

他的說話聲和平常完全不一樣，左手也一起上來抓住麥克風。我感覺自己整個喉嚨也繃緊了。

「我是今年的，」他嚥了一下口水，「畢業生代表，也是，五月天的粉絲。」

底下傳出稀疏的笑聲與疑惑聲。

朋城抽動一下嘴角，雙手像在麥克風上扭絞。

「我在日間病房，已經待很多年了，久到我在這裡，還有另外一個，其實有點好笑的稱號……永遠的班長。」他自己乾笑一下，「雖然我並不是眞的班長，就像這裡，也不是眞的學校。但和你們現在看到的一樣，這裡，也不太像醫院不是嗎？」他似乎放鬆一點，再度露出笑容。觀衆間又發出一些笑聲。

「但這裡……是什麼地方呢？」

他停下來。全場，跟著也安靜下來。

他低下頭，做了一次深呼吸。

「我開始來到這裡的那年，是我國二。剛進來的頭一兩個月，幾乎每天我都會聽到五月天的一首歌，因爲那時候他們剛好發新專輯吧。那首歌叫——〈你不是眞正的快樂〉。歌詞從一開始就唱，呃，爲了大家耳朵著想，我還是用唸的就好。『人群中哭著／你只想變成透明的顏色／你再也不會夢或痛或心動了』。那時候我感覺，像是立刻被這首歌一擊KO那樣。我不知道什麼叫做眞正的快樂。我唯一知道，卻也一直不知道答案的，是每個人都在問我，我也不斷問我自己的一個問題，」他抬起頭，像是看向正前方的我們，「我有……想要回學校嗎？」

他橫向移動眼神，這次很確定地，他看向我。他又稍微低頭，抿嘴微笑一下。

「很多人都覺得，來到這裡的我們，只是在逃，逃避外面的壓力，逃避眞實的世界。諷刺的是，我也眞的這麼覺得。我們就是一群病人，一群被這個社會淘汰的瑕疵品。我從沒想過我會在這裡參加一次又一次的畢業典禮，更不用說有一天，我會站在這裡。但可能我在這裡眞的待得夠久了，看過太多來到這裡的同學，儘管每個人都爲了不一樣的原因過來，在這裡停留的時間也有長有短，但常常，我們都一樣，是那麼討厭只能來到這裡的自己，討厭什麼都沒辦法做的自己，討厭……被恐懼困住的自己。快樂，就像學校一樣，變成一種，好像在那裡，卻不再眞實的東西了。」

全場像是屏住呼吸，沒有一點動靜——直到他喘口氣。他調整雙手握住麥克風的位置。

「這幾年有那麼多人告訴過我，你必須克服恐懼，必須讓自己快樂起來。但就像我剛說的，也許眞的是因爲我在這裡待得夠久了，我逐漸領悟到，恐懼是不會消失的，永遠不會。就像現在站在這裡講話的我，心裡其實還是緊張得要死。但如果、如果沒辦法好好擁抱恐懼，怎麼可能感受到眞正的快樂呢？

現在的我，站在這裡，站在這個無論如何都不可能繼續躲在青少年日間病房的時間點。我還是再問了自己一次同樣的問題。

我有想要回學校嗎？

我還是不知道。

但有一件事，現在的我知道了：**我想要去學校**。即使我還是那麼害怕。但至少，我能確實感受到害怕，說出我害怕。

說實在的，站在這裡致詞，我不可能眞的代表誰。每個在這裡的人都帶著不同的恐懼，也渴望不同的快樂。但或許正因爲這樣，我們才會在這個什麼都不是的地方相遇。

所以，要謝謝在座的每一個人，同學、老師、醫師、護理師、家長等等。如果沒有來到這裡的你們，我也不會聽見自己的聲音。

我想現在的我，值得真正的快樂。

在此同樣祝福各位畢業生與同學。

我是五月天的粉絲，也是今年的畢業生代表。

我是，張朋城。」

他在台上深深一鞠躬——同時我深吸一口氣。

整個空間爆出巨大的掌聲。右前方傳來孩子們的尖叫與口哨聲，周圍與左前方的大人不甘示弱地更用力鼓掌，像是突如其來的一場午後雷陣雨，將這座盆地裡所有鬱悶的濕氣與懸浮微粒沖刷到一點不剩。我從芳美姊的側臉看見她驕傲的神情，可能是被那麼一些眼淚模糊了我的視線，更望過去，坐在那裡的朋城母親像是與芳美姊重疊在一起了。朋城的輔導老師靠向朋城母親說些什麼，母親鬆開抓著花束的雙手，用力鼓掌。

朋城似乎有些不知所措，眼神與我對上時，我向他笑了一下。他再度鞠躬。

掌聲緩慢地退去，朋城往右後方走，將麥克風交還給如盈。他沒有在原位坐下，包含他在內的所有病人起身往大教室後方移動，一部分的人走進會議室，拉上窗簾。

「謝謝朋城爲我們今天畢業典禮帶來最棒的開場。」如盈站在講台前方說。我發現另外約莫一半的人繼續往小教室走，同樣把門帶上。「相信大家接下來，一定更期待今天的典禮還有什麼活動對不對？請各位嘉賓們稍安勿躁，準備好你的相機、手機，還有你們的熱情。但有件事拜託大家，等一下，請先不要太快離開你們的座位好嗎？謝謝你們的配合。接下來……」

如盈轉頭看向丁大，丁大點個頭，側身按下音響。喇叭放出漸強的重低音節奏——是〈江南

Style〉！

大家回過頭，病人們從會議室與小教室門口一左一右出場了。凱恩蹦蹦跳跳地像隻開心的猴子，另一邊的欣瑜跳著瑪卡蓮娜的動作，啓園跟在後面像個機器人在移動，哲崴甩動手腳倒有幾分像是家將出巡，宇睿直接跳起標準的騎馬舞，姵琪擺頭的頻率完全不在鼓點上，每一個人都用自己的 style 一路往前，筱雯、朋城各在兩列隊伍的最後出來。全場跟著節奏拍手，隊伍在舞台中央交會跳起群舞，如盈和丁大也加入了。凱恩父親忍不住站起來拍照，其他人也紛紛離開座位，四處亮出閃光燈。跳吧，腳步跳得愈高愈好，最好像是要能碰到天空一樣。進入第二遍副歌，凱恩跑過來拉袁P上台，然後是芳美姊、雅慧、大雄，接著我也被朋城拉上台了。

今天這裡是懼樂部，也是屬於我們的俱樂部……

41

燭火下，久違了的特製湯麵。「好吃！眞的好吃。」我大口、大口吞下。卓瑪站在我面前，笑笑地看著我，偶爾點點頭。我把最後一口湯喝光。她說：「回來就好，回來就好。回來了，才能再離開。」我趁著還有一點時間去了網咖，主任的信是大前天傍晚寄出的，職缺的事確定被院方否決，回去後得另外再找地方面試了。我有些失望，但在列城的最後這晚，我睡得非常香甜。

隔天不到清晨五點我就起床了。往德里的班機預計六點五十五分起飛。落地窗外的天空剛露出魚肚白，遙遠的列城宮殿像是也才睡醒，還伏在山巒裡。我揹起背包，抓了鑰匙，下樓時踩踏階梯的每一步，發出同樣古老的聲響。

卓瑪已經在櫃檯等我。她身上仍是那條蓬得像花一般的青色長裙。

「伯鑫，」她以目光一路迎接，「背包，還重嗎？」

我三步併作兩步，跳到她面前：「一點也不。」

「眞是個孩子。」她邊笑邊搖頭。

我手持鑰匙一端，準備再一次、也是最後一次交還給她。「謝謝妳，卓瑪。」

「謝謝。謝謝你的謝謝。」卓瑪接過鑰匙。她像是想到什麼，打開抽屜在找東西。「啊，你在這。」

她拿出一張卡片。

我發現那個圖樣非常眼熟。「卓瑪，那張卡片……妳給過我了？是妳請一位老先生轉交給我的。」

「哦？我忘了。對，對，我給過你。還留著嗎？」

「當然。」

「好。眞好。你，帶著它，繼續上路吧。」她定眼看著我，「只要記得。」她額頭上的皺紋變得更深了，直到我也持續注視她幾秒才又笑開。

我搭上計程車，四周的天光逐漸明亮起來，朝陽從後車窗輕輕按上我的後腦勺與脖子。回過頭，街道逆著光我看不清楚，只知道那些景物不斷向後離我遠去。朱雷，我在心裡默唸。

「伯鑫，蔡？」

「是的。」

「只有一件托運行李嗎？」

「是。」

機場的地勤人員貼上行李貼條，將我的背包疊上後方推車。我輕裝通過好幾關安檢，進入候機室。我將護照與登機證拿在手裡。

眞的，要回去了。

排隊登機，地勤人員照我的要求安排了窗邊的座位。「借過一下。」我向坐在走道側的中年男子示意。他急忙解開安全帶，起身。他是藏人面孔，襯衫與西裝褲燙出了清晰的線條。我坐下來，把護照與登機證收進隨身背包內側，摸到一張硬卡紙——是那張卡片。

我拿在手上，再次閱讀卓瑪那時的提醒。「好好休息。穩穩地走。」眞的沒有地圖了。我自己笑了笑，一闔上，又見到封底那圈天書般的文字。

「不好意思，」我向隔壁那名男子轉頭，「請問您會講英文嗎？」

他點個頭。

「可以麻煩您幫我翻譯，這上面寫的是什麼？」

他將卡片拿過去，順著文字轉了一圈。「這是一句本地的俗諺，意思是，『最偉大的勇氣，就是快樂的勇氣。』」

我向他道謝，然後把卡片收得好好的，連同背包塞進前方座位底下。我繫上安全帶。

飛機開始移動。我側頭看出去，遠處還能見到列城的屋宅，背景是連綿的雪山。忽然機身逆時針大轉彎，窗外晃過航廈，晃過跑道，晃過荒蕪的山嶺，停在遠處一座丘陵上。那裡是貝圖寺。我彷彿直接看見那幾面白色的牆，紅色的木門，展示曼陀羅的大殿，以及風馬旗海飄揚的山頂。他們應該正在做早課吧。禱唸聲懸浮在半空，引擎從兩側轟隆轟隆響起，我感覺整個機艙都在劇烈震動。我正加速前衝，繼續加速。害怕得很哪，同時又那麼期待。輪胎拉離地面。我往椅背一貼，貝圖寺消失在窗外……

42

呼吸聲此起彼落地傳出來，病人們都趴在桌上午睡。

芳美姊和一名我沒見過的男孩在小教室裡，其他人都在辦公室。落地窗上的彩帶還掛著。我想起兩週前音樂忽然被切斷的那一刻，雅慧指揮大家開始復原桌椅的位置，姵琪的阿嬤還在台前和如盈說話，小女孩站在一旁，往半空拍著氣球……

「回精神樓，我們邊走邊說。」袁P說。

「是。」我說。

我在辦公室門口停下。如盈站在丁大旁邊討論期末成績計算的事，丁大桌上堆放的紙張滿了出來，像是隨時會掉進他擱在椅子上的粗呢包。

「蔡醫師借過一下。」

芳美姊在我身後。跟在她後方的男孩瞄我一眼。芳美姊向他介紹如何使用打卡鐘——是昨天通知今天過來見習的新病人。男孩不發一語。

「欸，鑫哥，」丁大指向我的桌面，「留了份給你。」

如盈印給我的 IEP 紀錄旁多了一盤珍珠丸子。

「謝啦。」我說。

丁大手一揮，如盈也向我笑一下。前幾天她私下告訴我，她決定去考諮商所了，最快明年初會從這裡離職。我驚訝地回說眞的嗎，她笑著點頭。

我走往牆邊取下鑰匙。芳美姊叫那個男孩先回大教室了。我察覺雅慧的眼神持續投過來。

她板著一張臉：「下一年的新醫師……」

「喔，我和學妹約好明天下午過來交班，Off Service Note 也寫好了。」

她點點頭。「那藥物你記得——」

「都開好了，到下禮拜的份。」

她又注視我幾秒，嗯一聲。她埋頭回病歷繼續書寫。

我笑了一下。芳美姊朝我走來。也有些事是不大會變的呢。

「我去帶環山囉。」丁大椅子往後滑，站起來，「對了，八月以後我會在這邊多待一年。」

「蛤？」我們都看向他。

他繼續往外走：「就醫。」

他叫大家起床的聲音從外頭傳進來。我們轉向芳美姊，她笑笑地聳肩。雅慧追問這樣眞的可以嗎，芳美姊說袁P和特教學校的校長好像也都同意了，說反正還沒招到新人。雅慧說不是這樣的吧。窗外病人們陸續坐起來，站起來。丁大一手拉開大門，高高矮矮的孩子們一個一個通過。有人急忙從廁所的方向跑出來。那名剛來見習的男孩左右張望，丁大招手要他一起跟上。

我想，我會一直記住這個畫面。

我輕輕握住鑰匙。
「那，我也先去晤談室了。」我說。
芳美姊剛坐下，向我微笑，點頭。如盈也看向我。
我繞到座位旁，彎身從抽屜拿出那本書。
我把書放在沙發側邊，伸手撥亮立燈。
手裡的筆記本快被我寫滿了。我從後面打開，以左手拇指按住飛快前翻到第一頁，吹出一陣微弱的風。椅背像是將我整個身體包覆起來，同時耳邊響起來時一路的蟬鳴……
我和袁P同時踏下第一階。
「所以，你找到自己的樣子了嗎？」他說。
前方的蟬鳴將木板的踩踏聲掩蓋了，頭頂濃蔭蔽天。「唔，我不確定。」
「是嗎？你不確定？」
「……對。」
袁P淺淺笑了。我們繼續並肩往下。
那是一年前我從拉達克回來，六月下旬，第一次到這家醫院面試時，他的提問與我的回覆。你期待什麼。我說，我希望能在這裡用一年的時間，找到自己可以成為的樣子。
「但那，似乎不再是你最在意的事了？」
「應該……可以這麼說吧。」

他點頭微笑。有些日光從頭頂照射下來。這是我第一次直視袁P這麼久一段時間。

我們從階梯踏回坡道。「至少我能確定的是，我真的很開心，過去一年能來到這。要謝謝教授當初願意給我這個機會，特別在那麼倉促的狀況之下。」我想現在的我，應該確實成爲一個更好的精神科醫師了。

「嗯。嗯。」

兩旁的蟬鳴圍成厚實的音牆，就像剛才畢業典禮現場那般熱鬧、擁擠。

「那麼，那句話，你還想問嗎？」袁P說。

「那句話？」

「是。」

「……教授是指，『太勇敢的人，或者太害怕的人，是不會來到這裡的』？」

他點點頭。

我回想一個多小時前朋城的致詞。「我在想，或許，我們每個人都是又勇敢、又害怕的人吧。我是指，我們每一個人。」

「嗯哼，很好。要記得，」袁P轉頭看我，「我們，都是一樣的。」

我對上他的眼神。「好的。」

袁P看回前方。小徑向左轉，繼續微幅下坡。路面變寬了，也透下更多陽光。「但你忽略了下半句，『來到這』。」

「這裡？」

四層樓的精神樓出現在高聳的樹木後方。「你覺得，什麼是這裡？」

「唔，」我沉默了好幾步的距離，「我會說是……過渡的地方？」
「也可以，可以。只要，不被時間限制你的理解。」
「像是？」
「你知道的。」
我遲疑地點頭。
「偶然，才是恆常。」
「……嗯。」
精神樓的後門離我們愈來愈近。「你如何來，便會如何去。這也回到你一開始的期待。」
「是？」我不確定地問。
炙熱的陽光灑下，袁P再次轉頭看我——

門被打開。朋城來了，提早一分多鐘。
「原來你眞的先過來了。」他似乎有一點驚訝。
「怎麼？」我把筆記本翻回後方的空白頁。
「沒有。」他坐下來，「就，看你不在辦公室，想說你該不會又被卡在急性病房了。」
我笑著搖搖頭。
「最近，應該很忙厚？」他問。
「是有一點。就是些……雜七雜八的事，畢竟快要……」
「嗯。」

我們沉默了一會兒。

「你呢？這兩週，又繼續發生了些什麼？」我問。

「嗄？也是……雜七雜八的吧。」

「是喔。在畢業典禮結束之後，就這樣？」

「日子還是一樣過啊。」他露出苦笑，「頂多是，唔，大學的資料寄到家裡了，什麼報到、選課須知還有宿舍規定一類的，好幾疊，有點懶得看。然後，是也有點在想，只是在想啦，之後要不要輔系。前幾天有和如盈老師討論，但又覺得，先不要想這麼多好了，能適應再說。大概……就這些吧，沒什麼太特別的。」

我點著頭。「九月開學？」

「對，但也可能，八月就下去了。有新生校園參觀什麼的，加上還要搞定住宿的事，所以……」

我笑了笑：「確實是些很平常的事啊。」

「對啊。」朋城點點頭。又安靜了一會兒。「醫生，那，你的新醫院？」

「嗯？」

「你不是也要……」

「噢，我確定會去基隆了。」

「基隆？」他很快說。

「嗯哼。」簽呈一過，我簽好約，預定八月到職。「你好像很驚訝的樣子？」

「就，沒想到還有更北邊的醫院。」

「呵，還好你不是說更靠北。」

「蛤?」朋城愣了一下,「什麼啦。」他笑出來。

是啊,很快我們都要換成新的身份了,就像是……不,我也真的是會換上一件新的醫師服了——雖然,也就只是又一件衣服。

朋城呼口長氣:「說眞的,好像愈是平常的事,愈讓人害怕。」

「好像是呢。」我低下頭,回想一年前剛來到這家醫院時的自己。「你還記得,我第一次找你說話的時候嗎?」

「是在……向日葵團體結束的時候?你要和我約會談時間什麼的。」

「對。然後你回我,爲什麼又要找你談。」

「好像是。」他笑了一下,然後開始搖頭。

「怎麼了?」

「其實,很多以前的事都記不太清楚了,就算還記得起來的,可能也只是我記憶中的樣子而已。但回頭一想,好像很多當時覺得四周沒有任何人在的黑夜,也都莫名其妙地黎明了。」

「莫名其妙?」

「對啊,就是……莫名其妙。」他平淡地說。

「也滿好的。」

朋城點點頭,想了一會兒。「或許,當你覺得身邊都是黑暗的時候,是因爲正面對陽光,所以睜不開眼吧。」

我輕輕 wow 一聲。

「幹嘛?」

「如果可能，眞想讓國中時候的你，也能聽到你說這些。」

「屁啦。就算國中的我聽到，應該也只會說你講這什麼幹話，自以爲文青喔。」

我笑了出來：「我開始覺得，這一年你應該在心裡罵過我不少次。」

「沒那麼誇張好嗎，頂多——」

「頂多幾次而已是嗎？」

「嘿。」他也笑出來。「但說眞的，如果能遇到國中時候的我，我可能會告訴他——不要找啦。」

「不要找了？」

「就那個本子啊。」

「你是指，你最一開始沒去學校的那天？」

「對啊。就……不找了。」

「就這樣？」

他簡潔地嗯一聲。

「O、K。」我點著頭，笑了一下，「你讓我想起一句話呢。」

「嗄？什麼話？」

蟬鳴聲彷彿從我身後傳來，伴隨陽光的熱度從頭頂逐漸加溫。我像是又看見袁P直直注視著我。

「**在你不斷尋找你是誰的過程中，那就已經是你了。**」

「這是……」

「袁醫師說的，兩個禮拜前。」

「是喔？嗯，嗯。」朋城點著頭，一副認眞思索的模樣。「……袁醫師啊。」他輕輕嘆口氣。

「嗯？怎麼了？」

他笑著搖頭。「謝謝你和我說這些。」

「不用謝。畢竟，如果沒有坐在這裡的你，我也不會聽見所有的這些聲音。」

「嗯，嗯。」他又點了幾下頭，「等等，你剛那句話，是不是參考我在畢典上的——」

「哈哈，被你發現了。」

「欸，你都這樣偷別人的話啊？」

「我們每個人都帶著別人的話在身上啊。沒有人，能是孤單一個人的，只要有那麼一點機會能被聽見的話。」

朋城看著我好幾秒，轉開視線，也笑了。

我想他也聽見了。

應該吧。

「何況你那天的致詞，真的，說得太好了。我在底下聽得都快哭了。」

「蛤？」他忽然慌張起來，「也沒有啦，就是，呃，就只是——」

「厚，這種時候跟剛一樣說謝謝就可以了，知道嗎？」

「……喔。謝謝。」他稍嫌彆扭地說。

但也都還不是真的大人呢。

我瞄一眼手錶。差不多了。

「朋城，這個……」我從側邊拿出那本書，「送你的。」

他接過手：「《沒有摩托車的南美日記》……就這本喔，你寫的？」

「嗯哼。」

「也太厚了吧。」他翻開封面內頁，應該是看到我的簽名笑了一聲。他很快往後翻過去。「你們，去年楊醫師送鋼筆，今年換這個，都很那個欸。」

「對不起厚，暗示得太明顯了。」

「好啦好啦，」他把我的書放到一邊，「會想辦法寫出來的啦。」

「認眞的喔？」我的語調上揚，點點頭，「我很期待。」

他也帶著微笑點頭。「其實，我已經想好結局了。」

「你是說，你的小說？」

「嗯。」他更篤定地點頭。「結局的舞台，就設在那個世界的邊緣，是一座通往另一個世界的橋，一座……飄浮在半空的橋。」

「半空的……橋？」

「對，但那也是一個極其危險的地方，重力場非常不穩定。而且凡是能力者到了那裡，就會失去對自己能力的掌控，稍有不愼，可能就會一輩子被困在那。」

「OK。然後？」

「上次不是說，男主角發現自己就是傷害女主角最大的因？他人生第一次，決定放下他一直想要解開鎖鍊的執念。他想保護女主角，而唯一的辦法，就是他得一個人通過那座橋，逃到另一個世界，愈遠愈好。沉默寡言的他當然什麼都沒說，就在某個晚上悄悄離開。女主角隔天發現他不見了，她說不出心裡那是什麼感覺，只知道，好像少了什麼。她從沒有過這種感覺。她說服自己，就單純是爲了要弄清楚那個感覺是什麼，毅然決然追上男主角的腳步。

最後，他們終於相遇了，就在那座橋上。

但男主角已經失去自主意識。他陷入因果業力的無盡循環，眼睛張著，卻像是困在一個醒不過來的惡夢裡。女主角抱著他，慌了。她喊著你給我醒來，誰准你就這樣走的，然後開始暴哭。她已經好多年沒再流過眼淚了。就在淚水碰到男主角身體的那一瞬間，那個把男主角困住的像是噩念一般的東西，被封印進女主角的眼睛裡。男主角清醒過來，他發現體內的鎖鍊解開了，還有，依然抱著他的女主角。男主角不自覺叫出她的名字，然後才發現，自己終究還是傷害了她。她失明了。那是封印的代價。男主角說妳為什麼要這樣做，為什麼。他也哭了。女主角卻露出微笑說，我終於看見了，我自己心中的祈願。」

我愈聽身體愈往前傾。「祈願？」

「嗯。」

「她的……祈願是？」

朋城側頭想了一下，嘴角上揚。

「不是說結局想好了？都說到這，不整個說完很難受欸。」

「嗯哼。」他模仿我先前的音調。

「欸，來這招？」我往後靠上椅背，「啊算了，我看哪……我也來寫好了。」

「蛤？你有要寫第二本——」

「對啊，剛突然想到，乾脆來把我們這一年在這裡的對話，還有我來這家醫院之前的那趟旅程串在一起寫。」

「串、串在一起？」

「就突然想到啊。」換我露出得意的笑容，「倒是，你同意嗎？」

「同意……什麼？」

「把我和你的對話寫成書啊。」

「是可以啦。」他的語氣還是有些困惑，「反正好東西，就應該跟更多人分享。」

我笑了笑：「這樣也行？」

「不然咧？但至少，你說清楚一點嘛，像那個……你那趟旅行是又去了什麼地方啊？」

「唔……」我看向窗簾，彷彿看見風馬就飛在上頭，「不要。不想說。」

「不要？」他瞪大眼。

「啊你也沒告訴我你眞正的結局。」

「會不會太幼稚啊你？我那是開放式結局又不像你是——」

「好啦隨便啦隨便。」

「喂喂喂。」

我笑開了。

我們都是。

我注意一下手錶，稍微收起笑容。

「但下一站會是怎樣，」我說，「眞的，不知道呢。」

朋城似乎注意到我看手錶的動作。「是啊。」他眼神垂下，沉默幾秒，「蔡醫師，你的新醫院，看得到海嗎？」

我搖個頭：「還要穿過一個隧道。」

「隧道嗎？」

「嗯。」

他點點頭，低聲又重複一遍「隧道啊」。

分針往前跳動一格。我放下筆，將筆記本闔上。「時間……到了。最後，還有什麼想說的嗎？」

他想了一下，笑出來。

「怎樣？」

「我又不是李白他媽的告別還要寫一首詩。」

延伸閱讀

- 《關係的責任：永續對話的資源》（2019），席拉・邁可納米（Sheila McNamee）、肯尼斯・格根（Kenneth J. Gergen），心靈工坊。
- 《麥提國王在無人島》（2019），雅努什・柯札克（Janusz Korczak），心靈工坊。
- 《暗夜星光：告別躁鬱的十年》（2019），思瑀，心靈工坊。
- 《麥提國王執政記》（2018），雅努什・柯札克（Janusz Korczak），心靈工坊。
- 《永恆少年》（2018），瑪麗-路薏絲・馮・法蘭茲（Marie-Louise von Franz），心靈工坊。
- 《隱藏的學校》（2018），丹・米爾曼（Dan Millman），心靈工坊。
- 《關係的存有：超越自我・超越社群》（2016），肯尼斯・格根（Kenneth J. Gergen），心靈工坊。
- 《轉大人的辛苦：陪伴孩子走過成長的試煉》（2016），河合隼雄，心靈工坊。
- 《青春的夢與遊戲：探索生命，形塑堅定的自我》（2016），河合隼雄，心靈工坊。
- 《繭居青春：從拒學到社會退縮的探討與治療》（2016），齋藤環，心靈工坊。
- 《搶救繭居族：家族治療實務指南》（2015），田村毅（Tamura Takeshi），心靈工坊。
- 《一日浮生：十個探問生命意義的故事》（2015），歐文・亞隆（Irvin D. Yalom），心靈工坊。

- 《蘇格拉底的旅程》（2014），丹・米爾曼（Dan Millman），心靈工坊。
- 《晚熟世代：王浩威醫師的家庭門診》（2013），王浩威，心靈工坊。
- 《斯賓諾莎問題》（2013），歐文・亞隆（Irvin D. Yalom），心靈工坊。
- 《親愛的我，你好嗎：十九歲少女的躁鬱日記》（2011），思瑀，心靈工坊。
- 《深夜加油站遇見蘇格拉底》（2007），丹・米爾曼（Dan Millman），心靈工坊。
- 《不旅不行，拉達克》（2007），陳斐翡，心靈工坊。
- 《叔本華的眼淚》（2005），歐文・亞隆（Irvin D. Yalom），心靈工坊。
- 《日漸親近：心理治療師與作家的交換筆記》（2004），歐文・亞隆（Irvin D. Yalom）、金妮・艾肯（Ginny Elkin），心靈工坊。
- 《你的善意，是孩子的光：有教無淚，從愛出發，神老師的陪伴全教養》（2019），神老師 & 神媽咪（沈雅琪），平安文化。
- 《徬徨少年時》（德文直譯本）（2017），赫曼・赫塞（Hermann Hesse），遠流。
- 《男孩路》（2016），凌性傑，麥田。
- 《拉達克之旅》（1999），安德魯・哈維（Andrew Harvey），馬可孛羅。

心靈工坊 PsyGarden
Story 023

空橋上的少年

The Skybridge

作者—蔡伯鑫

出版者—心靈工坊文化事業股份有限公司
發行人—王浩威　總編輯—徐嘉俊
責任編輯—林妘嘉　內頁排版—李宜芝　封面設計—兒日
通訊地址—10684台北市大安區信義路四段53巷8號2樓
郵政劃撥—19546215　戶名—心靈工坊文化事業股份有限公司
電話—02）2702-9186　傳真—02）2702-9286
Email—service@psygarden.com.tw　網址—www.psygarden.com.tw

製版．印刷—彩峰造藝印像股份有限公司
總經銷—大和書報圖書股份有限公司
電話—02）8990-2588　傳真—02）2290-1658
通訊地址—248新北市新莊區五工五路二號
初版一刷—2020年01月　初版五刷—2021年11月
ISBN—978-986-357-167-4　定價—480元

國家圖書館出版品預行編目資料

空橋上的少年 / 蔡伯鑫著. -- 初版. -- 臺北市 : 心靈工坊文化, 2020.01
面；　公分. -- (Story ; 23)

ISBN 978-986-357-167-4(平裝)

863.57　　108020712

心靈工坊 PsyGarden 書香家族 讀 友 卡

感謝您購買心靈工坊的叢書，爲了加強對您的服務，請您詳填本卡，
直接投入郵筒（免貼郵票）或傳眞，我們會珍視您的意見，
並提供您最新的活動訊息，共同以書會友，追求身心靈的創意與成長。

書系編號－ST023　　書名－空橋上的少年

姓名　　是否已加入書香家族？ □是 □現在加入

電話（公司）　（住家）　手機

E-mail　生日　年　月　日

地址 □□□

服務機構 / 就讀學校　職稱

您的性別—□1.女 □2.男 □3.其他

婚姻狀況—□1.未婚 □2.已婚 □3.離婚 □4.不婚 □5.同志 □6.喪偶 □7.分居

請問您如何得知這本書？
□1.書店 □2.報章雜誌 □3.廣播電視 □4.親友推介 □5.心靈工坊書訊
□6.廣告DM □7.心靈工坊網站 □8.其他網路媒體 □9.其他

您購買本書的方式？
□1.書店 □2.劃撥郵購 □3.團體訂購 □4.網路訂購 □5.其他

您對本書的意見？

封面設計	□ 1.須再改進	□ 2.尚可	□ 3.滿意	□ 4.非常滿意
版面編排	□ 1.須再改進	□ 2.尚可	□ 3.滿意	□ 4.非常滿意
內容	□ 1.須再改進	□ 2.尚可	□ 3.滿意	□ 4.非常滿意
文筆／翻譯	□ 1.須再改進	□ 2.尚可	□ 3.滿意	□ 4.非常滿意
價格	□ 1.須再改進	□ 2.尚可	□ 3.滿意	□ 4.非常滿意

您對我們有何建議？

□ 本人＿＿＿＿＿＿＿＿（請簽名）同意提供真實姓名/E-mail/地址/電話/年齡/等資料，以作為心靈工坊聯絡/寄貨/加入會員/行銷/會員折扣/等用途，詳細內容請參閱：http://shop.psygarden.com.tw/member_register.asp。

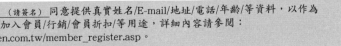

廣　告　回　信
台北郵局登記證
台北廣字第1143號
免　貼　郵　票

心靈工坊 PsyGarden

台北市106 信義路四段53巷8號2樓

讀者服務組　收

免　貼　郵　票

（對折線）

加入心靈工坊書香家族會員
共享知識的盛宴，成長的喜悅

請寄回這張回函卡（免貼郵票），
您就成爲心靈工坊的書香家族會員，您將可以——

⊙隨時收到新書出版和活動訊息

⊙獲得各項回饋和優惠方案